W0202282

DANS L'OMBRE DE L'HONNEUR

Avec *Octobre rouge, Tempête rouge, Jeux de guerre, Le Cardinal du Kremlin, Danger immédiat, La Somme de toutes les peurs, Sans aucun remords, Dette d'honneur, Sur ordre* et les quatre volumes de la série *Op-Center*, Tom Clancy est aujourd'hui le plus célèbre des auteurs de best-sellers américains, l'inventeur d'un nouveau genre : le thriller technologique.

Paru dans Le Livre de Poche :

LE CARDINAL DU KREMLIN
CODE SSN
DANGER IMMÉDIAT
DETTE D'HONNEUR (2 vol.)
JEUX DE GUERRE

NET FORCE :
UN JEU TRÈS MEURTRIER
VANDALES VIRTUELS
ÉCHAPPÉE DANS L'EXTRÊME
LE JEU DU SOLITAIRE
CYBER SPY
LA GRANDE COURSE
END GAME

OCTOBRE ROUGE
POWER GAMES — POLITIKA
SANS AUCUN REMORDS
LA SOMME DE TOUTES LES PEURS
SUR ORDRE (2 vol.)
TEMPÊTE ROUGE

TOM CLANCY/NET FORCE

Une série créée par Tom Clancy
et Steve Pieczenik

Dans l'ombre de l'honneur

ROMAN TRADUIT DE L'AMÉRICAIN PAR JEAN BONNEFOY

ALBIN MICHEL / LE LIVRE DE POCHE

Titre original :

TOM CLANCY'S NET FORCE : YOUNG ADULTS :
SHADOW OF HONOR

A Berkley Jam Book
publié avec l'accord de NetCo Partners

Ceci est une œuvre de fiction. Les personnages et les situations décrits dans ce livre sont purement imaginaires : toute ressemblance avec des personnages ou des événements existant ou ayant existé ne serait que pure coïncidence.

© NetCo Partners, 2000

© Éditions Albin Michel S.A., 2001, pour la traduction française.

PROLOGUE

Georgetown, Virginie
Samedi 6 h 21
2025

Solomon Wiest arpentait d'un pas léger les couloirs du lycée de Bradford Academy. L'excitation allongeait sa foulée. Le lino fraîchement ciré étincelait au soleil matinal qui se déversait par les grandes baies vitrées ; il en émanait une vague odeur de pêche.

Solomon dépassa les salles de classe donnant sur le préau intérieur. Elles étaient encore verrouillées et n'ouvriraient qu'après l'arrivée des enseignants. Malgré sa fréquentation plutôt huppée, l'établissement avait été récemment victime de plusieurs cas de vol et de vandalisme qui avaient conduit à la décision de fermer à clé les salles lorsqu'elles étaient inoccupées.

La bibliothèque et le gymnase restaient toutefois ouverts de six heures du matin à dix heures du soir les samedis et dimanches. Tous les élèves de Bradford n'étaient pas inscrits à des clubs sportifs indépendants pour s'entraîner, et tous ne disposaient pas chez eux de sièges à interface informatique dernier cri pour accéder à la Toile. C'est pourquoi l'école mettait à leur disposition ces équipements les week-ends et même l'été, lors des congés scolaires. Cela plaçait sur un pied d'égalité les lycéens dont les familles n'avaient pas les moyens de leur procurer ce genre d'avantage matériel.

« Eh, Sol. Encore tombé du lit ! »

Solomon se retint tout juste de sursauter. Même s'il lui était déjà arrivé de passer ses samedis à Bradford, son emploi du temps du jour le rendait quelque peu nerveux. Il se retourna et découvrit Benny Towers, l'un des employés d'entretien du service de nuit. Il sortait de l'infirmerie avec son chariot.

« Eh, salut Benny ! » Solomon lui adressa un sourire radieux. C'était sa spécialité et il en était conscient. Il n'était peut-être pas sapé à la dernière mode, il n'était peut-être pas vraiment intégré aux groupes de lycéens branchés réseau, mais il savait à merveille user de son sourire.

Trapu, râblé, large d'épaules, des bras trop longs qui lui avaient valu plus d'une fois d'être traité de singe par ses camarades à l'école primaire, Solomon avait toutefois une carrure assez imposante pour que personne n'ait plus trop envie de le titiller là-dessus. Il gardait toujours les cheveux taillés ras, pour n'avoir à s'en occuper que deux fois par mois environ. Sa mère n'arrêtait pas de lui répéter que ça accentuait son côté face de lune et qu'il ferait mieux de les laisser pousser. Mais peu lui importait l'opinion de sa mère. Elle n'avait plus vraiment eu d'influence sur lui depuis le jour où son père les avait largués tous les deux.

« T'as pris une option ou tu t'es pris une colle, ce coup-ci ? » demanda Benny de sa voix rocailleuse. C'était un vieux tout efflanqué, au crâne couvert d'un mince duvet de cheveux fins et blancs. On ne pouvait pas dire que la blouse grise des personnels d'entretien lui seyait : il donnait l'impression de flotter dedans.

« Une colle. »

Benny caqueta d'allégresse et secoua la tête. « Allons bon, et qu'est-ce que t'as encore inventé, ce coup-ci ? T'as fait le malin ou t'as encore discutaillé avec un prof ?

— Ils détestent vraiment que je leur cloue le bec », répondit Solomon.

Nouveau rire de Benny. « Ça, tu prêches un converti, Benny, tu prêches un converti. »

Solomon avait eu raison, même si les profs et l'administration s'étaient refusés à l'admettre. Lorsqu'il était entré en classe, il se sentait prêt à jouer le tout pour le tout. Et sa réputation l'avait précédé, même auprès du corps enseignant.

Bradford était un établissement secondaire privé aux références impressionnantes. Il accueillait les fils d'hommes politiques, de diplomates, de chefs d'entreprise et d'officiers de l'armée.

Mais Solomon n'entrait dans aucune de ces catégories. Fils unique d'une famille monoparentale, il n'était entré à Bradford que grâce à ses excellents résultats scolaires. Les joutes oratoires avec ses professeurs n'étaient à l'origine qu'un moyen de prouver à ses camarades qu'il était plus que leur égal en matière d'aptitudes scolaires. Au bout de trois ans de fréquentation du lycée, ses discussions n'étaient plus désormais qu'une sorte de passe-temps, un moyen de rompre la monotonie. Il n'avait plus rien à prouver.

« Mais moi, je vois pas ça comme une colle, rétorqua Solomon. Ce coup-ci, je vais les gruger. »

Nouveau rire de Benny qui secoua la tête. « Ça, comme tête de lard, on peut dire que tu te poses là. Tout mon portrait quand j'étais môme. »

Sauf que je ne finirai pas comme toi derrière un balai, se promit Solomon. Mais il continua d'arborer le même sourire impavide, sans rien trahir de ses pensées. Ça aussi, c'était une de ses spécialités. Nul ne pouvait savoir ce qu'il pensait ou ressentait tant qu'il n'en voulait rien laisser paraître. Ce qui était le cas général.

« Bon, j'ai pas fini ma tournée, moi, conclut Benny. Allez, bonne journée, jeune rebelle.

— Vous aussi. » Solomon le salua d'un signe et poursuivit son chemin vers la bibliothèque.

La salle était immense. Mais seuls quelques livres restaient encore en rayon, plus à titre de souvenirs qu'autre chose. Le vaste corpus d'ouvrages de l'établissement était accessible en ervé* [1] sur le Net. Des sièges à interface informatique occupaient l'essentiel de l'espace disponible.

Il alla s'en prendre un au fond de la salle. Alors qu'il s'installait et s'apprêtait à plonger dans la Toile, il se sentait comme toujours vulnérable ici, faute d'avoir une totale maîtrise de son environnement. Il n'aimait pas ça. Il préférait de beaucoup surfer chez lui dans le calme, là où il était sûr que personne ne viendrait l'observer ou le déranger.

Sa mère était rarement à la maison. Quand elle ne travaillait pas, elle sortait avec des amis. Ceux-ci se désintéressaient de Solomon et il leur rendait la pareille. Il se disait souvent que si elle ne touchait pas le chèque d'allocation du gouvernement, il y a beau temps qu'elle l'aurait abandonné.

S'ils disposaient chez eux d'un siège à interface informatique, c'était uniquement parce que Solomon avait travaillé l'été, les week-ends et même parfois durant l'année scolaire pour le payer. Réussir à économiser n'avait pas été une sinécure après que sa mère eut découvert qu'il avait un boulot, et tâcher de garder des notes suffisantes pour avoir le niveau pour intégrer Bradford alors qu'il travaillait n'avait pas été non plus une partie de plaisir.

Mais son équipement personnel n'avait pas la flui-

---

1. Pour tous les acronymes, néologismes et termes techniques repérés par un astérisque, se reporter au glossaire en fin de volume *(N.d.T.)*.

dité d'interface de ceux du lycée. Et s'il voulait réussir aujourd'hui, il avait besoin de la qualité professionnelle du matériel disponible ici.

Il s'installa dans le fauteuil — un des modèles ultra-confortables destinés aux connexions de longue durée — et sentit les coussins s'ajuster automatiquement à sa taille et à sa corpulence. Il posa les pieds dans les étriers et les bras dans les gouttières adéquates.

Il lui suffit d'appuyer la tête au dossier pour que le circuit de l'implant neural hypodermique s'accorde avec les récepteurs intégrés au fauteuil. Il y eut un déclic, puis un ronronnement lorsque la connexion s'établit par le truchement du faisceau laser du repose-tête. Il éprouva un léger choc au moment où l'ordinateur prit le contrôle de ses récepteurs sensoriels, évacuant toute perception du monde extérieur hormis ce qu'il avait programmé de lui laisser passer. Il avait réglé par défaut ces filtres assez bas : il voulait se rendre compte si quelqu'un l'approchait d'un peu trop près dans le monde réel.

Il était désormais dans la réalité virtuelle : assis dans une pièce qui n'avait d'existence que sous la forme d'entité programmée, mais qui pourtant lui semblait tout aussi solide et concrète que ce qui pouvait exister dans l'univers physique. Il se trouvait à l'entrée du portail virtuel de la bibliothèque. Celle-ci était l'exacte reproduction du centre de documentation pédagogique du lycée, celui qu'il venait de quitter avec son corps, au moment où il avait accédé à la réalité virtuelle. Mais il avait quant à lui subi une spectaculaire métamorphose. Lorsqu'il naviguait en ervé, il ne conservait pas ce corps qui lui avait causé tant de tracas depuis qu'il était tout petit. Il utilisait un avatar* qu'il avait programmé lui-même, une image générée par CAO* selon ses spécifications personnelles.

Dans la réalité virtuelle, Solomon était un grand gaillard baraqué, doté d'un corps mi-chair mi-cyborg.

Une peau bronzée se superposait à l'éclat argenté de ses parties métalliques. Dans l'univers physique, un tel amalgame homme-machine était impossible, nonobstant tous les progrès de la médecine au cours du XXIe siècle. Mais en ervé, tout était possible.

Le système d'exploitation du lycée était simple. L'ordinateur reconstituait la bibliothèque, jusqu'au siège dans lequel il était installé. Mais dans le virtuel, il avait devant lui une console sur laquelle trônaient plusieurs icônes parmi lesquelles il pouvait choisir. L'une correspondait aux connexions téléphoniques, plusieurs symbolisaient les dossiers de ses travaux scolaires — terminés et en cours —, d'autres enfin représentaient les messages postés par ses divers enseignants. L'essentiel des icônes constituait toutefois des liens directs aux bases de données de l'établissement concernant les matières scientifiques, littéraires et les arts plastiques. Enfin, une dernière lui permettait de se connecter à la Toile mondiale.

Il l'effleura, le cœur battant au rythme de son corps de cyborg, et se connecta au service de relations publiques de l'ambassade d'Afrique du Sud à Washington.

Il avait étudié les lieux et découvert que même s'ils gardaient une permanence humaine durant les week-ends, les diplomates sud-africains avaient tendance à laisser les systèmes automatiques gérer presque tout sur leur site.

Respirant avec calme mais tous les sens en éveil à l'idée de ce qu'il s'apprêtait à réaliser, Solomon considéra la nouvelle série d'icônes qui venait de se matérialiser devant lui. Quand il parvint à la section concernant l'histoire du pays, il sélectionna ce dernier menu.

Aussitôt, l'environnement virtuel autour de lui se modifia. Il se tenait dans une salle nue meublée seulement d'un large écran flottant dans les airs.

« Veuillez préciser la période historique que vous désirez étudier, lui proposa une voix féminine cultivée. Vous aurez la possibilité de faire d'autres choix une fois définie la chronologie. »

Le système de sécurité de l'ambassade lut son PIN*, son code d'accès personnel. Il sentit la sonde ramper le long de son crâne, scrutant son identité.

Il avait prévu le coup. L'un des utilitaires* qu'il avait programmés en vue de son piratage avait déjà fourni au système de sécurité le faux code confidentiel qu'il avait généré. Il savait que le stratagème ne tiendrait pas longtemps mais c'était inutile. Les systèmes employés par les Sud-Africains étaient à cent coudées derrière ceux en usage aux États-Unis. Même si la guerre d'Afrique du Sud était officiellement terminée depuis dix ans, un certain ressentiment subsistait entre les deux nations. Les pouvoirs politiques actuellement en place n'avaient pas été tout à fait dans le même camp lors du conflit.

En conséquence, même si le gouvernement sud-africain avait renoué des relations diplomatiques avec les États-Unis, il refusait d'utiliser des programmes de sécurité informatique en provenance de ce dernier pays. Les responsables locaux redoutaient que ces programmes soient trafiqués d'une manière ou de l'autre. Résultat : ils avaient des années-lumière de retard par rapport aux programmes dernier cri mis au point récemment. Solomon ne doutait pas qu'un as du piratage parvienne à s'introduire régulièrement dans le réseau informatique sud-africain sans risquer de se faire prendre.

Et Solomon était un as. Il n'avait peut-être pas à sa disposition tous les programmes et utilitaires d'un groupe comme la Net Force qui pouvait pour ainsi dire naviguer où il voulait sur la Toile. Mais enfin, compte tenu de l'antiquité qu'il piratait, il doutait que des utilitaires dernier cri soient vraiment indispensables. Ceux dont il disposait suffiraient amplement.

Son utilitaire de falsification d'identité une fois chargé, Solomon choisit la période temporelle qu'il désirait, puis il afficha de nouveau le menu du lycée. Il se matérialisa devant lui, palette bleu électrique, venant s'intégrer sans interférence aux programmes de l'ambassade.

Effleurant l'icône du téléphone, il composa le numéro d'urgence qu'il avait mémorisé et ainsi accéda au système d'alarme de l'ambassade. Il lui avait fallu pas mal pirater pour récupérer ces numéros, même si certains avaient pu être obtenus sans trop de peine de citoyens sud-africains en voyage aux États-Unis. Mais les plus aisément disponibles transitaient par un standard et ne lui étaient donc pour l'heure d'aucun intérêt.

Solomon avait trouvé le numéro direct et c'était celui qu'il utilisait à présent. Le menu d'alarme de l'ambassade apparut devant lui sous la forme d'un obélisque gris pâle sur lequel étaient inscrites de nouvelles icônes. Des personnages mythologiques de l'histoire ancienne du pays étaient gravés aux angles, reflet de l'intérêt du pouvoir actuel pour cette période. Il étudia brièvement les icônes. Puis pressa celle destinée à déclencher l'alarme incendie de l'ambassade. L'icône flamboya, puis émit un immense ovale couleur rubis qui s'étendit bientôt pour recouvrir l'intégralité du bâtiment virtuel.

Aussitôt, le système informatique se mit à rapatrier toutes les informations stockées sur les machines de l'ambassade, se connectant au Net et les expédiant sous forme de salves de données aux systèmes installés à Mandelatown — jadis connue sous le nom de Bloemfontein —, l'actuelle capitale de l'Afrique du Sud.

Le réseau de l'ambassade avait aussitôt interrompu le sondage de ses défenses, renonçant à détecter l'identité de Solomon, mobilisé qu'il était par des programmes de priorité plus élevée. Un tourbillon hurlant d'activité balaya la salle de presse, recopiant et transmettant le moindre bit de données pour le rapatrier vers la capitale.

Solomon se précipita pour passer en téléchargement de copie de programme. Après un bref instant de panique, conscient d'être à la merci de programmes de sauvegarde d'urgence, il se força à respirer normalement et garder son calme. Ça l'aidait de savoir qu'il pouvait à tout moment se déconnecter mais il était également conscient qu'il ne pourrait peut-être pas non plus revenir de sitôt dans le secteur.

Tout le monde avait des leçons à tirer d'un plantage-système. Et de manière générale, la même méthode ne fonctionnait pas deux fois de suite — même si, à l'occasion, Solomon avait découvert qu'on pouvait faire mentir l'adage. Le plus souvent, c'était parce qu'un piège avait été installé. En l'occurrence, les pièges aussi s'étaient révélés instructifs.

Une partie de l'intégré* de sauvegarde d'urgence de l'ambassade servait à archiver l'information, compressant les données pour en faciliter la manipulation. Mais ce programme de compression risquait de rendre la présence de Solomon plus aisément détectable. Il activa donc un deuxième utilitaire, destiné à greffer audit programme une ligne de commande pour lancer le téléchargement vers l'ambassade d'Afrique du Sud d'une base de données accessible de l'extérieur.

S'il laissait le processus d'archivage se lancer, certes, les programmeurs le localiseraient et l'éjecteraient du système. Il sourit... Sauf qu'ils auraient un peu de mal à télécharger l'ensemble du contenu de la Bibliothèque américaine du Congrès...

Filant sur la Toile, Solomon remarquait à peine les néons bariolés qu délimitaient les divers sites officiels et commerciaux occupant autour de lui le paysage virtuel. De toutes formes, de toutes tailles, tous connectés au Net, ils défilaient en dessous, au-dessous, à côté de lui. Il arriva à Mandelatown, alors que les programmeurs sud-africains cherchaient encore à comprendre ce qui avait attaqué leur système.

La Bibliothèque du Congrès contenait virtuellement des tonnes de fichiers.

La salle dans laquelle il débarqua semblait avoir été taillée dans un seul bloc géant d'obsidienne aux surfaces d'un noir étincelant. Vaste, elle était emplie d'immenses piles de coffres en inox représentant les divers fichiers du site. Le logiciel de tri qui archivait les données entrantes était représenté par un humanoïde à tête d'hydre et peau bleu marine qui engouffrait des flots entiers de données dans sa large gueule béante.

Solomon ouvrit le troisième utilitaire et le lança dans le trieur, collé au paquet de données contenant l'information qu'il recherchait. Il savait que les Sud-Africains avaient dû bien planquer celle-ci, mais il tablait sur l'hypothèse qu'ils n'avaient pas voulu s'en débarrasser.

Il y eut un passage noir quand le logiciel de tri le dériva vers une autre partie du réseau informatique. Il réapparut dans une autre salle d'obsidienne, elle aussi garnie de hautes piles de coffres d'acier. Des reflets de néon jouaient sur les surfaces, en éclairs clignotants rouges, or, verts et pourpres.

Le troisième utilitaire était un logiciel de filtre, un moteur de recherche qu'il avait configuré pour localiser les documents qui l'intéressaient. Les minces filaments de câbles monomoléculaires jaillirent du torse de Solomon, représentations du programme-filtre. Les filaments vert fluo fouettaient l'air et s'enroulaient, filant ouvrir les divers coffres.

« Halte ! Identifiez-vous ! »

Solomon jeta un œil derrière les piles et avisa le logiciel de sécurité du système qui lui fonçait dessus.

On aurait dit la représentation d'une version ancienne de l'utilitaire Norton Tools, un cube trapu de métal bleu saphir hérissé de capteurs laser à rubis qui balayaient les alentours et lui donnaient l'apparence d'une araignée. Le programme déboulait à toute vitesse.

« Fume ! » répondit Solomon, mais il aurait bien voulu avoir un moyen d'accélérer le fonctionnement de son moteur de recherche. Si jamais le sysop* le retrouvait, il serait vidé du système et peut-être même identifié.

Puis, l'un des filaments monomoléculaires issu de sa poitrine se mit à redoubler d'éclat, indication qu'il avait trouvé les documents requis. Solomon se rua aussitôt vers le coffre désigné, l'utilitaire de sécurité adverse toujours sur les talons.

Lorsqu'il activa le logiciel de récupération qu'il tenait prêt, il sentit une série de pointes jaillir de ses mains et de ses pieds. Il les enfonça dans la muraille de la tour représentant la zone d'archivage et se mit à l'escalader jusqu'au coffre ouvert. Dès qu'il fut parvenu à sa hauteur, il y enfonça la main, tandis que des dizaines de fils monomoléculaires jaillissaient de ses poings, des fils qui se collèrent goulûment aux fichiers qui l'intéressaient, téléchargeant aussitôt l'information vers le système informatique du lycée, là-bas à Bradford.

Au moment où le programme de sécurité fondait sur lui, brandissant ses faisceaux laser, Solomon sentit le contact gluant d'un scanner d'identité qui s'accrochait à lui. Son téléchargement achevé, il se déconnecta avant la fin du scan.

*

* *

Solomon rouvrit les yeux dans le fauteuil d'interface. Il était couvert de sueur, ébranlé par l'intense niveau d'anxiété qu'il venait de connaître. Même si à aucun moment il n'avait été en réel danger physique, il se faisait malgré tout l'effet d'avoir couru un marathon.

D'un geste machinal, il enregistra l'information qu'il venait de pirater sur une plaque-mémoire* de deux pouces, puis effaça le fichier-source de l'ordinateur du lycée, éjecta la dataplaque* et la fit sauter au creux de sa main.

Encore un peu tremblant, il descendit du fauteuil et retourna dans le couloir boire un coup. La pendule murale indiquait 6 :37 du matin.

Le piratage n'avait même pas pris deux minutes.

Il sourit, ravi. *Personne ne m'arrive à la cheville.*

Il sifflotait le thème d'un célèbre film d'espionnage du temps passé lorsqu'il retourna vers le siège d'interface.

Quand il se connecta de nouveau, ce fut pour accéder au système d'exploitation en réalité virtuelle qu'il utilisait chez lui. Il franchit une porte qui venait de se matérialiser dans le mur de la bibliothèque virtuelle et pénétra dans un laboratoire familier encombré de machines à l'allure exotique. Des individus tiraient sur des mannequins avec des mitraillettes modifiées, en carbonisaient d'autres au lance-flammes ou travaillaient sur un nouveau modèle de Dodge Viper bleu ciel.

« Bonjour, Double-zéro-un.

— Bonjour, monsieur », répondit Solomon en traversant la vaste salle pour s'installer devant une station de travail libre, dotée des capacités d'holovision dont il avait besoin. En fait, la station de travail symbolisait les programmes qui lui étaient nécessaires pour récupérer et traiter les documents qu'il venait de pirater.

L'inventeur était un vieux bonhomme incroyable à cheveux blancs, nageant dans une blouse de laboratoire trop grande pour lui. Il avait l'air cabotin d'un héros de BD. Solomon l'avait modélisé d'après un personnage de cinéma qui avait créé son propre substitut holographique quand son corps réel avait finalement tiré sa révérence. Dans les holos, l'inventeur avait téléchargé son esprit dans les ordinateurs du service de contre-espionnage britannique, créé son substitut holovisuel et s'était aussitôt attelé à la tâche de doter l'espion le plus célèbre du monde de l'attirail de gadgets les plus exotiques.

Solomon s'était choisi le matricule Double-zéro-un. Tant qu'à choisir, autant être le premier.

Comme environnement de travail personnel, Solomon l'adorait. Il n'était jamais seul et on ne l'embêtait pas non plus. Il régnait toujours autour de lui une intense activité, propre à fournir une atmosphère apaisante à son esprit hyperactif.

Il s'assit devant la station de travail et ouvrit les fichiers qu'il avait dérobés.

Une suite de séquences d'actualité de la guerre d'Afrique du Sud qui avait embrasé la région entre 2010 et 2014 emplit le volume défini devant lui par l'holoprojecteur. Solomon passa en avance accélérée, sautant d'une scène de guérilla urbaine aux combats des unités spéciales dans la brousse, pour finalement repérer le document qu'il cherchait.

« Qu'avons-nous déniché aujourd'hui, Double-zéro-un ? » s'enquit l'inventeur, les mains croisées dans le dos, en lorgnant par-dessus l'épaule de Solomon.

« Du matériel d'espionnage, répondit ce dernier. Des documents secrets gardés enfouis depuis dix ans par le gouvernement sud-africain. De l'intox, de la propagande, bref, le monde à l'envers...

— Jolie prestation, Double-zéro-un, renchérit l'inventeur. Aurez-vous besoin d'un des objets que nous préparons ici ?

— La voiture, répondit Solomon. J'aurai besoin de faire une virée un peu plus tard.

— On vous la préparera. »

Solomon étudia l'holovid* et trouva l'un des fichiers qu'il cherchait tout spécialement. Le visage d'un homme emplit l'espace holovisuel. Brun, la quarantaine bien entamée, la mâchoire volontaire, des yeux bleu glacier. Un insigne de colonel resplendissait sur le col de sa chemise.

« Identification, souffla le garçon.

— Moore, répondit l'ordinateur. Robert Andrew. Colonel. Corps des marines des États-Unis. Affectation : Afrique du Sud. Opérations clandestines. Classification : ultra-confidentiel défense.

— En plein dans le mille ! » souffla Solomon. Il parcourut le fichier, se rendant compte que ce qu'il avait espéré y dénicher était plus retors et plus complexe que ce qu'il avait imaginé à l'origine. Au bout du compte, l'histoire réelle n'allait pas faire son affaire.

Après un rapide temps de réflexion, avec déjà en tête ce à quoi il voulait aboutir, il ouvrit un menu d'outils de montage vidéo. Peu importait comment tout cela avait pu commencer. Dès les premiers cours, lundi matin, le résultat obtenu conviendrait à ses attentes.

Il en sourit à l'avance et se mit aussitôt à l'ouvrage. Rien n'était plus savoureux que la vengeance.

1

Andy Moore avançait avec précaution dans les décombres urbains laissés par l'holocauste nucléaire. Des nuages rouge sang maculaient un ciel bleu pâle, interrompu par les silhouettes noircies, déchiquetées, d'immeubles en ruine recouverts d'excroissances vertes et moussues.

Les séismes et les explosions de conduites de gaz avaient défoncé les rues entre les ruines, laissant des îlots de béton et de chaussée basculés en tout sens. La chaleur du soleil de midi carbonisait la scène, mais le vent avait une température arctique et d'âcres relents d'eau salée.

Il progressait avec circonspection parmi les décombres, tous les sens en alerte, ses yeux bleu glacier scrutant le champ de bataille potentiel. Il écarta de son front une mèche blonde rebelle. Vif et maigre, il évoluait avec la grâce naturelle d'un athlète. Il était vêtu d'une combinaison moulante de commando avec son équipement complet : rations de survie, gourde et tente monoplace étanche pour se protéger de l'attaque des pluies acides.

Il était habitué à évoluer en silence malgré tout son barda, grâce à l'entraînement acquis entre les sorties de camping, les exercices et les cours de remise à niveau indispensables pour intégrer les Explorateurs de la Net

Force. À ce titre, son entraînement avait été presque aussi épuisant, exigeant et complet que celui d'une recrue des marines. Andy avait excellé dans toutes les disciplines physiques.

Le bout de revêtement sur lequel il avait mis le pied oscilla quelques instants. Il attendit d'avoir retrouvé son équilibre et que les échos du crissement des pavés les uns contre les autres se fussent éteints.

Il savait qu'il n'était pas seul : il sentait des regards hostiles peser sur lui.

Dès que la sensation l'effleura, il ne put retenir un sourire d'anticipation. Il tapota sur le combiné casque-laryngophone qu'il portait pour activer un canal d'émission. « Alors, qu'est-ce que t'en penses, Matt ? »

Mais seul un bruit de friture résonna dans le minuscule écouteur logé dans son conduit auditif.

« Matt ? » Il parla un peu plus haut et l'appréhension lui noua soudain l'estomac. Du bout de l'index, il rapprocha de ses lèvres le micro fin comme un crayon et entendit aussitôt les frottements retransmis dans son écouteur. La réception fonctionnait sans problème. *Et merde*, songea-t-il. *Je savais bien que c'était pas une bonne idée de se séparer. Mais non... Môssieur Matt voulait absolument couvrir plus de terrain, arpenter le secteur plus vite.*

Il baissa les yeux vers l'ordinateur de navigation fixé à son poignet gauche. L'écran pulsait, affichant une neige gris-vert au lieu de la sim en 2-D qu'il aurait dû normalement recevoir du satellite au-dessus de lui. Des reliquats de signatures d'impulsion électromagnétique interféraient avec la mission autour de plusieurs poches disséminées dans toute la ville. Ce devait être un de ces coins. En tout cas, pas trace de Matt Hunter. Comme si son pote avait disparu de la surface de la planète.

Un crissement de cailloux sur sa gauche.

Andy pivota en tendant brusquement le bras. Aussitôt, un réticule se dessina dans son champ visuel, délimitant la portée de tir de l'arme montée sur son poignet droit. Le lance-filet était court et trapu, dix centimètres de long avec une bouche presque aussi large. Son poids ralentissait quelque peu ses réactions. Il était conçu pour tirer dès qu'il serrait le poing.

Les restes délabrés d'une boutique d'un étage abritant un libraire de bédés, prise en sandwich entre une supérette et un marchand de moquettes, attirèrent son attention. L'enseigne — au nom de JUSTICE SOUS CAPE, assortie de l'image d'une super-héroïne en bikini blindé, avec gants, bottes et cape assortie — pendait de guingois au-dessus de la porte défoncée. Des éclats de verre scintillants encombraient l'immense vitrine où la brise effeuillait les pages de vieux magazines de bande dessinée.

Avec Hooper dans le coup, ce doit être la boutique de BD. Ça collerait bien avec son sens de l'humour.

Redoublant de précautions, il enjamba les fragments de dalles et de bouts de fers à béton rouillés et tordus.

Il se mit en position près du seuil, se servant de la porte comme bouclier. À force de s'entraîner dans des dizaines de scénarios de jeux en ervé, il avait acquis les réflexes qui lui avaient permis de rester « en vie » au sortir de centaines de combats simulés. Il pivota pour contourner la porte, le lance-filet brandi devant lui.

Rien ne bougea parmi les ombres emplissant la pièce. Sauf quelques rats qui détalèrent au milieu des décombres jonchant le sol où magazines, albums et bouquins avaient été réduits en un amas de confettis à demi mastiqués. Le vent s'engouffrait avec un bruit étrange par la devanture explosée, accentuant quelque part l'impression de vide régnant dans la bâtisse.

Andy prit une grande inspiration un peu tremblante. *Bon, d'accord, donc Hooper déborde d'imagination.*

Il essaya de passer outre, mais sans pouvoir se défaire de cette sensation de chair de poule.

Et moi qui croyais que c'était Matt qui allait flipper.

À nouveau ce grincement, ce coup-ci en provenance de l'étage.

« Matt ? » lança Andy dans son micro. Il braqua le lance-filet vers la cage d'escalier obscure et reprit sa progression. Matt aurait-il été fait prisonnier ?

À peine avait-il fait trois pas qu'Andy comprit son erreur. Un bruit d'éboulis retentit derrière les vitrines explosées sur sa gauche. Il pivota, décelant au chuintement sur le sol qu'il allait être trop tard.

La zombie le chargea comme une locomotive lancée à toute vitesse. Elle portait cape et bikini blindé, exactement comme la fille dessinée sur l'enseigne du magasin, mais la ressemblance s'arrêtait là. Des mèches hirsutes de cheveux blonds collaient à un visage si décharné que les os du crâne se voyaient au travers. Les yeux jaunâtres étaient profondément enfoncés dans l'ombre des orbites. Et les lèvres trop tendues étaient crispées en un avide rictus de mort. Elle poussa une longue plainte hululante qui emplit tout l'édifice.

Désarçonné, Andy se figea. Il ne savait trop si c'était à cause du hurlement ou de l'aspect de son adversaire ; l'un comme l'autre en tout cas l'avaient pris de court. La zombie était presque sur lui quand Matt s'interposa pour l'écarter de sa trajectoire.

Andy recula en titubant, leva le lance-filet, serra le poing. Mais son jarret heurta une arête de béton et il s'étala sur le dos.

L'arme de Matt tira la première, crachant un filet replié qui vint s'emmêler autour de la zombie hurlante, la repoussant en arrière. Le filet s'allongea, suivant sa trajectoire. Quand elle alla taper contre le mur à l'autre bout de la pièce, le filet s'y colla, la maintenant prisonnière.

Elle hurla, cherchant à se dégager, mais le filet était

indestructible. Luisant d'un éclat jaune citron, les brins étaient parcourus de haut en bas par un courant électrique. Quand le circuit atteignit le sol, zombie et filet se volatilisèrent en une poussière couleur lavande qui se répandit à terre...

Matt se tourna vers Andy ; il hocha la tête, souriant : « Une minute de plus, vieux, et la partie était terminée. »

Andy tapota le lance-filet monté sur son poignet. « Il a dû s'enrayer, ou quoi...

— Tsk, tsk... » fit Matt, décontracté, tandis que ses yeux bruns parcouraient la pièce. « C'est toi qui t'es planté.

— Toujours aussi compatissant, à ce que je vois. » Andy se remit sur pied.

Grand, athlétique, impeccablement coiffé, Matt exhibait un grand sourire. « Si je l'avais laissée te choper ici, peut-être que j'aurais pu me montrer compatissant hors ervé. »

Andy eut la nette impression que ça n'aurait sans doute pas été le cas. Il partageait avec ses copains ce goût pour la compétition qui reprenait toujours le dessus dès qu'ils entamaient une partie. Vis-à-vis d'un autre, Matt aurait peut-être laissé courir, mais avec Andy, il n'était pas du genre à lui faire une fleur.

« Bon, d'accord, concéda Andy.

— Évidemment, suggéra Matt, j'aurais pu te laisser prendre ta raclée, pour mieux ratatiner Hooper ensuite, trop confiant qu'il aurait été après cette victoire trop facile.

— Non, merci. J'ai bien voulu tester pour lui cette sim, mais c'était pas pour être la cible de sarcasmes. » Andy avait cru que ce serait sympa. Hooper Lange n'était pas seulement bon joueur de basket, c'était aussi un excellent programmeur. Andy avait déjà participé à plusieurs des scénarios élaborés par lui.

« Bon, allons-y. Je crois qu'il en reste encore

d'autres à l'étage. » Matt prit les devants, escaladant les marches jonchées de débris, le dos plaqué au mur.

Andy le suivit, le lance-filet prêt à tirer. Le premier étage était incroyablement sombre, surtout en comparaison du rez-de-chaussée. Des caisses encombraient tout l'espace libre.

« Dis donc, Hooper a oublié l'éclairage dans ce secteur », nota Matt sans se démonter.

« Ouais, il nous la fait encore ambiance gothique, histoire de nous foutre les jetons. »

Matt lui sourit. « Ça marche ?

— Non, mentit Andy. Et avec toi ?

— Personnellement, je trouve ces trucs puérils. » Matt continua de s'enfoncer dans les ténèbres.

« Eh, fit Andy, il se trouve que tu marches sur un de mes terrains de prédilection. Il faut une disposition d'esprit bien particulière pour vraiment entrer dans un *shoot'em all.* »

Cette catégorie de jeux où il s'agit de « tirer sur tout ce qui bouge » était justement celle où entrait la présente simulation, dans le droit fil de ceux qui avaient fait un tel tabac sur PC ou console trente ans plus tôt. De nos jours, la plupart des joueurs préféraient toutefois des jeux de rôle plus élaborés, comme Sarxos[1], mais les bonnes vieilles séances de baston gardaient tout leur intérêt quand il s'agissait simplement de se relaxer.

« Il s'agit moins de tirer sur tout que de tirer vite, *rac-a-tac*, rectifia Matt, avec bonne humeur. Cette forme de jeu t'entraîne à réagir sans réfléchir à n'importe quelle menace. N'importe quel adversaire. C'est le genre de truc où mordent les types qui ont une capacité d'attention réduite.

— Sentirais-je là comme une allusion ? »

---

1. Cf. dans la même collection : *Jeu meurtrier*, Albin Michel/Le Livre de Poche, 2000.

Matt n'eut pas l'occasion de lancer une nouvelle pique car trois nouveaux zombies venaient de jaillir de derrière les piles de caisses devant eux. L'un d'eux projeta un bidon métallique qui cueillit Matt en pleine poitrine et le renversa. Les zombies s'empressèrent de foncer aussitôt.

Sans se démonter, Andy s'interposa devant Andy et leva son lance-filet. Il visa, serra le poing à trois reprises, très vite. Les filets fluorescents volèrent vers les zombies, les repoussant avant de les réduire en poussière couleur lavande.

« Rac-a-tac », lança Andy, ravi d'avoir eu l'occasion de montrer ses talents. Il souffla la fumée imaginaire du canon de son arme.

Matt repoussa le bidon de métal qui lui écrasait la poitrine. Dans le monde réel, le coup l'aurait expédié aux urgences, mais en ervé, ce n'était que distraction mineure.

« Décidément, c'est pas ma tasse de thé.

— Ouais, mais tu dois bien reconnaître que c'est plutôt marrant d'envoyer des zombies au sèche-linge... »

Matt essaya, sans grand succès, de dissimuler un sourire.

« Il y a certes là... comme une certaine satisfaction... primitive.

— Je sais. Et je crois que Hooper tient quelque chose...

— S'il arrive à aller au bout. »

Andy acquiesça. Hooper avait tendance à laisser son attention se disperser, se lançant dans de nouveaux projets avant d'avoir terminé ceux en cours. La réalité virtuelle tendait à accentuer ce travers, en lui permettant de ranger une grosse masse de travail sous l'abri bien commode d'une icône, puis de partir sur tout autre chose.

« Et pour la perception spatiale de cette salle, il pourra également repasser », nota Matt.

Andy regarda autour de lui. C'était vrai ; la pièce de l'étage était infiniment plus vaste que celle du rez-de-chaussée.

« Ouais, mais c'est une manie chez lui. Il a lu pas mal de romans de Robert Heinlein. Dans une de ses nouvelles, il y a un gars qui a une maison plus grande dedans que vue de l'extérieur[1]. J'imagine que ça a dû le marquer. »

Andy se dépêcha de prendre la tête, balayant avec son arme les endroits où pourraient éventuellement se cacher des zombies. Même si Matt préférait les simulateurs de vol en ervé aux vulgaires jeux de baston, Andy n'aurait voulu avoir personne d'autre à ses côtés en cas de pépin. Les deux garçons se complétaient bien. Quand Matt avait parfois ce côté calculateur et méticuleux pour trouver les solutions aux énigmes, Andy, avec son impatience et son impulsivité innées, sans compter son mode de réflexion peu conventionnel, résolvait autant de situations de jeux que son ami avec ses plans savamment élaborés.

Une sonnerie stridente retentit soudain dans la salle vaste comme un entrepôt.

« C'est la cloche, dit Matt. Les cours reprennent dans cinq minutes. »

Andy acquiesça à contrecœur. Les cours, il s'en serait volontiers passé aujourd'hui. Il appela l'affichage de la console de jeu et celle-ci se matérialisa dans les airs devant lui. Il ignora les deux zombies qui venaient de surgir de l'ombre et pressa les icônes Sauvegarder et Quitter.

« Alors, c'est comment, le cours d'analyse stratégi-

---

1. « La maison biscornue » (« And he built a crooked house » — 1941) dans le recueil *Longue Vie*, Pocket n° 5102 *(N.d.T.)*.

que ? demanda Matt alors que l'environnement de jeu se dissolvait autour d'eux.

— Chiant, répondit Andy, sincère. La régurgitation massive de trucs qui sont déjà arrivés.

— Je croyais que ça traitait de guerres et de batailles. Ça m'avait paru intéressant...

— Ça traite de leur retranscription. L'histoire récrite version intello. Je suis sûr que ça t'aurait plu.

— Ça collait pas avec mon emploi du temps. À cette heure-ci, j'ai physique à la même heure. Pas de problèmes avec Solomon ? »

Andy lorgna son copain et tâcha de prendre un air innocent. Sa rivalité constante avec Solomon Weist avait fini par devenir proverbiale à Bradford. « Non. Faudrait ?

— À vrai dire, répondit Matt tandis que son image se brouillait avant de se dissoudre, j'avais espéré que vous aviez enterré la hache de guerre. Je te retrouve à la sortie ?

— C'est ça, à la sortie, convint Andy. Et merci encore pour les soluces de ce jeu. » Il se déconnecta.

*
* *

Plissant les paupières sous l'éclat des tubes fluo du plafond, Andy se releva du fauteuil d'interface du cours d'analyse stratégique, encore sous le coup du léger vertige de la déconnexion. Il éjecta de l'ordinateur la dataplaque avec le jeu de Hooper, l'introduisit dans sa pochette en plastique et glissa le tout dans sa poche.

D'autres zombies... songea-t-il en parcourant du regard la salle de classe. Quelques sièges seulement étaient occupés. Les autres élèves étaient dans le couloir à attendre la dernière sonnerie ou sortaient juste du cours précédent. *Tout ce qu'il me faut, plutôt que des cours, des exposés et autres spéculations érudites.*

Puis un éclair de culpabilité le traversa. Le Dr Eugene Dobbs, leur professeur, avait dû jouer de son influence pour le faire admettre dans sa classe. Andy avait au mieux une moyenne de « B » et n'était pas vraiment dans la liste des candidats aux cours spécialisés. Mais le Dr Dobbs savait que le garçon n'exprimait pas entièrement son potentiel. Il le lui avait même dit avant de l'autoriser à assister à ses cours, citant cela comme le facteur décisif qui l'avait convaincu de le pistonner.

Personnellement, Andy aurait nettement préféré les études si on l'avait laissé choisir ses matières lui-même. S'il avait pu trouver un truc qui l'intéresse vraiment. C'était ça, le plus gros problème.

Sa seule certitude quant à son avenir, c'était qu'il voulait entrer dans la Net Force quand il aurait l'âge. Et il savait qu'un cours comme l'analyse stratégique, surtout enseigné par un professeur aussi réputé que le Dr Dobbs, ferait bien dans son cursus en vue de son inscription à la fac. Et, compte tenu de ses notes, tout ce qui était susceptible de l'aider à intégrer une bonne université ne pourrait que le rapprocher de son but.

Le problème d'Andy, c'est qu'il détestait attendre. Il avait envie de sortir et de s'occuper, tout de suite.

Jugeant qu'il avait un bref répit devant lui, il quitta le siège d'interface et fila dans le couloir boire un peu d'eau. Il dut faire la queue à la fontaine, but son gobelet, puis retourna à pas lents vers la classe.

« Eh, Andy. Ton exposé est prêt pour aujourd'hui ? »

Il se retourna et découvrit Megan O'Malley. C'était une de ses copines préférées et — comme lui — elle appartenait aux Explorateurs de la Net Force. « Eh, salut, Meg ! À ce qu'il se trouve, il est effectivement prêt. Pourquoi ? »

Megan O'Malley écarta de son visage une courte mèche de cheveux bruns. Ses yeux noisette étincelaient sous l'éclat des tubes fluo du couloir. Elle était en tenue décontractée, jeans et chandail jaune tricoté. Et portait une sacoche de bouquins. C'était une lectrice assidue qui préférait souvent se plonger dans un vrai livre-papier plutôt que de passer du temps en ligne.

Andy l'attribuait au fait que la mère de Megan était journaliste au *Washington Post* et que son père était écrivain de polars. Mais il n'imaginait pas qu'on puisse s'infliger la torture de rester assis des heures durant, sans bouger, un livre entre les mains. Il préférait de loin les expériences interactives qu'on vivait sur le Net.

« Si je te demande ça, répondit Megan, c'est parce qu'il y en a plusieurs dans la classe qui pariaient pour savoir si tu présenterais ton exposé ou une bonne excuse... »

Andy ne se vexa pas. En fait, il en tirait même une certaine fierté. C'était une blague. Peut-être pas de son cru, mais qui n'aurait pu exister sans lui. « Et toi, t'as parié ? »

Elle hésita une seconde avant d'acquiescer. « Ouaip.

— Alors, gagné ou perdu ? »

Elle sourit. « Perdu.

— Désolé. » Andy se marra.

« Alors, dis-moi, qu'est-ce qui t'a poussé à rendre ton devoir à l'heure ?

— Le Dr Dobbs. »

Megan hocha la tête. « J'avais entendu dire qu'il t'avait fait la morale avant d'accepter de t'inscrire à son cours.

— Tu parles...

— Enfin, t'en fais pas pour le pari », termina Megan.

Andy haussa un sourcil. Au titre de clown attitré de la classe, il avait appris à jouer des mimiques et du langage corporel.

« Il y en a un autre, expliqua-t-elle. Ça devrait me permettre de me refaire.

— Portant sur quoi, celui-ci ? »

Megan le regarda avec franchise. « Si ton exposé sera bon ou pas.

— Ouille. Dur-dur... Et qu'est-ce que tu as chois...

— Tsk-tsk. »

Andy secoua la tête. Le couloir s'était presque vidé, la plupart des lycéens ayant disparu dans leurs salles de classe respectives. Il n'avait pas vu Solomon Weist et commençait à se dire que le gars allait se défiler.

Puis une voix cultivée s'exprima dans un simulacre d'accent britannique : « Diantre, ne détecterais-je pas comme une puanteur porcine empestant l'atmosphère ? »

La colère envahit Andy qui se retourna aussitôt. Il détestait cette espèce de supériorité suffisante que savait parfois arborer Solomon. Il l'aperçut, debout près de la porte, presque à portée de bras, mais l'ignorant délibérément. Andy nota que la remarque du garçon avait attiré l'attention des élèves autour d'eux, ce qui le fit redoubler de fureur.

2

« Oh », continua Solomon en le fixant à présent droit dans les yeux, toujours avec ce même accent faussement british.

« C'est toi... Peut-être auras-tu oublié de décrasser convenablement tes chaussures avant de pénétrer dans notre honorable établissement. Je suppose qu'il est difficile de relever ces fragrances d'étable quand on baigne dedans à longueur de journée. »

Andy sentit la rougeur de l'embarrras lui brûler les joues, une sensation qu'il détestait ne pas pouvoir maîtriser. Tous ceux qui le connaissaient bien savaient que sa mère était vétérinaire et qu'elle tenait une clinique à Alexandria, Virginie, où ils vivaient. Elle l'avait élevée seule après la mort de son père, et il lui donnait souvent un coup de main à la clinique avant et après les cours. Ce matin, ce n'avait pas été le cas mais la suggestion de Solomon l'avait malgré tout mis à cran.

« Tu pourrais au moins laisser tes croquenots dans le hall, suggéra Solomon. Ou les donner à récuper au cours d'horticulture, qu'ils poursuivent le processus de recyclage. »

Andy fit un pas vers lui. Solomon ne bougea pas. Il était plus grand et plus lourd, et de toute évidence, ne se sentait pas le moins du monde menacé.

Assez incroyablement, ce fut Megan qui s'interposa

en lui bloquant le passage. C'était une fille très athlétique, excellente en arts martiaux, et Andy savait qu'il aurait du mal à la contourner.

« Laisse tomber, Andy, lui conseilla-t-elle. Il en vaut vraiment pas la peine. Tu risques que des ennuis...

— Et bien plus gros que tu l'imagines, ajouta Solomon avec un grand sourire.

— Megan, insista Andy, s'il te plaît, écarte-toi. » Quelque part, il n'arrivait pas à croire que Solomon ait pu se montrer aussi direct avec lui. Alors qu'ils s'évitaient depuis des semaines... en fait, depuis le début du cours d'analyse stratégique.

« Non », s'entêta Megan.

Andy avait du mal à contenir sa colère. L'émotion semblait toujours bouillonner en lui, prête à jaillir. Parfois, cela tenait à la frustration causée par Solomon et ses semblables. Mais parfois aussi, c'était la conséquence de l'émotion due à la perte de son père lors de la guerre d'Afrique du Sud. Sa mère n'avait rien fait pour l'empêcher.

Andy avait toujours la réplique aux lèvres. Et Solomon constituait une cible idéale. Son père avait été militaire de carrière dans l'armée américaine jusqu'à son exclusion pour conduite déshonorante — il s'était livré au marché noir. Quand des élèves de Bradford voulaient empêcher Solomon d'avoir la grosse tête, ils s'en prenaient en général à la biographie paternelle...

C'était d'habitude à ce moment que les altercations verbales avec le garçon tournaient au pugilat.

Pourtant, malgré sa colère, et en dépit de leur rancune tenace, jamais Andy ne s'était abaissé à attaquer son père. Et ce ne serait pas demain la veille. Pour lui, ce genre de pratique dépassait les bornes de la décence. Mais il n'avait rien contre un bon coup de poing bien placé.

« Megan », répéta-t-il.

Mais elle ne broncha pas.

« M. Moore, M. Weist, tonna alors une voix autoritaire. Veuillez cesser immédiatement ! »

Andy poussa un soupir crispé, sans quitter des yeux Solomon. Il savait que ce dernier avait déjà profité de l'occasion pour balancer des coups en douce. L'important pour lui était la victoire, quelle que soit la méthode employée.

« Oui, monsieur », dit Andy en reculant, les bras le long du corps, adoptant la posture « au repos » apprise dans les rangs des Explorateurs.

Le Dr Eugene Dobbs s'était arrêté devant la porte de la classe. Un rien replet sous son costume beige, portant de grosses lunettes à monture noire, il ne donnait toutefois aucune impression de mollesse. Des cheveux blonds taillés courts, légèrement grisonnants aux tempes, encadraient un visage rasé de près.

Solomon n'avait pas bougé.

« M. Weist, avertit le Dr Dobbs, vous allez obéir immédiatement ou je vous conduis dans le bureau du principal à coups de pompes dans le cul. Est-ce clair ? »

Avant de passer à l'enseignement, le Dr Dobbs avait été officier de carrière avant de servir dans le corps diplomatique. Andy n'avait jamais su cela en détail parce que les fichiers concernés étaient classés confidentiels. Mais Dobbs savait sans conteste se faire obéir. Et Andy n'avait que du respect pour cet homme.

« D'accord », bougonna Solomon, après un dernier effort pour amener Andy à baisser les yeux. Il lui tourna le dos et pénétra dans la salle de classe.

D'un signe de la main, le Dr Dobbs invita Andy et Megan à entrer à leur tour. Il ne dit plus un mot de l'incident. Il était sans aucun doute au courant de l'animosité entre les deux garçons.

La dernière cloche retentit, ébranlant le calme du couloir. Des doigts glacés parcoururent le dos d'Andy quand l'enseignant prit place sur l'estrade devant la classe. Andy brancha son datascribe* avec l'emploi du temps du jour sur le siège d'interface. Malgré ses bonnes intentions, il ne put s'empêcher de jeter un regard vers Solomon qui, comme lui, était allé s'installer au fond de la salle.

Solomon se contenta d'arquer un sourcil ironique en arborant un large sourire, comme s'il était seul à partager un secret.

D'habitude, Megan s'installait devant mais aujourd'hui, elle choisit de s'asseoir à côté d'Andy. « Est-ce que cela valait cet avertissement pour t'en être pris à lui ? »

Andy souffla entre ses dents. « Presque. » Mais il reporta son attention vers le Dr Dobbs.

« Si vous voulez bien tous me rejoindre dans l'ervé de la classe, nous allons examiner vos exposés. » Le Dr Dobbs quitta l'estrade pour aller s'installer à son tour dans le siège d'interface informatique installé derrière son bureau.

Andy s'appuya au dossier et laissa l'implant se connecter. Une seconde plus tard, il était dans l'espace virtuel de la classe, double exact de la classe réelle.

Le Dr Dobbs était à nouveau debout devant eux, raide comme un piquet près de l'estrade. « Si ma mémoire est bonne, nous en arrivions à la présentation de Megan O'Malley lorsque la cloche à sonné. Mlle O'Malley, êtes-vous prête ?

— Oui, monsieur, dit la jeune fille. Mon sujet traite des bénéfices tirés de la guerre hispano-américaine.

— Ou, pour parler plus franchement, de la conquête et l'assujettissement par l'armée américaine des dernières possessions espagnoles dans le Nouveau Monde », la coupa Solomon.

Andy se retint du mieux qu'il put. Solomon le cherchait vraiment aujourd'hui.

« M. Weist, intervint le Dr Dobbs, vous me ferez le

plaisir de vous abstenir de tout commentaire avant la fin de chaque présentation. »

Le garçon singea un salut militaire.

Andy savait que Solomon détestait apparaître en personne en ervé, préférant son avatar. Tout le monde à Bradford connaissait le cyberhybride que le garçon affectionnait pour ce rôle. Mais il était plus ou moins contraint par le règlement intérieur. Les seuls cours qu'avait pris Andy où les avatars étaient autorisés étaient ceux de dessin, d'expression orale et d'art dramatique. Et encore, pas systématiquement.

« La guerre d'indépendance de Cuba a éclaté en 1895 », commença Megan. Aussitôt, l'environnement de réalité virtuelle de la classe se conforma aux changements qu'elle avait intégrés à sa présentation. Les murs disparurent, remplacés par une ville portuaire aux maisons blanches couvertes de tuiles rouge et bordeaux. De grands navires occupaient ancrages et mouillages le long des docks planchéiés, avec leurs hauts mâts qui surmontaient le port d'une forêt de guingois. La plupart de ces bâtiments battaient pavillon espagnol.

Andy se tenait sur une des molles collines herbeuses qui dominaient La Havane. Il percevait l'odeur des embruns, entendait le chant des oiseaux derrière lui. Des voix mâles, le claquement d'avirons, le cliquetis des gréements sur les mâtures et parfois, le choc sourd d'une barge venant heurter une coque montaient des bassins.

Megan a fait un sacré boulot ce coup-ci, songea Andy.

Il sentait même sur sa peau la brûlure du soleil des Antilles.

« La guerre d'indépendance fut la poursuite de la révolte des Cubains contre la domination espagnole. » Megan prit le commandement des opérations et la classe suivit. La programmation était trompeuse, toutefois, car elle comprimait dans le temps leur voyage historique : en quelques minutes, ils étaient au cœur de la cité, parcourant les rues à l'insu de ses habitants simulés. « La révolte a duré dix ans, de 1868 à 1878, l'Espagne écrasant toute résistance. Le commandant de la place, le général Valeriano Weyler y Nicolau, avait créé dans toutes les grandes villes des camps de prisonniers pour y enfermer les rebelles. »

Megan les conduisit dans un de ces camps, à La Havane, et l'ervé réagit aussitôt en modifiant le décor autour d'eux. Des barbelés isolaient les prisonniers du reste de la population. Des soldats en uniforme de l'armée espagnole montaient la garde.

« Les occupants de ces camps mouraient de faim et de maladie », poursuivit Megan, en leur faisant franchir la clôture de barbelés. Les élèves la traversèrent comme des spectres, sans rien sentir.

Andy regarda autour de lui les morts et les mourants et se sentit légèrement écœuré. Les malheureux gisaient à même le sol, à l'ombre précaire de baraquements de bois. Les prisonniers avaient les yeux caves et désespérés.

« Vous m'excuserez pour la crudité de la représentation graphique, expliqua Megan, mais il était impossible d'atténuer ces scènes si l'on voulait montrer dans toute sa vérité l'horreur que cela a été. Du moins, c'est ainsi que je l'ai ressenti.

— Pour ceux parmi vous à qui cela poserait un problème quelconque, intervint le Dr Dobbs, ils peuvent se déconnnecter. Je vous rappellerai ensuite. »

Andy regarda autour de lui mais ne vit personne disparaître de la réalité virtuelle. Le cours d'analyse stratégique avait attiré la crème des étudiants de Bradford. Un bref instant, elle éprouva une certaine fierté à être parmi eux. Puis il lui revint que Solomon aussi avait franchi l'obstacle — grâce à ses résultats.

Megan poursuivait sa présentation.

Alors que le soir tombait, Andy la suivit à bord du bâtiment de guerre que les États-Unis avaient déployé à Cuba pour protéger leurs ressortissants. Au milieu de la nuit, l'*USS Maine* explosa en rade de La Havane alors qu'ils étaient à son bord.

La réalisation pyrotechnique était superbe, estima Andy, mais il revint sur terre quand Megan expliqua comment deux cent soixante personnes avaient ainsi péri ce jour-là. Les lycéens assistèrent aux scènes de panique à bord alors que le bâtiment sombrait dans les flammes et la fumée. Ils s'en tirèrent de justesse. Ils traversèrent le port à la nage pour se retrouver sur la plage, sentant la morsure du froid.

« L'Espagne prétendit que l'explosion venait d'une chaudière ou de la soute à munitions du *Maine* », expliqua Megan. Le jour revint en ervé et aussitôt leurs vêtements furent secs.

« Pour leur part, les États-Unis étaient convaincus qu'une mine sous-marine avait été plaquée contre la coque. Deux mois et quatre jours plus tard, le 19 avril, les États-Unis reconnaissaient l'indépendance de Cuba. Le 25, le président William McKinley déclarait que le pays était en guerre avec l'Espagne depuis quatre jours.

— Ouais, fit Solomon, et tout le monde sait le grabuge provoqué par Randolph Hurst après qu'il eut publié la lettre de l'ambassadeur d'Espagne à son ami à La Havane, lettre dans laquelle il indiquait ignorer quelles étaient les intentions de McKinley.

— Exact, admit Megan. La lettre d'Enrique Dupuy de Lome fut publiée à la une du *Journal*, le quotidien de Hearst, ainsi que du *World* de Joseph Pulitzer, peu avant l'explosion à bord du *Maine*. D'aucuns s'interrogèrent sur la provenance de cette fameuse lettre.

— À l'époque déjà, Hearst donnait dans la presse à sensation, nota Solomon. Pas dans l'info. Il y a de solides arguments qui tendent à prouver qu'il a contribué à déclencher la guerre.

— M. Weist », coupa le Dr Dobbs, d'une voix courroucée.

Solomon trahit son exaspération mais réussit à garder le silence.

Andy se retrouva dans la tourmente de la conscription, tant en Espagne qu'aux États-Unis comme Megan poursuivait sa présentation. Il s'amusait des tentatives répétées (et vaines) de Solomon pour tirer la couverture à lui et s'avouait en même temps totalement bluffé par la qualité du travail qu'avait réalisé la jeune fille. Pas de doute, son exposé allait flirter avec la note maximale. Il s'estimerait quant à lui déjà heureux si le sien parvenait à décrocher la moyenne. Mais maintenant qu'il voyait ce que Megan avait fait, il regrettait de ne pas avoir abordé son propre travail d'une manière différente.

Megan guida ainsi la classe jusqu'à la fin du conflit. Ils se trouvèrent à bord d'un vaisseau de la flotte espagnole aussi bien que parmi l'escadre asiatique du commodore Dewey lors de la bataille navale dans la baie de Manille. Ils étaient à bord du *Merrimac* quand celui-ci sombra dans la rade de Santiago, coulé par les canons espagnols avant que les forces américaines n'aient pu bloquer le port.

Ils marchèrent avec les troupes américaines lorsque celles-ci débarquèrent près de Santiago, puis traversèrent la jungle jusqu'à Las Guasimas, trempés de sueur, sursautant au moindre bruit, au moindre mouvement. Depuis Las Guasimas, ils gagnèrent El Caney, où Megan leur présenta les crêtes rocheuses baptisées colline de San Juan et colline de la Bouilloire.

Dans un ultime baroud d'honneur, ils attaquèrent aux côtés du colonel Theodore Roosevelt avec ses célèbres cavaliers. Ils avaient beau plonger pour se mettre à l'abri, la fumée blanche de leurs antiques pétoires trahissait leurs positions. Andy et les autres lycéens se retrouvèrent ainsi cloués sous le feu ennemi.

Puis Roosevelt réunit sa cavalerie ainsi que les fantassins d'autres unités. Ensemble, ils gravirent le terrain escarpé dans un brouillard où se mêlaient fumée de canons et poudre à fusil pour remporter la victoire de la colline de San Juan.

L'imagination d'Andy était entièrement captivée par la présentation. Même s'ils étaient en ervé et que rien ne pouvait leur arriver, l'adrénaline bouillonnait dans ses veines. Plusieurs lycéens, à part lui, participèrent aux brèves réjouissances des forces américaines.

Reprenant la main sur son interface, Andy téléchargea l'exposé de Megan sur sa propre dataplaque. Il faudrait de toute manière qu'il en connaisse le contenu d'ici le prochain cours, mais il voulait surtout avoir une chance d'examiner de plus près certains événements abordés par la jeune fille. Malgré lui, son intérêt était piqué et il aurait voulu avoir le même enthousiasme lorsqu'il avait travaillé son mémoire sur l'occupation romaine des îles Britanniques.

Megan termina sa brève présentation de la bataille navale entre la flotte en retraite de l'amiral Cervera et l'escadre du commodore Schley. En quatre heures, la marine américaine avait détruit la flotte espagnole. Le 17 juillet, les Espagnols se rendaient, Porto Rico était capturée peu après et l'armistice était officiellement signé le 12 août.

« La guerre hispano-américaine procura aux États-Unis un certain nombre de bénéfices essentiels, résuma Megan. Le plus évident, ce furent les gains territoriaux : les Philippines, Guam et Porto Rico. Le conflit servit également à resserrer les rangs des combattants américains. La guerre de Sécession avait divisé le Nord et le Sud, et c'était la première fois que les deux camps luttaient ensemble depuis la guerre de 1812. »

Andy regarda la fin du montage holographique baignant la classe. Guidé par Megan, il vit la scène se modifier, révélant des extraits des changements qu'elle venait d'évoquer.

« La marine américaine se renforça, poursuivit Megan. Le canal de Panama fut creusé pour relier Atlantique et Pacifique. Le Dr Walter Reed, qui a donné son nom au centre médical de Washington, trouva la cause de la fièvre jaune et son remède, avec l'aide d'un médecin cubain, Carlos J. Finlay. Et l'Amérique fut en définitive reconnue comme une grande puissance par le reste de la communauté internationale. »

La réalité virtuelle bégaya puis vint reconstituer l'espace de la salle de classe.

« Excellent, Megan, commenta le Dr Dobbs. Vous avez réalisé là un travail d'envergure. Je suis sûr que vos camarades auront quantité de questions à vous poser sur la guerre hispano-américaine lors de notre prochain cours. »

Concert de grognements dans la salle.

Le Dr Dobbs sourit puis hocha la tête. « C'est bien pour cela que vous effectuez des téléchargements, jeunes gens. À qui le tour ? » Il les considéra, attendant que l'un d'eux se décide.

Sachant que personne n'oserait lever la main pour prendre la succession de Megan, Andy s'apprêtait à se porter volontaire, histoire d'être débarrassé. De toute façon, il ne pourrait pas être plus prêt que maintenant. Mais avant qu'il ait pu lever le bras, le Dr Dobbs reprit : « Bien, Solomon, puisque vous étiez si pressé de compléter le compte rendu de Megan, vous pouvez prendre la suite.

— Volontiers. J'en serai ravi », dit Solomon.

Ébahi, Andy tourna son regard vers l'autre bout de la classe.

Bon d'accord, pas de problème, je sens venir le coup fourré. Jamais Solomon n'aurait délibérément accepté d'enchaîner sur un travail de cette qualité s'il n'imaginait pas avoir réalisé un vrai coup de maître.

« Pour notre part, nous ne remonterons que de onze ans, commença Solomon, mais ça va vous plaire. »

Rien qu'à l'entendre s'exprimer, Andy eut envie de grincer des dents.

L'espace d'ervé de la classe se transforma soudain en vue panoramique d'un paysage de brousse noyé dans l'obscurité. Les minces filaments de nuages noirs découpaient un croissant de lune jaunâtre. Dans ces ténèbres, un claquement du métal contre le métal résonna à l'horizon : un bruit de rotors fouettant l'air, celui d'hélicos traversant le ciel.

Andy se trouvait sous un bosquet d'arbres avec le reste de la classe. Il regarda les commandos britanniques, vêtus de leur tenue de combat noire et le visage maquillé de peinture de camouflage, se précipiter en position, oublieux de leur présence. Un sentiment de malaise noua l'estomac du jeune homme quand il réalisa où ils devaient se trouver. Cela expliquait le comportement de Solomon depuis le début de la journée — pourquoi il s'était à ce point escrimé à titiller Andy.

« Nous sommes en 2014 et nous sommes dans ce scénario aux derniers jours de la guerre d'Afrique du Sud », expliqua Solomon.

Megan et plusieurs autres se tournèrent vers Andy. Il maintint un visage « impassible », un faciès qu'il avait appris à arborer quand il ne voulait pas qu'on devine ses pensées.

Un hélicoptère plongea du haut des airs et fila vers les positions des commandos britanniques. Soit les forces sud-africaines avaient balancé leur emplacement, soit le pilote de l'appareil les avait détectés sur son détecteur infrarouge. Andy aperçut de fait la coupole du radar à visée avant sous le ventre du Huey, puis ses deux lance-roquettes latéraux illuminèrent la nuit.

Les missiles percutèrent le sol, fauchant les arbres, les buissons, les hommes. Un carnage épouvantable. Des cratères fumaient tout autour d'eux, abcès emplis de fumée grise, éclairés d'une lueur orangée, entourés par les corps déchiquetés des cadavres.

Le souffle torride des explosions balaya Andy. Il essaya de les ignorer mais il ne pouvait empêcher tous ces scénarios de lui revenir en mémoire, scénarios surgis à son esprit après que sa mère lui eut expliqué dans quelles circonstances son père avait trouvé la mort. Plus tard, elle lui avait donné la médaille d'Honneur du Congrès qu'on lui avait décernée à titre posthume. La décoration était toujours dans un tiroir de son bureau, chez lui. Il ne l'avait plus regardée depuis des années.

L'hélicoptère passa en vrombissant, quelques dizaines de centimètres seulement au-dessus de sa tête. Des balles traçantes rouge cerise griffèrent la jungle. Les étincelles des projectiles tirés en riposte ricochaient sur la carlingue et les pales de la machine.

« Interruption programme », coupa la voix du Dr Dobbs au milieu de ce déluge d'explosions et de rafales d'armes lourdes. Aussitôt, la scène disparut et tous se retrouvèrent dans la salle de classe. « M. Weist, je présume que vous avez un exposé à présenter.

— Oui, monsieur, répondit l'intéressé en prenant un air innocent.

— Sans toute cette dramatisation...

— Megan a bien présenté des scènes de bataille dans le sien, observa Solomon, boudeur.

— Elle avait aussi une thèse à illustrer.

— Moi aussi.

— Énoncez-la. »

Andy était soulagé d'être ressorti d'ervé. Il n'avait pas prévu que la confrontation avec la guerre l'ébranlerait à ce point. Mais il suspectait Solomon d'avoir eu cette idée en tête pour sélectionner son sujet.

Solomon se racla la gorge, prêt à donner le meilleur de lui-même. Le fait qu'il eût pris l'interruption du Dr Dobbs sans faire d'esclandre ni se plaindre de son droit à la liberté de parole était plus qu'éloquent pour Andy, lui confirmant que si le garçon préparait un coup fourré, celui-ci était assurément de grande ampleur. Et une chose était certaine : Solomon était à coup sûr résolu à ce qu'il lui reste en travers de la gorge.

3

« Si j'ai mentionné, pendant la présentation de Megan, la publication par Hearst de la lettre écrite par Dupuy de Lome, commença Solomon, c'était pour illustrer ce que je voulais démontrer à présent.

— Et servir vos propres intérêts au lieu d'écouter l'exposé de votre camarade », observa le Dr Dobbs.

Solomon arrondit les yeux.

Andy sourit. *Mouché !*

Maîtrisant la colère qui était apparue sur son visage poupin, Solomon poursuivit. « Je voulais faire remarquer que le pays qui gagne une guerre gagne aussi le droit de récrire les événements qui se sont déroulés. L'histoire est aux mains des vainqueurs.

— Je ne peux pas dire que nous tenions là un scoop, nota le Dr Dobbs, mais enfin, je vous laisse poursuivre.

— Pouvons-nous reprendre mon exposé ? »

Le Dr Dobbs attendit un bref instant, juste suffisant pour rappeler à Solomon qui était le maître dans la classe. « Je ne veux plus voir d'autre matériel graphique.

— Ces engagements soulignent l'ensemble de mon exposé, protesta Solomon. Vous avez bien laissé Megan nous faire traverser un camp de la mort rempli de prisonniers mourant de faim.

— Parce que cela donnait du poids et de la présence

à son argumentation. Cela nous montrait contre quoi se battaient les Cubains, expliqua le professeur. Jusqu'ici, votre séquence ne semble avoir été l'objet que d'un choix tout à fait gratuit. »

Le visage de Solomon devint cramoisi. Andy se réjouit en silence, se retenant avec peine d'ajouter l'insulte à l'injure. La seule chose qui l'en empêcha, ce fut qu'il risquait ainsi de distraire le Dr Dobbs du savon qu'il était en train de passer à son éternel rival.

Fronçant les sourcils, ce dernier concéda : « D'accord, je vais supprimer toutes les scènes que vous pourriez trouver contestables.

— Encore une, promit le Dr Dobbs, et j'interromps définitivement votre exposé pour passer au suivant. Vous aurez une note inférieure à la moyenne. »

Andy savait que cela le touchait là où ça faisait mal. Pour Solomon, les notes étaient tout. Il se battait pour décrocher les meilleures, le plus souvent avec succès.

« Parfait. » Le Dr Dobbs lui rendit la main et Solomon ramena la classe en Afrique du Sud.

Andy cligna les yeux. Il était de nouveau dans la jungle et il faisait toujours nuit. Un petit village de huttes couvertes de paille et juchées sur pilotis occupait une clairière. Un petit cours d'eau paresseux avait des reflets d'argent au clair de lune. Des feux de camp jetaient des ombres dansantes sur quatre chars sud-africains garés sous les arbres.

« Nous sommes dans un petit village au nord de Mandelatown, expliqua Solomon. Il n'avait jamais reçu de nom jusqu'au jour où les Nations unies l'ont baptisé Site 43. »

La bouche d'Andy devint sèche. Son père était mort à Mandelatown — loin de ce site, mais il ne se sentit pas soulagé pour autant. Avec Solomon, c'était impossible.

« Certains parmi vous se souviennent peut-être qu'une arme biologique a explosé au Site 43, entraînant la mort de plus de cinq mille personnes, en majorité des civils », poursuivit Solomon.

Andy se prépara au pire, imaginant que le garçon n'allait pas leur épargner ce spectacle. Il connaissait bien l'histoire parce qu'il avait de son côté lu des documents sur cette épidémie artificielle quand il faisait des recherches concernant son père. Mais cela remontait au temps où il cherchait encore à comprendre ce qui avait poussé celui-ci à partir en Afrique pour y mourir au lieu de rester chez lui près de sa femme et de son fils. À présent, Andy s'en fichait bien. Enfin, la plupart du temps.

Le Dr Dobbs se trémoussa légèrement, et tout le monde comprit à cette attitude éloquente que si jamais le lycéen montrait des images des victimes de l'épidémie, la présentation serait terminée.

Solomon fit la grimace et les images autour d'eux se brouillèrent : de toute évidence, il venait d'altérer son menu de présentation. La nuit laissa place au jour. « Avant que nous abordions la question, laissez-moi vous livrer quelques points d'histoire, afin de mieux resituer les événements. »

Et tandis qu'ils suivaient leur camarade dans cette transition, un paysage de montagne se matérialisa autour d'eux. Un terrain escarpé, vallonné, qui s'étendait dans toutes les directions, peuplé de troupeaux d'éléphants, de panthères noires, de girafes et d'antilopes courant dans une savane ponctuée d'arbustes rabougris. Une troupe de lions se prélassait dans les hautes herbes sur leur gauche, attendant patiemment que le troupeau d'antilopes passe devant eux. Des vautours tournoyaient dans le ciel.

Plusieurs lycéens rirent sous cape et plaisantèrent, avant d'endosser en vitesse des tenues de brousse pour être assortis à la présentation virtuelle. Un regard peu amène du professeur calma ces esprits mutins mais ils gardèrent leur tenue de safari.

Andy avait momentanément songé se joindre au chahut mais il se retint. Tout cela évoquait pour lui des souvenirs trop proches. Il attendait que Solomon dévoile son piège.

Celui-ci reprit : « Nous sommes au Transvaal. Aujourd'hui, la région est devenue une réserve de chasse qui abrite égalemement le parc national Kruger. Mais c'est là aussi que l'on trouve les mines d'or du Witwatersrand, aujourd'hui rebaptisé Gauteng. »

Le paysage devint plus montagneux. Ils se trouvaient dans une exploitation minière moderne. Des excavatrices et d'énormes dumpers grondaient sur le sol damé. Andy sentit aussitôt la chaleur l'imprégner et sa peau se couvrir de poussière. Solomon devait presque crier pour couvrir le fracas des machines.

« Plus de la moitié de l'or mondial est extrait en Afrique du Sud. Pretoria est également un producteur important. » Solomon les conduisit jusqu'à l'usine de fonte et ils regardèrent les petits tas de lingots d'or qu'on transportait dans de gigantesques entrepôts sous l'œil vigilant de gardes armés en uniforme. « C'est une des raisons qui a conduit les puissances occidentales à s'impliquer dans la guerre civile qui a éclaté en Afrique du Sud en 2009.

— Les forces de maintien de la paix sont allées là-bas pour protéger les populations », objecta Debbi Toth. C'était une petite mince au nez retroussé, toujours sapée hyper-cool — elle tenait ça d'une mère mannequin. Mais son père, Andy le savait, avait servi dans les marines en Afrique du Sud. « À t'entendre, on dirait qu'elles cherchaient surtout à mettre la main sur les réserves d'or. »

Solomon croisa les bras. « Dr Dobbs, j'aimerais pouvoir finir mon exposé sans être interrompu. »

Le professeur hésita. « Je comprends vos sentiments personnels, Mlle Toth, mais M. Weist ne présente là aucune conjecture nouvelle. Il a le droit de spéculer sur les origines du conflit. »

La décision ne satisfaisait manifestement pas Debbi. Elle rejoignit Andy au fond de la classe. « Celui-là, j'adorerais lui débrancher la prise, murmura-t-elle.

— Uniquement s'il était en réanimation », plaisanta Andy.

Elle lui sourit et pour Andy, un sourire de Debbi Toth, c'était déjà une excellente façon d'éclaircir sa journée.

Andy continua de regarder. Il savait que la réaction de la jeune fille à la présentation faite par Solomon était l'unique motif pour retenir encore l'intérêt du reste de la classe. Bien entendu, ceux qui connaissaient vraiment le personnage et ce dont il était capable l'attendaient de voir sortir son lapin du chapeau. Et plus intéressant encore, c'était de se demander si Solomon arriverait à l'extraire avant que le Dr Dobbs ne lui confisque ledit couvre-chef.

« L'or était la seule raison qui a conduit les puissances occidentales à s'engager dans la guerre civile sud-africaine, poursuivit Solomon. Bien évidemment, elles se sont protégées sous le parapluie politique des Nations unies. » Et il reprit la diffusion de son exposé.

Andy suivit à contrecœur, notant que le paysage changeait à nouveau pour présenter une pente douce descendant vers les méandres d'un fleuve. Des cabanes bordaient ses rives, installées entre l'ombre des arbres et la savane. Dans des canoës, des hommes et des garçons pêchaient à la lance et au filet.

« Nous sommes près de Kimberley, expliqua Solomon, sur le fleuve Orange, l'un des deux grands fleuves d'Afrique du Sud. En 1867, des paysans hollandais, les Boers (terme néerlandais pour fermier), découvrirent ici des diamants. L'Afrique du Sud reste aujourd'hui encore un acteur capital sur ce marché. La découverte du filon de Kimberley a finalement conduit à la guerre des Boers contre les Britanniques désireux de garder le contrôle de l'or et des diamants extraits d'Afrique du Sud. On était encore à l'époque coloniale, ne l'oubliez pas. Et d'aucuns ont tendance à croire que le monde n'a toujours pas évolué depuis. »

Tandis que Solomon poursuivait son exposé, le village au bord du fleuve se transforma en zone urbaine. De hautes tours perçaient le ciel, des rues bitumées découpaient la civilisation en carrés bien ordonnées. Une intense circulation encombrait le centre-ville.

« L'Afrique du Sud a presque toujours vécu divisée, expliqua Solomon. D'abord, selon des critères raciaux, séparant les Blancs des Noirs. Mais même à cette époque, elle était également divisée en fonction des classes, et la fortune et l'éducation y jouaient un rôle essentiel. Les critères ethniques restaient toutefois la division la plus importante. L'apartheid est devenu la politique officielle, exigeant des citoyens noirs qu'ils soient munis d'un laissez-passer ou de papiers d'identité dès qu'ils quittaient leur terre natale. »

Andy contempla, incrédule, les postes de contrôle installés en périphérie de la ville. Des militaires blancs armés en uniforme filtraient de longues files d'hommes et de femmes noirs qui voulaient entrer dans la ville. Certains étaient refoulés alors même qu'ils avaient un besoin évident d'entrer pour y recevoir des soins.

Le meilleur ami d'Andy était David Gray. David l'avait aidé à intégrer les Explorateurs. Andy n'avait pas souvenance d'un moment où ils n'auraient pas été amis et il n'imaginait aucune raison qui puisse briser cette amitié. La couleur de la peau n'était pas un problème. Mais il savait que certains ne partageaient pas son opinion.

« Même en 2009, poursuivait Solomon, l'Afrique du Sud restait divisée. Sauf qu'à cette époque, les clivages n'avaient plus rien de racial. C'étaient les mêmes que l'on connaît partout : entre les possédants et ceux qui n'ont rien. Ou, pour reprendre le qualificatif sous lequel ils se sont mieux fait connaître, entre les Nationalistes et les Patriotes. Il sourit. Et si vous consultez un dictionnaire, vous découvrirez que ces deux termes sont synonymes. Mais les médias avaient besoin d'un moyen de les différencier. »

Toujours guidé par Solomon, Andy pénétra dans une vaste salle emplie d'hommes en complet qui lançaient des prix d'actions. D'immenses tableaux couvraient des écrans au milieu de la salle, affichant des indices en évolution constante. Andy avait vu le même genre de scène à Wall Street quand il parcourait les Holojournaux pour s'informer de l'actualité.

« Les transactions boursières sont devenues une des priorités du gouvernement nationaliste au tournant du millénaire. Les Sud-Africains voulaient traiter avec le marché chinois émergent de préférence aux pays occidentaux. Retirer de telles quantités d'or et de diamant du circuit du marché libre et le contrecoup sur l'industrie occidentale risquait de déstabiliser les économies de plusieurs grands pays.

— Je ne crois pas que ce soit tout à fait cela, objecta Megan. Ma mère a couvert ces questions durant la guerre, en tant que reporter. La perte de ces ressources préoccupait beaucoup de gens mais le monde aurait continué à tourner.

— Pas aussi confortablement, rétorqua Solomon. Et je te ferai remarquer que ceci est *mon* exposé. »

Megan opina à contrecœur.

« Bref, telles sont les raisons essentielles qui motivent selon moi l'engagement des Américains, des Britanniques et des Européens dans le conflit. » Solomon avança et le paysage nocturne se rematérialisa.

Les chars étaient garés, silencieux, sous les arbres à l'entrée du petit village au nord de Mandelatown. Assis autour de feux de camp, des gens bavardaient et mangeaient. La lune brillait, désormais sans nuages.

« Ce qui nous ramène ici, expliqua Solomon. Nous sommes en 2014, près de la fin du conflit. Avec les États-Unis et l'Europe pour soutenir les rebelles nationalistes désireux de poursuivre leurs relations avec le monde occidental, le gouvernement sud-africain se retrouva lentement acculé. Les puissances occidentales étaient plus fortes, mieux équipées, et plus important, elles avaient plus de canons à faire tonner sur le terrain.

— C'est oublier un peu vite que les Patriotes profitaient de toutes les occasions pour pilonner les Nationalistes, objecta Debbi. Histoire de s'assurer qu'ils aient de moins en moins de pauvres à recruter... »

Solomon hocha la tête, irrité, mais poursuivit : « Et puis, le 12 août 2014, une épidémie se répandit sur la région devenue depuis tristement célèbre sous le nom de Site 43. »

Andy déglutit avec peine. Son père était mort le matin du 13 août, quelques heures seulement après la scène qui se déroulait à présent devant eux. Il se força à respirer lentement.

Pourquoi Solomon a-t-il choisi cette guerre, et pourquoi surtout une période si proche de la mort de papa ? Est-ce là le coup fourré qu'il a trouvé ? Me viser personnellement ?

« En l'espace de soixante-douze heures, l'épidémie se répandit dans Mandelatown, tuant les gens par milliers. Elle frappait sans discernement, éliminant aussi bien les Patriotes que les Nationalistes.

— L'épidémie a été endiguée grâce à l'intervention américaine, remarqua Megan. Si l'Amérique n'avait pas été impliquée dans le conflit, nul ne peut dire combien de victimes supplémentaires elle aurait fait.

— Ouais, dit Solomon. Mais on a conjecturé que les États-Unis auraient pu être les instigateurs du déploiement de l'arme biologique.

— Autant que je me souvienne, intervint le Dr Dobbs, avec une retenue audible, l'arme biologique à laquelle vous faites allusion s'est révélée provenir d'un vieux stock soviétique datant de l'époque de la course aux armements. Il semble qu'elle ait été larguée par un groupe terroriste venu du Moyen-Orient et visant à décimer les forces occidentales.

— Ça, c'est la version officielle », admit Solomon sans se départir de son sourire.

Andy sentit son estomac se nouer, conscient que Solomon n'avait pas encore lâché sa bombe. Il réfléchit à toute vitesse, essayant de se remémorer la chronologie des événements pour tenter de deviner où le garçon voulait en venir mais sans aboutir à rien de concret.

« Personne n'a jamais prouvé l'existence de ces fameux terroristes du Moyen-Orient, reprit Solomon. Même si les puissances occidentales et les Nationalistes se sont entendus pour soutenir cette version des faits.

— De toute évidence, vous êtes en désaccord avec celle-ci, nota le Dr Dobbs. Sinon, nous ne serions pas ici avec vous au milieu de nulle part... Venez-en au fait.

— Cela tient en deux mots : c'est toujours le vainqueur qui récrit l'histoire. » Et Solomon de claquer des doigts pour souligner sa thèse.

La transition qui suivit ne fut pas aussi fluide que les précédentes. Andy sentit son estomac se retourner puis il se rendit compte que toute la classe — grâce à la magie de la réalité virtuelle — s'était entassée derrière le pilote d'un hélicoptère d'assaut Apache volant au ras des arbres. L'ervé leur permettait de tous partager simultanément la place arrière pour observer l'action.

Andy regarda à travers la bulle en Plexiglas du nez de l'appareil et vit le paysage défiler sous eux comme un immense océan plongé dans la nuit. Soudain, une boule de feu illumina les ténèbres, projetant une gerbe de débris enflammés en forme de cône renversé. Andy savait, de son entraînement au sein des Explorateurs de la Net Force, que la charge avait été configurée de sorte à projeter délibérément dans les airs son contenu mortel pour que les vents l'emportent vers Mandelatown. *Et vers mon père*.

« Base de Faucon Douze, annonça par radio le pilote de l'Apache. J'ai repéré une explosion au nord de ma position au point zéro. Vous voulez que j'aille y voir de plus près ?

— Bien reçu, Faucon Douze. Nous n'avons aucune confirmation par le relais satellite. Vous avez la main.

— Bien compris, Base. Faucon Douze prend la main. » Le pilote tira sur le manche pour modifier le cap de sa machine et foncer vers la zone où avait eu lieu la détonation.

Andy se relaxa un peu. Ce que Solomon leur présentait maintenant était les images d'archives de l'incident. La scène avait été diffusée et rediffusée des dizaines — sinon des centaines — de fois par tous les journaux holovisés. Il n'y avait là aucune surprise.

Le lieutenant Joe Dawkins, le pilote de l'Apache, avait été la première victime officielle de l'arme biologique. Il avait infecté vingt autres hommes dès son retour à la base puis était mort le lendemain, bien avant que les équipes médicales n'aient pu identifier ce qui s'était passé.

Solomon laissa la séquence se dérouler : elle montrait à présent la zone de la cible telle que la découvrait le pilote. Puis il coupa la sim, ramenant tout le monde dans la classe.

« Rien là de bien neuf, M. Weist, observa le Dr Dobbs. Franchement, je me serais attendu à mieux après tout le temps que vous dites avoir consacré à vos recherches.

— Ce n'est pas tout », indiqua Solomon. Il claqua de nouveau des doigts. Quand la sim mobilisa de nouveau l'espace virtuel, ils se retrouvèrent dans la jungle au Site 43. « Comme certains parmi vous le savent peut-être (et ce disant, il fixait Andy), l'armée nationaliste postée au Site 43 a filmé en 2-D le déploiement de l'arme biologique. Ce que je vous propose à présent est une reconstitution de cet événement. »

Andy regarda avec appréhension. Un écran se matérialisa à l'angle inférieur droit de son champ visuel.

« L'écran présente l'image réelle telle que filmée par l'équipage du char nationaliste, expliqua Solomon. J'ai basé la sim sur la séquence tournée. »

Des ombres silencieuses sortirent de la brousse pour venir encercler le tank. Andy reconnut les ombres de soldats américains des forces spéciales à leur silhouette, leur armement, et leur manière furtive d'évoluer. Il avait vu des marines à Quantico se déplacer de la même façon.

Les servants du char nationaliste passèrent aussitôt à l'action, ouvrant le feu à la mitrailleuse et au canon. Les balles sectionnaient les branches tandis que les obus déracinaient des arbres entiers.

Les commandos américains ripostèrent, éliminant l'équipage du tank.

« M. Weist ! coupa le Dr Dobbs. Je vous avais dit que je ne tolérerais plus ces scènes de Grand-Guignol et je ne plaisantais pas !

— Là ! » s'écria le garçon en pointant le doigt et son ton, l'excitation de sa voix figèrent même le professeur. Des balles traçantes le transperçaient en sifflant sans jamais toucher son image virtuelle, par la vertu de l'utilitaire de tri programmé dans la simulation.

Suivant le doigt tendu, Andy découvrit le petit camion 2,5 t qui traversait la brousse. Son puissant moteur gémissait sous l'effort auquel il était soumis. Les arbustes se couchaient devant son pare-chocs, fauchés comme des jouets. Cette séquence avait également fait partie du reportage, aussi Andy n'était-il pas vraiment surpris.

« Vous vous souvenez de ma remarque sur les vainqueurs qui récrivent l'histoire ? reprit Solomon. Officiellement, il est possible que les Nationalistes sud-africains n'aient pas perdu la guerre mais ils n'ont pas non plus réussi à commercer avec les Chinois comme ils en avaient eu au départ l'intention. Les grands gagnants sont restés les puissances occidentales. »

Andy regarda des hommes en tenue camouflée sans marque distinctive descendre du camion au loin. Ils déchargèrent de l'arrière une caisse en bois, puis traversèrent le fleuve pour pénétrer dans le village. Plusieurs villageois se tapirent dans leurs huttes, un grand nombre s'enfuit dans la brousse.

« Préparez l'arme ! ordonna un des soldats.

— Bien, mon colonel ! » Des hommes saisirent des pieds-de-biche et ouvrirent le couvercle de la caisse.

Leur chef était dissimulé dans l'ombre et portait une espèce de casque avec une tenue protectrice. Son visage demeurait invisible. Il ordonna au reste de ses hommes de remonter dans la camion dès que la caisse serait en place. Ils disparurent au loin, laissant l'officier se livrer seul à sa tâche.

« Observez attentivement », prévint Solomon.

La sim passa au ralenti.

Le souffle court, devinant que le garçon était sur le point de sortir son lapin d'un chapeau que le Dr Dobbs n'avait pas encore eu le temps de lui ôter, Andy observa.

L'éclat vert vif du panneau de commande de l'arme, une fois déployée, révéla presque les traits de l'officier mais son visage resta malgré tout plus ou moins dans l'ombre, alors pourtant que la lumière jouait sur son torse et la visière de son casque.

Une fois l'arme réglée, l'officier courut rejoindre le camion garé sur l'autre rive. Mais un soldat nationaliste tapi dans la brousse ouvrit le feu, le clouant près du lit du fleuve durant quelques précieuses secondes.

« Ils utilisent une technologie russe, indiqua Solomon. Et qui plus est, une technologie ancienne. Sinon, jamais personne n'aurait gobé leur histoire. Mais ces hommes n'étaient ni des Russes ni même des terroristes venus du Moyen-Orient. »

Le commandant traversa rapidement le fleuve, en esquivant les balles. Ses bottes pataugeaient dans l'eau basse. Et puis l'arme biologique explosa, emplissant la sim d'une lumière crue accompagnée d'un grondement soudain qui traversa Andy de part en part. Il cligna les yeux pour ne pas être ébloui, avant de découvrir le rideau de gaz émis par la bombe.

L'onde de choc renversa l'officier.

« Ce n'étaient pas des terroristes arabes qui ont déployé la bombe », reprit Solomon.

L'officier se releva et tenta de courir. Mais il était trop tard. Le nuage mortel diffusé par l'arme biologique l'avait déjà encerclé.

L'officier vérifia frénétiquement sa tenue pour s'assurer qu'elle était toujours hermétique.

« C'était nous, poursuivit Solomon. Un commando des forces spéciales américaines chargé d'une opération clandestine. »

Manifestement fataliste, l'officier fit signe à ses hommes alors même que le nuage mortel l'engloutissait, pour leur ordonner de rejoindre sans lui une destination inconnue. Au loin, on vit le camion s'éloigner sous le vent. L'officier se retourna alors pour considérer le village, promis à se transformer en charnier dès que l'arme mortelle aurait commencé d'agir. La lune vint à filtrer à travers le rideau de nuages. Et c'est à cet instant que les traits de l'homme apparurent enfin. Solomon mit en pause la sim et l'écran à l'angle inférieur droit fit en même temps un arrêt sur image.

Andy reconnut aussitôt ce visage. La douleur l'engloutit.

« Voici l'officier qui commandait la section des forces spéciales, reprit Solomon. Le colonel Robert Moore, qui le lendemain devait se voir décerner à titre posthume la médaille d'Honneur pour s'être sacrifié afin de sauver un bataillon d'éclaireurs de l'armée des États-Unis pris en tenaille par les troupes nationalistes dans les faubourgs de Mandelatown. » Il se tourna pour faire face à ses camarades, l'image du père d'Andy planant, figée, derrière son épaule. « Et à présent, dites-moi : le colonel Moore était-il un héros ou un traître ? »

4

« Et qu'est-ce qu'a fait Andy ? » demanda Matt Hunter, en essayant de s'imaginer ce qu'avait pu ressentir son copain. Il était assis en face de Megan O'Malley dans une stalle chez Cecil's Spaghetti. La foule autour du buffet du déjeuner était pour l'essentiel composée d'élèves de Bradford. Le restau était accueillant et fleurait bon la pâte à pain, l'ail et la sauce bolognaise. Matt adorait cet endroit.

Megan grignota une carotte crue. « À ton avis ? Il a pété les plombs. » Elle souligna sa phrase avec son bout de carotte.

« C'était son père, Matt, l'homme qui n'était pas revenu après la guerre, le parent qu'il a perdu alors qu'il était encore un gamin. Tout ce qu'Andy garde de son père, c'est cette image d'immense héros. Solomon l'a réduite en lambeaux, puis il a eu le culot de demander au Dr Dobbs si son exposé méritait un A+. »

Matt hocha la tête, encore plus écœuré, touillant sans appétit ses spaghettis de la pointe de sa fourchette. « Je suis surpris qu'Andy ne lui ait pas sauté dessus.

— Crois-moi, répondit Megan, c'est uniquement parce qu'il n'a pas réussi à se détacher de ma prise.

— Alors, où est-il maintenant ? » s'enquit Madeline Green, alias Maj, qui passait près de leur table et avait surpris la fin de leur conversation. Elle s'assit quand

Megan se poussa pour lui faire de la place. Comme ses camarades, Maj faisait partie des Explorateurs de la Net Force. Ses cheveux bruns cascadaient sur les fines bretelles de sa robe d'été couleur pêche. « T'étais pas censé déjeuner avec lui ? »

Matt acquiesça. « Ouais. Je l'ai cherché au bahut, mais ne le trouvant pas, j'ai pensé qu'il était peut-être déjà venu directement ici.

— Après ce qu'il vient de vivre, observa Maj, on peut imaginer qu'il avait envie de se confier.

— Pas Andy, rétorqua Matt. Il est du genre à jouer les grandes douleurs muettes, souviens-toi. Il serait encore capable de sortir des vannes en salle de réanimation... Cela dit, où diable Solomon a-t-il pu dénicher cette séquence d'archives en 2-D ?

— Il n'a pas voulu dire, répondit Megan.

— Le Dr Dobbs ne lui a pas demandé ? » Matt était bien certain que leur professeur ne voudrait pas en rester là.

« Solomon a affirmé que tout était consigné sur la copie papier qu'il rendrait plus tard, quand tous les autres élèves fourniraient leur documentation.

— Pourquoi attendre ? Pourquoi pas maintenant ? »

Megan secoua la tête. « Solomon a dit au Dr Dobbs qu'il avait un travail à finir auparavant.

— Et le Dr Dobbs l'a laissé s'en tirer comme ça ? s'étonna Matt.

— Bien sûr que non. Il lui a dit que son exposé était incomplet tant qu'il n'y aurait pas joint les sources documentaires correspondantes », expliqua Megan tout en continuant de manger, deux tâches dont elle s'acquittait simultanément avec élégance.

« Vu son avidité à décrocher des diplômes et sa fierté d'obtenir des résultats, nota Matt, on aurait pu imaginer qu'il ait cédé à ses injonctions.

— Eh bien non. Au contraire, ce connard a dit au

Dr Dobbs qu'il rendrait publiques ses sources bien assez tôt.

— Plutôt mystérieux, non ? commenta Matt.

— Solomon adore le mystère.

— Mais il ne va pas non plus laisser échapper une bonne note. Surtout au cours du Dr Dobbs.

— Je sais. » Megan fronça les sourcils. « C'est bien pourquoi il ne faut pas qu'on traite cette affaire à la légère.

— Tu veux dire qu'on devrait croire que c'est le père d'Andy qui a lâché cette arme biologique ? » Matt secoua la tête. « Impossible. Ma mère a travaillé en Afrique du Sud, ne l'oublie pas. Elle n'a jamais eu l'occasion de rencontrer le colonel Moore, mais elle savait que c'était un officier respecté. De ceux qui sont prêts — qui étaient prêts — à tout donner pour leur patrie.

— Eh, objecta Megan, je n'ai jamais dit qu'on n'avait pas besoin de croire à l'histoire de Solomon. J'ai dit qu'on devait la prendre au sérieux. Si Solomon affirme détenir des documents, alors, ce doit être vrai. Il est comme ça. Mais ça n'empêche pas de les examiner attentivement. »

Matt lâcha un soupir crispé. « Désolé. En plus, je le sais bien. Je me souviens, la première fois qu'on a évoqué la guerre en cours d'histoire. J'avais fait un exposé sur la période de service qu'avait faite ma mère, présenté des photos que mon père m'avait données d'elle et du chasseur qu'elle pilotait. Plusieurs autres élèves avaient fait pareil. Mais Andy... il n'a jamais pipé mot, même quand notre prof a évoqué la dernière mission de son père. »

Ils gardèrent un moment le silence ; Matt se sentait responsable d'avoir abordé le sujet.

« Donc, ce qu'il faut qu'on fasse c'est découvrir d'où Solomon tire ses informations, reprit Maj. Et garder à l'œil Andy. Il va sans doute vouloir s'en prendre à Solomon ou tenter d'étouffer toute cette affaire. »

Comme toujours, nota Matt, Maj avait calmement cerné le problème. « Ça me paraît le bon plan. Mais lorsqu'il s'agit d'Andy et de Solomon, on se retrouve plus ou moins confronté à un mur. Aucun des deux ne sera prêt à se livrer à qui que ce soit.

— C'est vrai, admit Megan. On va se partager la tâche. Il n'a plus que deux cours à faire avec Solomon. Moi, je vais le surveiller en analyse stratégique et David fera pareil en littérature anglaise. Si quelqu'un peut arriver à lui remettre la tête sur les épaules, c'est bien David.

— Sans prise de karaté ? » demanda Matt.

Megan lui sourit. « Je lui ferai volontiers une petite démonstration. Au cas où...

— Ce qui nous laisse avec le problème de Solomon, reprit Maj. Est-ce que la séquence qu'il a diffusée avait l'air authentique ? »

Megan aquiesça. « Tout à fait. Je l'ai téléchargée sur mon datascribe. Dès que je retourne en classe, je vous en mailerai des copies. Peut-être que vous découvrirez un détail qui m'aura échappé. »

Matt termina ses spaghettis et repoussa son assiette. « Je ne suis jamais arrivé à comprendre pourquoi Solomon et Andy ne peuvent pas se blairer. Ce sont l'un comme l'autre deux mecs intelligents. Solomon est un puits de culture, il a des résultats brillants, mais il est chiant comme la pluie. Et Andy est le pitre de la classe mais il ne potasse pas autant ses bouquins que Solomon. On aurait pu imaginer qu'ils s'entendraient bien. L'attirance des contraires, tout ça...

— Solomon décroche des bons résultats parce qu'il n'a pas le coup d'Andy pour s'attirer la faveur des foules, observa Maj. Andy est populaire et il s'imagine qu'il n'a pas besoin d'avoir de bonnes notes. Mais la plus grosse différence vient de leurs pères. »

Matt prêta l'oreille à ses explications. Ce qu'elle disait se tenait. Elle était sans doute la meilleure d'entre eux pour déchiffrer le caractère des individus et leurs relations.

« Le père d'Andy est un héros, poursuivit la jeune fille. Alors que celui de Solomon... » Elle laissa sa phrase en suspens.

« Ne l'est pas », termina pour elle Megan. Ce n'était un secret pour personne que le père de Solomon avait abandonné sa famille sitôt élargi de la prison de Leavenworth.

« Je crois que Solomon s'identifie à Andy d'une manière plus ou moins tordue. » Maj but une gorgée. « Et je crois qu'il s'imagine que s'il terrasse Andy, cela l'aidera à reprendre confiance en lui.

— Si Andy lui en laisse le temps », observa Matt. Il regarda sa montre puis se mit à débarrasser la table. « Parlant de temps, on ferait bien de se dépêcher si on ne veut pas être en retard aux cours. »

*

* *

Matt aimait bien faire le chemin à pied entre l'arrêt d'autobus et le lycée. Il se sentait toujours mieux quand il bougeait. Le mieux encore, c'était de lancer le boomerang, mais ça, il avait peu de chances de le pratiquer aujourd'hui. Il écouta les filles bavarder autour de lui, mais leur conversation semblait tourner autour des arts martiaux, aussi la chassa-t-il de ses réflexions.

Naviguant en pilote automatique, il se faufila entre les voitures garées dans le parking des élèves. C'est alors qu'il entendit un crissement de pneus sur la chaussée.

Matt leva les yeux. Le règlement du lycée était strict : quitter le parking sur les chapeaux de roues, si on se faisait prendre, c'était l'assurance de ne plus pouvoir retourner au bahut en voiture avant un bon bout de temps.

Une vieille bagnole, un gros fourgon tôlé noir mat, surgit de derrière la dernière rangée de véhicules. L'avant oscilla légèrement quand le chauffeur redressa pour compenser la dérive due à la brusque accélération. L'engin maintint son cap pour foncer droit vers une silhouette isolée, immobile entre les files de voitures garées.

Matt reconnut Chris Potter, un des élèves de Bradford, qu'il avait déjà eu comme camarade à certains cours : grand, dégingandé, cheveux blonds taillés en crête d'Iroquois avec les bouts teints en vert chartreuse, le garçon resta figé sur la trajectoire de la voiture, de toute évidence trop éberlué pour réagir. Chris, un véritable nerd*, passionné d'ervé, sans goût ni talent pour le sport ou autres activités du monde réel. De toute façon, même s'il avait bougé, Matt se rendit compte que c'eût été trop tard.

L'estomac noué, certain qu'il n'arriverait jamais à temps, Matt plongea sur le capot du 4x4 de loisirs Dodge Durango garé devant lui et glissa sur la tôle. Dès que ses pieds eurent touché le bitume de l'autre côté, il fonça vers Chris alors même que le gros bahut fondait sur lui.

5

Le fourgon était quasiment sur Chris Potter quand Matt vit du coin de l'œil Megan surgir d'entre la rangée de voitures sur sa droite. Sans hésiter un instant, elle se jeta sur Chris, les éjectant tous deux de la trajectoire du lourd véhicule.

Matt les perdit de vue alors que ce dernier lui déboulait dessus. Le grondement du moteur lui emplit les oreilles. Il crut entendre Megan hurler un avertissement.

Matt pivota pour se jeter sur la gauche contre l'autre rangée de voitures. Il atterrit sur un capot et glissa dessus avant de se manger le pare-brise.

Glissant les doigts dans la gouttière au pied de celui-ci, il s'accrocha de toutes ses forces. Le fourgon noir dévia pour venir percuter de biais la voiture garée, enfourchant le pare-chocs, la faisant reculer de plus de trente centimètres. Puis il se dégagea dans un long crissement de tôle.

L'impact avait laissé une longue marque au flanc de la camionnette. *Voilà qui favorisera son identification*, songea Matt en regardant le fourgon s'éloigner. Il essaya de relever son numéro mais la plaque avait été démontée.

« Matt ! s'écria Maj.

— Tout va bien », répondit Matt, le souffle court,

en redescendant du capot pour poser les pieds dans un amas de verre brisé, d'éclats de céramique et de fragments de métal arrachés à la calandre et au bouclier avant du véhicule.

Maj se précipita pour aider Megan à relever Chris.

Ils entendirent à nouveau le sinistre et strident crissement des pneus sur l'asphalte.

Matt regarda, incrédule, le fourgon noir faire un demi-tour sur les chapeaux de roues pour rebrousser chemin. Il avisa deux ombres derrière le pare-brise, révélant qu'un passager accompagnait le chauffeur. Et courut alors vers Megan, Maj et Chris.

« Filez ! commanda-t-il. Il revient ! » Il se baissa et courut comme ses amis entre les rangées de voitures garées, tout en glissant la main dans sa poche revolver pour en sortir l'inter* rangé dans son portefeuille. Il l'ouvrit d'une pichenette et pressa la touche d'allumage sur le clavier souple, puis sélectionna sur le menu l'option téléphone. Aussitôt, le circuit flexible intégré au boîtier en polymère se reconfigura en module téléphonique cellulaire. Il tapa le 911, le numéro de police-secours, pendant que Megan et Maj attiraient Chris entre eux.

« Qu'est-ce qui se passe ? demanda ce dernier.

— Tais-toi et avance ! » coupa Megan.

La connexion téléphonique s'établit au moment même où le véhicule percutait la file de véhicules derrière laquelle Matt avait suivi Chris et ses amies. Il sentit la voiture à côté de lui faire une embardée. Il se faufila juste à temps alors qu'elle glissait de côté pour s'écraser contre sa voisine.

« Police de Washington, DC, annonça dans l'écouteur une voix féminine synthétisée, veuillez énoncer la nature de votre urgence. »

Tout en courant, Matt essaya de parler. Megan tirait Chris, et derrière, Maj le poussait. Le fourgon noir parvint au bout de la rangée. Matt regarda, s'attendant plus ou moins à le voir faire demi-tour pour une nouvelle passe.

Mais au lieu de cela, le chauffeur fonça vers la sortie et s'engagea dans la rue en pleine circulation. Sa manœuvre l'amena à percuter une voiture, l'éjecter de sa file et l'envoyer de l'autre côté de la ligne médiane. Il y eut un concert d'avertisseurs et de crissements de freins, suivi de la détonation creuse d'une succession de voitures qui se tamponnaient.

Enfin en mesure de se concentrer sur ses explications au policier de permanence, Matt exposa les événements, décrivit le fourgon noir sans plaques avec son estafilade latérale, et ajouta des informations sur les voitures accidentées devant le lycée. Dans l'intervalle, les vigiles de l'établissement avaient investi le parking. De leur côté, plusieurs élèves se dirigeaient vers l'endroit du carambolage pour voir s'ils pouvaient porter secours aux accidentés.

Matt referma son inter et rangea son portefeuille. Puis il se tourna vers Chris. « Pas trop de bobo ?

— Juste un genou écorché. » Chris tira sur sa jambe de jean. Du sang tachait la toile.

Megan examina l'écorchure, ôtant des débris de la plaie. Elle poussa un soupir soulagé. « Il faudra lui nettoyer ça, Matt. Et peut-être poser une ou deux agrafes. Mais ça m'a l'air juste superficiel. Ça pourra attendre son interrogatoire par la police.

— La police ? Chris secoua la tête. Pas de police, ma poule. Pas question d'entrer dans ce plan-là. » Déjà, il faisait mine de s'éloigner.

Matt lui plaqua une main ferme sur l'épaule. « Je ne sais pas qui conduisait ce bahut, mais il avait l'intention de t'écraser. La police voudra savoir pourquoi

— Pourquoi ? Pourquoi ? Merde, et tu crois que je le sais, moi ?

— Écoute, Chris, reprit Matt, cherchant à dédramatiser la situation, les flics vont vouloir te parler. Ça veut dire qu'ils vont accéder à ton dossier de délinquance juvénile. Ils sauront donc, tout comme moi, que tu t'es déjà fait coincer pour piratage et délits informatiques. Mais ce coup-ci, c'est toi, la victime. Tu sais que ça fait une différence. »

Chris Potter était devenu une légende à Bradford. Plus d'une fois, la Net Force s'était pointée sur le campus pour lui mettre la main dessus. Mark Gridley, fils de Jay Gridley, le patron du service, avait raconté à Matt certains des exploits réalisés par Chris et ses potes.

La dernière fois que Chris s'était fait arrêter, il s'était lui-même livré. Il arrivait parfois que les entreprises commerciales décident de faire elle-même leur police contre les pirates de façon musclée. Ainsi, un concepteur français de logiciels avait-il mis un contrat sur sa tête et envoyé des tueurs éliminer Chris et sa famille. La Net Force était arrivée juste à temps pour les sauver, lui et les siens.

Chris secoua la tête, le regard furibond. « Matt, je te jure que je n'ai rien commis d'illégal depuis sept mois. Plus depuis que ces types ont déboulé chez moi. Ça m'a servi de leçon. Ma mère est encore en thérapie après ce que ces types lui ont fait subir. »

Matt lui donna une claque sur l'épaule. « Je te crois, Chris, mais vu les circonstances, je ne vois guère comment on pourrait faire autrement. » Il regarda la file de voitures endommagées. « Ces gars en avaient manifestement après toi.

— Ils ont bien essayé de t'avoir, toi aussi.

— En tout cas, le chauffeur essayait d'écraser quelqu'un, intervint Maj. Tu ne peux pas l'ignorer. T'as été le premier qu'ils ont cherché à écraser, Chris. Et ils en ont remis une couche après avoir raté leur coup une première fois. »

Matt acquiesça, avisant la première voiture de patrouille de la police de Washington qui pénétrait sur le parking du campus de Bradford. « Ouais, je sais. Et il y a un tas de gens qui vont chercher à savoir pourquoi. »

*
* *

Une fois qu'il eut fait sa déposition préliminaire aux policiers en uniforme qui avaient bouclé le secteur avec l'aide des vigiles du campus, Matt ressortit son portaphone*. Il l'ouvrit d'une pichenette et entreprit de composer le numéro du capitaine James Winter, l'agent de liaison des Explorateurs avec la Net Force proprement dite.

« Un instant ! aboya le gros sergent baraqué qui était descendu du second véhicule de patrouille. Fils, pas question de passer le moindre coup de fil tant que tu n'auras pas demandé mon autorisation. » Le sergent était de taille imposante, les tempes et la moustache grisonnantes.

« Pas de problème, chef, expliqua Matt en retournant son portefeuille pour présenter au sergent sa carte d'Explorateur de la Net Force. J'appelle le capitaine Winters, au siège de l'organisation. »

La plaque en laiton épinglée sur la poche de chemise du policier indiquait : sergent Lance Cooper. « Peut-être que c'est à moi d'en décider », observa-t-il.

Matt se cabra devant cette restriction mais il ne chercha pas à lutter contre l'autorité. « À vos ordres, sergent Cooper. Je compte alors sur vous pour expliquer ensuite au capitaine Winters pourquoi je ne l'ai pas appelé. Au titre d'officier de liaison des Explorateurs, il aime bien savoir quand l'un des agents placés sous sa responsabilité a des problèmes. »

De fait, Winters était très mère poule vis-à-vis des Explorateurs de la Net Force. Non seulement il agissait en tant qu'officier de liaison, mais il était en outre à l'origine de l'idée de ce programme et de sa mise en œuvre.

« Votre capitaine Winters ne m'impressionne pas, rétorqua le policier.

— Alors, peut-être que moi, si, sergent », tonna soudain une voix grave.

Cooper recula d'un pas, déjà un peu moins agressif. « Bien sûr, monsieur. »

Matt reconnut d'emblée Martin Gray. Le père de David était inspecteur de police dans les services de la capitale fédérale. Grand et mince, révélant la carrure qu'aurait David quand il serait grand, il faisait, facile, trois ou quatre tailles de plus que le sergent Cooper. Cheveux ras, peau d'ébène, pli de pantalon impeccable — Janice, la mère de David, les lui repassait régulièrement pour que son père soit toujours à son avantage.

« À la bonne heure », dit l'inspecteur Gray. Son regard se tourna vers Matt. « Appelle Winters. Et préviens-moi s'il estime que je devrais en savoir plus sur cette affaire. »

Matt opina. L'inspecteur Gray alla ensuite tirer Chris des mains de l'agent en uniforme qui s'occupait de lui jusqu'ici pour le mener à l'arrière d'une voiture banalisée où attendait un autre homme en civil. Matt termina de composer son numéro et patienta en observant la scène.

« Vous êtes au bureau du capitaine James Winter, répondit la voix bourrue de l'officier. Je suis en déplacement ou sur une autre ligne. Laissez votre nom et votre numéro après le bip sonore et je vous rappelle dès que possible. »

Pris de court, Matt faillit laisser passer le bip avant de commencer à parler. C'était la première fois qu'il avait ce genre de message sur la ligne de Winters. D'habitude, soit le capitaine décrochait lui-même, soit c'était sa secrétaire. Matt laissa donc son nom et son numéro, ainsi qu'un bref résumé des événements.

« Qu'est-ce qui s'est passé ? »

Se retournant, il découvrit David Gray à côté de lui. Grand et mince, David était en jeans et chemise à carreaux. Il se rasait la tête pour la saison de natation.

Matt lui résuma rapidement la situation, sans cesser de jeter des coups d'œil vers le parking où venait déjà d'arriver le premier véhicule des médias. *Ce doit être une journée creuse pour les scoops*. Mais d'un autre côté, avec des effectifs dont les parents appartenaient souvent au gratin de la capitale fédérale, Bradford représentait un fort potentiel d'anecdotes croustillantes.

« Ça ne tient pas debout ! » nota David quand Matt eut terminé son récit.

« Quoi ? Que quelqu'un cherche à s'en prendre physiquement à Chris ? Matt poussa un soupir. T'as déjà oublié ce commando de barbouzes envoyé par une boîte française ? Ils n'avaient pas hésité à balancer des bombes incendiaires sur sa maison alors que sa famille était à l'intérieur ! »

David acquiesça. « Bien sûr, mais ils avaient opéré au beau milieu de la nuit, rappelle-toi. Aucun risque d'avoir des témoins. S'ils se sont fait prendre, c'est uniquement parce que Chris avait piraté l'ordinateur de leur société et découvert qu'on les avait lâchés à ses trousses. Ce qui a permis à la Net Force d'arriver juste à temps. Mais c'était un coup de veine. Donc, ma question reste d'actualité : pourquoi tenter un coup pareil, ici à Bradford, en plein jour, quand il aurait été si simple de trouver où Chris habite avant de l'éliminer discrètement ?

— À moins justement qu'ils cherchent à avoir des témoins ? suggéra Matt.

— Pourquoi diable voudraient-ils des témoins ? »

Les deux garçons réfléchirent en silence.

Policiers et vigiles firent de louables efforts pour empêcher les journalistes d'interroger les lycéens. En vain, car plusieurs de ces derniers se dirigèrent d'eux-mêmes vers les reporters.

« Pour se faire remarquer, répondit finalement David.

— De qui ? »

Sourire de David. « Ah, voilà la question, pas vrai ? » Il marqua un temps. « Pas de Chris, à moins qu'ils aient eu l'intention de l'écraser juste un petit peu...

— Au lieu de l'aplatir complètement ? » L'esprit de Matt évalua toutes les possibilités soulevées par la remarque de David. Tout ça ne lui disait rien qui vaille.

« Peut-être. Y avait-il quelqu'un d'autre avec Chris ?

— Non.

— Mais Maj, Megan et toi n'étiez pas les seuls autres élèves à proximité ?

— C'était juste après déjeuner, admit Matt. Il y avait plein de monde dans le coin. *Et encore plus à présent*, nota-t-il en constatant la foule qui s'amassait. Des cadreurs avaient installé leur équipement sur le toit des camionnettes et déployé les antennes pour alimenter directement HoloNet et les autres chaînes.

« Peut-être que c'était à l'un d'eux qu'ils voulaient s'en prendre, suggéra David. Ou peut-être à l'un des copains hackers* de Chris.

— Chris affirme qu'il est net, désormais, répondit Matt.

— Et tu le crois ? »

Matt acquiesça. Derrière le pare-brise de la voiture banalisée, il voyait Chris protester avec véhémence devant l'inspecteur Gray qui pour sa part restait calme et flegmatique. « D'habitude, ton vieux s'occupe des homicides, non ? Je ne sache pas que quiconque ait été tué ici, même avec tous ces carambolages.

— Mouais, admit David. Il est possible qu'il soit là

parce qu'il s'agit d'une agression avec violence. Mais tu as raison. Sa présence ici est malgré tout bizarre.

— Tu veux que je t'apprenne un truc encore plus bizarre ? demanda Matt. J'ai appelé le capitaine Winters et je suis tombé sur un répondeur téléphonique.

— J'ignorais qu'il en avait un.

— Moi aussi. Et il ne m'a toujours pas recontacté.

— Plutôt curieux, non ? »

Matt opina, puis, suivi de son ami, rejoignit Megan et Maj qui finissaient d'être interrogés par des policiers en uniforme. Megan donnait des signes d'impatience tandis que Maj étudiait placidement la foule.

« Tu sais, observa-t-elle, il est possible que le mystérieux auteur de l'agression soit en ce moment même dans cette foule. »

La remarque fit dresser l'oreille à Matt. « Qu'est-ce qui te fait dire ça ? » Il se mit à observer la cohue d'un œil neuf.

« Le criminel revient toujours sur les lieux du crime, plaisanta la jeune fille. Papa utilisait cette ficelle dans ses premiers romans policiers.

— Cela a un fond de vérité, reconnut Maj. Les pyromanes et les terroristes reviennent souvent sur les lieux de leur forfait pour voir dans quelle mesure il a affecté les gens.

— C'est vrai, renchérit David en indiquant un photographe portant le blouson gris foncé de la police criminelle de Washington. Dès qu'il se passe un truc dans ce genre, une des premières procédures qu'applique papa est de demander qu'on prenne des hologrammes des badauds. S'ils n'ont rien eu d'autre à se mettre sous la dent par la suite, ils analysent le film image par image pour voir qui se trouvait sur place juste après l'incident. Plus d'une fois, cela lui a permis d'élucider l'affaire.

— Ça ne risque guère de se répéter, nota Megan en les regardant. Vous ne croyez pas ? »

Matt indiqua de la tête l'inspecteur Gray en compagnie de Chris. « Ça dépend, j'imagine. » Il parcourut de nouveau du regard la foule, un rien parano. Puis son regard tomba sur un type mince en tenue décontractée, les yeux cachés derrière des lunettes d'aviateur. Démentant sa tenue, ses bottes noires étincelaient comme s'il sortait d'une revue de détail.

Matt avait le nom du bonhomme sur le bout de la langue... Il se tourna vers David, attirant discrètement son attention :

« Eh, dis, ça serait pas un agent de la Net Force ?

— Où ça ? » demanda David.

Quand Matt tourna de nouveau les yeux vers l'endroit où se trouvait l'homme, il découvrit qu'il s'était volatilisé. Il n'arrivait pas à le croire. « Il était là il y a une seconde, expliqua-t-il à ses copains. Et c'était un gars de la Net Force. Je l'ai déjà rencontré.

— D'accord, admit David. Mais en général, ils ne travaillent pas en solo. Si tu en as repéré un, ça veut dire que t'en as raté un deuxième, voire d'autres... »

Matt savait que David avait raison. Mais que se passait-il au juste ? Il avait appelé le capitaine Winters et celui-ci ne l'avait pas rappelé, alors même que des agents de la Net Force officiaient dans le secteur... Ça ne tenait pas debout !

L'inspecteur Gray sortit de la voiture banalisée et fit signe à Matt.

« On dirait qu'il veut me voir. Tâchez encore de repérer ces agents, dit Matt aux trois autres. Je suis curieux de savoir ce qu'ils fabriquent ici. »

Tous opinèrent. « Mais tu sais que tu ne pourras le savoir que si le capitaine Winters le veut bien », observa Megan.

Tout en se dirigeant vers la voiture de l'inspecteur Gray, Matt récapitula les deux dernières heures... l'attaque de Solomon contre Andy et la mémoire de son père, et l'agression à laquelle Chris Potter avait échappé de justesse... deux événements qui sortaient largement de l'ordinaire. Les chances que les deux surviennent le même jour étaient infimes. Que se passait-il donc à Bradford ?

6

Eh, M'man, à ton avis, quelles sont les chances que papa ait dirigé la mission qui a déployé la bombe bactériologique en Afrique du Sud ?

Alors même que la question lui trottait dans la tête, Andy contemplait le vague reflet de son visage dans la fenêtre de l'autobus. Il n'avait aucun moyen de la lui poser d'une façon dégagée. Sans risquer lui-même de poser une vraie bombe.

Et il était hors de question qu'il inflige ça à sa mère.

Il était assis, les genoux remontés, calés au dossier du siège devant lui. Le siège voisin était vide, ce qui était inaccoutumé. D'habitude, quelqu'un venait s'asseoir à côté de lui pour profiter des dernières blagues qu'on lui avait racontées ou qu'il avait plus ou moins concoctées lui-même. La réalité était presque toujours amusante si on voulait bien l'envisager sous son bon jour.

Aujourd'hui, toutefois, tout le monde semblait avoir perçu les vibrations du genre « lâchez-moi un peu la grappe » qui émanaient de lui. Ou alors, c'était à cause de son air stupide.

Quand l'autobus s'immobilisa à l'angle d'Alexandria et de Virginia, il récupéra son sac dans le filet au-dessus de lui et descendit sans un mot à personne. À peine avait-il tourné le coin du trottoir qu'il courait, ses semelles claquant sur la chaussée.

Il ne s'arrêta qu'une fois arrivé devant le petit pavillon de cinq pièces qu'il partageait avec sa mère. Il contempla les plantes grasses du jardin qu'il l'avait aidée à planter. Il étudia le ruban écarlate d'impatiens qui sinuait entre elles, et les animaux en céramique répartis dans la verdure que tous les deux s'achetaient à chacun de leurs anniversaires d'aussi loin que remontent ses souvenirs.

Tous ces éléments faisaient partie du jardin qu'il avait appris à tondre depuis qu'il avait eu dix ans. Ils faisaient partie du jardin que son père n'avait jamais tondu, lui, réalisa-t-il. C'est sa mère qui l'avait fait avant de lui en confier la responsabilité. De chaque côté de la maison des Moore, comme de l'autre côté de la rue, les papas tondaient la pelouse, avant de confier la tâche à leur fils quand il devenait grand, avant de reprendre le flambeau quand ce fils quittait le toit familial.

Andy respira, le souffle un peu court, incapable, la gorge nouée, si intense était son effort pour contenir son émotion. Leur voisin, M. Crewes, lui avait enseigné les quelques astuces pour entretenir et réparer la tondeuse grâce auxquelles la machine des Moore n'avait quasiment jamais connu de panne.

Encore un truc que papa aurait dû m'apprendre, songea-t-il avec amertume. *Un parmi les dizaines d'autres pour lesquels il aurait dû être là.*

Mais il n'avait pas été là, et Andy s'était plutôt pas mal débrouillé, malgré tout.

Il essaya de mettre de côté ce genre de réflexion parce qu'elle ne le menait nulle part, mais elle s'accrochait à lui. Il s'arrêta devant le scanner de la porte et prononça deux phrases dans le micro. Son identité établie, la porte s'ouvrit et il pénétra dans la maison.

Cette maison était son foyer, le seul dont il ait vraiment conservé le souvenir. Sa mère l'y avait amené quand il avait cinq ans, quittant le logement de fonction procuré par l'armée jusqu'à ce qu'elle ait réussi à joindre les deux bouts après la disparition de son père.

Machinalement, il fit la razzia dans le frigo, sortit un sandwich moutarde et un carton de jus de fruits. Puis il retourna dans l'annexe, derrière la maison, pour s'occuper de soigner les trois hérissons, le golden retriever, deux porcelets, un boa constrictor, deux souïmangas et le chat persan que sa mère avait ramené à la maison pour lui épargner le bruit constant de la clinique.

Andy nourrit et abreuva tout ce petit monde, vérifiant d'après les fiches maternelles le comportement et les changements visibles d'état avant de consigner ses propres notes. Cela lui faisait du bien de se sentir utile. Il ne savait plus de combien d'animaux ils s'étaient occupés, sa mère et lui, en perdant le sommeil, se faisant du souci, se réjouissant, ces douze dernières années. Mais ce qu'il savait, c'est qu'ils en avaient sauvé des tas.

« *Alors*, serina de nouveau la petite voix dans sa tête, *quel effet ça fait de ne plus avoir pour papa un héros ?* »

Se retrouver seul avec ses pensées n'était pas l'idéal. Il donna une dernière tape sur le museau du chien, régla la climatisation, ressortit, verrouilla la porte et retourna vers la maison et sa chambre. Des affiches d'holos et de jeux en réseau recouvraient tous les murs, sauf un, aux rayons encombrés de modèles réduits de voitures, d'avions, de fusées et de figurines de jeux, témoignages de sa quête perpétuelle du passe-temps idéal. Il ne l'avait pas encore trouvé, mais chaque exploration nouvelle lui avait fourni des munitions pour ses gags et ses plaisanteries.

Il se laissa tomber dans le fauteuil d'interface près du petit bureau installé au pied de son lit et y introduisit son datascribe. Il appuya la tête au dossier, sentit le grésillement du contact avec ses implants, et passa dans son ervé personnelle. Celle-ci changeait beaucoup, elle aussi, au gré de ses passions fluctuantes.

Pour le moment, c'était un vaisseau pirate espagnol, un galion du XVIe siècle qui filait sur une mer turquoise emplie de créatures marines issues des mythes et légendes. Les voiles blanches du navire se gonflaient au vent sous un ciel bleu limpide, et il sentit le pont osciller doucement sous ses pieds. L'équipage ne relevait sa présence que quand il le voulait bien. Ainsi pouvait-il être seul sans se sentir trop isolé.

Il remonta sur le château arrière où se trouvait la barre et se tint devant la table à cartes. « Affichage menu », lança-t-il.

Aussitôt, des icônes jaillirent de la carte de l'océan sur lequel il naviguait. Andy commença par se connecter au Réseau mais Mark, assez curieusement, n'était pas en ligne. Aussi appela-t-il Mark Gridley chez lui, au téléphone.

Une fenêtre s'ouvrit dans la carte, révélant son ami assis à son bureau devant le visiophone, chez lui à Georgetown. Son teint olive, ses cheveux bruns raides, ses traits fins trahissaient ses origines américano-thaïlandaises. Ses yeux en amande brillaient chaleureusement. À treize ans, Mark était le plus jeune des Explorateurs.

« Eh, Andy !

— Eh, toi-même, railla Andy. Je te prends à un mauvais moment ?

— Nân, répondit Mark. Je me préparais à tester le nouveau logiciel que maman vient d'écrire en vue d'une prochaine application par la Net Force. En gros, je fais du déboguage du code de cryptage, pour m'assurer de sa robustesse contre le piratage avant qu'on puisse le mettre en ligne. »

Le père de Mark était Jay Gridley, patron de la Net

Force. Sa mère était l'ingénieur-système de l'agence. Pas étonnant que leur fils soit un génie de l'informatique.

« T'as une minute ? demanda Andy.

— Pour toi, bien sûr. » Mark lui adressa un regard de sympathie. « J'ai appris pour toi, ce matin. Dur... »

Andy acquiesça, heureux de sentir la brise souffler sur lui en ervé. « J'y venais justement. J'imagine que c'est la raison de mon appel. » Malgré le masquage sensoriel de la ervé, il sentait son cœur battre la chamade dans le monde réel. « Je vais te demander un service.

— Lequel ?

— Je sais que les accusations que Solomon a portées contre mon père sont fausses.

— Sinon, jamais on ne lui aurait décerné la Médaille d'Honneur », approuva Mark.

Non, on la lui a accordée pour être mort. En fait, c'est maman qui l'a reçue. Mais Andy se garda d'exprimer le fond de sa pensée. « Je veux prouver que Solomon a tort. Et pour ça, j'ai besoin d'une copie du dossier de mon père.

— Je pensais que ta mère l'avait. »

Andy arpenta le pont du vaisseau pirate. « Elle a ce qu'on a bien voulu lui donner.

— Et que raconte-t-il ?

— Ce que j'ai toujours entendu raconter. Que papa s'est fait tuer en voulant sauver un bataillon d'éclaireurs cloués par les canons nationalistes à la sortie de Mandelatown. Mais il n'y a rien sur la bombe bactériologique. Ou sur l'implication éventuelle de mon père avec tout ça. »

Mark comprit soudain et parut modérément réjoui.

Andy regrettait d'avoir ainsi placé son ami en porte-à-faux.

« Écoute, ça m'embête de devoir te forcer la main, mais j'aurais vraiment besoin d'aide. Voilà contre quoi je me bats. » Il tendit la main vers les icônes et ouvrit le fichier de l'exposé de Solomon en cours d'analyse stratégique. Il observa en silence et revit les traits de son père dévoilés au moment où détonait l'arme biologique.

« Solomon a-t-il dit d'où il tire ces images ? demanda Mark à l'issue de la séquence.

— Non. Le film en 2-D est censé provenir de la caméra embarquée sur le char nationaliste.

— Est-ce vrai ? »

Andy haussa les épaules et se remit à faire les cent pas. Par son bruit, son contact, le bois lui paraissait bien solide sous ses pieds. « Jamais personne encore n'avait vu cette version des faits. Ce n'est qu'une des questions auxquelles je cherche une réponse.

— Tu pourrais faire une comparaison image par image entre ce film 2-D et celui de la version officielle, nota Mark. La vitesse de défilement, le nombre d'images par seconde, la focale de l'objectif utilisé, avoir une idée du processus de développement de la pellicule...

— Déjà fait », coupa Andy. Une simple mise en bouche. « Ça tendrait vers une corrélation probable.

— Alors, il faut que tu envisages quels chemins de traverse a pu employer Solomon. »

Andy contempla la mer turquoise et vit le monstre du Loch Ness faire brièvement surface avant de replonger aussitôt.

« Solomon est un hacker. L'un des meilleurs de Bradford. Tu veux essayer de deviner d'où il tire son information ?

— Pas des archives de l'armée américaine, en tout cas. La Net Force est responsable de leur sécurité. Il est impensable qu'il ait pu s'y introduire.

— J'y ai pensé, moi aussi, et je suis d'accord avec toi. Donc, on élimine les archives militaires, ça nous laisse avec qui ?

— Les Sud-Africains.

— D'accord, admettons que c'est eux. Pourquoi auraient-ils gardé sous le coude un truc pareil ? Un truc susceptible de démolir l'intervention des Américains et des Européens durant la guerre ?

— Je n'en sais rien.

— Tu te souviens, après l'explosion de la bombe bactériologique, comment les Nationalistes ont tenté de mettre en cause les Nations unies ?

— Bien sûr. Mais ça n'a pas tenu la distance.

— Ça aurait pu s'ils avaient présenté ce film.

— Voilà pourquoi j'imagine que ta question devient : pourquoi ne l'avaient-ils pas ?

— Ouais, c'est vrai. S'ils l'avaient, ils l'auraient certainement exploité à l'époque. Donc, soit c'est un faux, ce que les données ne confirment pas, soit quelqu'un leur a piqué le document avant qu'ils n'aient pu s'en servir. Mais comment Solomon a-t-il mis la main dessus ? Comment a-t-il fait pour le retrouver ?

— Ça a pu être difficile, mais c'est faisable, dit Mark.

— Avec le temps, peut-être. Solomon va devoir planquer son truc. Et même s'il l'avait toujours laissé sur son ervé, il faudrait que je sois bougrement chanceux ou fichtrement doué pour arriver à pirater son système. Et je ne suis ni l'un ni l'autre. »

Mark hésita. « Tu veux quand même que je tente le coup, c'est ça ? »

Andy savait que son ami n'appréciait pas trop cette idée. Mark avait des tas de copains chez les hackers parce qu'il était un excellent concepteur de logiciels, mais les trois quarts du temps, il la jouait franchement réglo. « De fait, admit Andy, je pensais plutôt aux archives du ministère de la Défense. »

Mark hocha la tête. « Alors là, même si je voulais, je pourrais pas y entrer. C'est la Net Force qui a installé et qui gère les systèmes de sécurité sur ces secteurs de la Toile. Sans accès autorisé, impossible d'y pénétrer.

— Je pensais que tu pouvais l'avoir, avec tous les tests que tu pratiques, remarqua Andy.

— Non, et même si c'était le cas, Andy, je ne pourrais pas m'en servir pour un truc pareil. » Mark fronça les sourcils, compatissant. « Je suis désolé, j'espère que tu ne m'en veux pas.

— Non. » Soupir d'Andy. « T'as raison. » *Frustré, oui, mais t'en vouloir, certainement pas.* « Et j'imagine que je devrais modérer mon impatience. Les réponses sont à portée de main. Il faut juste que je les trouve. Merci quand même de m'avoir écouté et de ne pas t'être mis dans tous tes états à cause de moi...

— Peut-être que je peux toujours aller faire un tour sur l'ordinateur de Solomon, proposa Mark. D'accord, il est malin, mais j'ai déjà réussi à pirater pas mal de systèmes.

— Pas tout de suite, avertit Andy. Solomon devinerait qui est derrière le coup, même si je ne l'ai pas fait moi-même. Il sait à quel point il m'a ébranlé. Non, je préfère que tu t'abstiennes pour le moment. » Sur quoi, il remercia encore Mark, lui dit au revoir et l'effaça de son espace virtuel.

Andy abandonna le château arrière pour redescendre sur le pont principal. Accoudé au bastingage, il observa l'horizon incurvé en se demandant quel rivage la mer allait finalement baigner. Jamais il n'avait eu la curiosité d'aller voir.

Tout comme jamais il n'avait eu la curiosité de mieux connaître son père.

Et si les militaires l'avaient embarqué dans cette histoire ? Si quelqu'un avait réussi à le convaincre que le déploiement de la bombe bactériologique était nécessaire pour mettre fin à la guerre ?

La guerre d'Afrique du Sud s'était terminée quelque jours après le recours à l'arme bactériologique. Les

Nationalistes n'avaient pas eu d'autre choix avec l'épidémie qui dévastait le pays. Ils avaient dû céder aux exigences économiques des pays occidentaux mais ils avaient conservé le pouvoir.

Et si tel avait été le marché passé entre les Occidentaux et les Nationalistes sud-africains ?

Andy ne pouvait s'empêcher de se poser la question.

Vous gardez vos sinécures et en échange vous ne racontez à personne que la bombe bactériologique a été déployée en secret par un commando spécial américain sous les ordres de mon père ?

Il n'aimait pas ce genre d'idée, mais il ne pouvait s'empêcher d'y revenir. Et le pire, c'était qu'alors qu'il pourrait encore admettre le récit de Solomon s'il se révélait exact, comment réagirait sa mère ?

Le second, un petit bonhomme tanné pourvu d'une barbe abondante, s'approcha d'Andy. « Sauf vot' respect, cap'taine Andy, mais y a quelqu'un qui d'mande à vous voir.

— Connexion », lança Andy.

Aussitôt, une fenêtre s'ouvrit à côté de lui, devant l'océan et le ciel toujours visibles en transparence. Mat le contemplait en souriant. « Permission de monter à bord, cap'taine ?

— Allez, viens ! » répondit Andy, sachant pourquoi Matt passait le voir. Mais il aurait préféré que ce soit à un autre moment.

7

En réalité, Matt venait d'entrer dans la ervé depuis son propre scénario, mais le système d'Andy donnait l'impression qu'il avait saisi les bords de l'écran qui l'encadrait pour passer au travers. Matt posa pied sur le pont, jeta un coup d'œil circulaire. « Je ne crois pas être venu dans ton ervé depuis que tu as concocté cet habillage.

— C'est un nouveau. » Dans ses réponses, Andy savait rester bref. Ça lui laissait plus de temps pour poser les questions.

Matt se tourna nez au vent et inspira un grand coup. « Il me plaît bien. Et tu as mis le cap pour où ? »

Andy hocha la tête. « Nulle part. J'avance, c'est tout. » Matt Hunter était du genre à toujours savoir où il allait. Andy en revanche n'avait jamais eu l'impression d'avoir vraiment besoin d'un point de chute.

« Je pensais qu'on pourrait peut-être se refaire une partie du jeu de zombies de Hooper.

— Et c'est pour ça que t'es venu ?

— Peut-être pas entièrement.

— Je peux régler tout seul cette histoire avec Solomon.

— J'avais pas envie que tu t'en occupes tout seul si ça ne te dérange pas. Ce qu'a fait Solomon, c'est moche, Andy. Même si c'était vrai... »

Andy pivota vers Matt et fit un pas vers lui. « Parce que tu le crois ? » Il avait serré les poings et toute la colère qu'il gardait rentrée depuis ce matin menaçait de se déverser.

Matt le fixa sans ciller. « Pas un seul instant. Ton père était un type bien, Andy. Ce que raconte Solomon, c'est des foutaises. »

Encore tremblant, agité par le soudain tourbillon d'émotions qui bouillonnait en lui, Andy laissa échapper un gros soupir.

« Je sais. Mais je ne peux pas le laisser raconter des horreurs pareilles sans réagir.

— Alors, qu'est-ce que tu comptes faire ? »

Andy haussa les épaules. « Je me tâte encore.

— À t'entendre, on dirait que tu as des doutes, observa Matt.

— Sur mon père ? » Andy secoua la tête. « C'est marrant. Jusqu'à ce matin, je n'avais aucun doute sur rien. Je ne doutais pas que mon père fût un héros et je ne doutais pas qu'il ait décidé que ses motivations pour aller se battre en Afrique du Sud devaient être plus importantes pour lui que ma mère ou moi.

— T'es plutôt dur avec lui, tu ne trouves pas ?

— J'en sais rien, Matt. Je veux dire : comment tu réagirais, toi, si ta mère n'était pas revenue de la guerre ?

— Je peux pas dire. Elle en est revenue. »

Andy lui lança un demi-sourire. « Ouais, bon, j'avais réussi à gérer ça sans problème jusqu'à maintenant. Puis arrive ce truc. Tu n'as pas vu la séquence diffusée par Solomon.

— Si, si. Megan m'en a filé une copie. Je l'ai même scannée avant de t'appeler.

— Et t'en as pensé quoi ?

— Dur-dur.

— En tout cas, ça n'a pas l'air bidonné, reprit Andy.

Je l'ai comparée à d'autres archives de l'époque, y compris le film officiel de l'incident. Tout colle.

— Ça ne veut pas dire pour autant qu'il est vrai.

— Je sais. Megan t'a dit aussi que Solomon a refusé de révéler ses sources au Dr Dobbs ? »

Matt acquiesça.

« Solomon a tout monté. Et il ne va pas se reposer tant qu'il n'est pas arrivé au bout de son plan. Il faut que je voie comment pourra réagir maman.

— De quoi parles-tu ?

— Imagine qu'on ait effectivement demandé à mon père de déployer cette arme, Matt. Elle a quand même permis de mettre fin à la guerre.

— Andy, écoute. C'est de notre pays que tu parles. On est censés être les bons. »

Andy hocha la tête, morose. « J'imagine que je cherche à avoir une certitude. Je n'ai plus envie d'autres surprises.

— Comment ça, d'autres surprises ?

— C'est quand même étonnant qu'après toutes ces années, ça revête pour moi une telle importance. C'est pas logique. Je ne l'ai jamais connu et je ne le connaîtrai jamais.

— J'aimerais savoir quoi te dire, vieux. »

Sourire d'Andy. « Je ne suis pas le genre de mec à qui il suffit de dire des choses, Matt. Tu devrais le savoir, depuis le temps. Je suis têtu. Il faut que je les découvre moi-même. C'est pour ça que je crée tous ces problèmes. Il marqua une pause. Écoute, j'ai encore du boulot à finir. Vrai. Ça m'a fait plaisir que tu passes mais c'est mon problème. Faut que je le règle moi-même.

— Bien sûr, dit Matt. Je voulais juste que tu saches que tu n'es pas obligé de l'affronter tout seul.

— J'y suis sensible. » Andy lui dit au revoir et le regarda franchir le passage pour regagner son espace virtuel personnel. Quand l'ouverture se fut refermée,

Andy remonta se réfugier sur le château arrière et déroula de nouveau le menu de la carte. Il pressa sur une icône d'utilitaire pour appeler son exposé d'analyse stratégique. Après avoir vu ce matin Megan dans ses œuvres, il avait réfléchi à deux ou trois façons d'améliorer sa présentation.

Il ouvrit le dossier où il avait rangé son travail personnel, puis s'introduisit lui-même par l'ouverture. Il sauta pour compenser les quelques dizaines de centimètres de déclivité de l'autre côté, et atterrit sur une colline herbeuse qui dominait les berges de l'Irthing, une rivière de Grande-Bretagne. Il était désormais vêtu de la tunique bardée de cuir d'un fantassin romain. Il tenait une lance et portait à la hanche un glaive long de quarante-cinq centimètres — l'épée à lame courte des soldats de Rome.

Il descendit la pente et regarda les hommes qui érigeaient le mur. À ce moment de sa présentation, les bâtisseurs du Mur d'Hadrien avaient atteint Carlisle, près de la côte occidentale du pays, pas loin de l'endroit où l'Irthing se jetait dans l'estuaire de Solway. Le mur de pierre faisait dix pieds d'épaisseur — près de trois mètres — et il était doté de forts disposés à intervalles réguliers. Il était censé protéger la Bretagne occupée par Rome des tribus barbares du Nord. Lorsqu'il serait achevé, il barrerait toute l'île d'est en ouest.

Quand Andy avait entamé ses recherches, il avait cru que des esclaves avaient bâti le mur. Au lieu de cela, il avait découvert que c'étaient les soldats qui l'avaient érigé eux-mêmes. À l'époque, les légions romaines étaient formées de volontaires venus de tout l'Empire. Parmi ces hommes, bon nombre étaient maçons, charpentiers, architectes. Ils savaient bâtir — l'armée romaine avait construit la plupart des routes qui sillonnaient l'Empire, tout comme les forts, les fortifications et les bâtiments officiels dans toutes les contrées lointaines colonisées ou conquises par Rome.

Grâce au mur, les hommes avaient eu du travail au lieu de rester sans rien faire à attendre les ordres.

Grâce aux recherches qu'il avait effectuées, Andy avait pu discuter avec les légionnaires. Il avait appris pas mal de choses sur eux, leur travail, leurs projets. La plupart, avait-il découvert, étaient des types réglos dont le rêve était de devenir fermiers. Après vingt-cinq années passées au service de Rome, un soldat pouvait prendre sa retraite et recevoir une terre aux marches de l'Empire. Près de la moitié des effectifs survivaient pour en profiter.

Pendant un certain temps, Andy avait pris plaisir à bâtir le mur avec eux mais il ne pouvait compter sur cette seule expérience pour fourguer son exposé au Dr Dobbs.

Andy regardait maintenant les soldats travailler, rejoints par les citoyens de la ville voisine qui bénéficiaient de la protection offerte par le mur. Les portes qui le perçaient étaient relativement écartées et protégées par des tours juchées au-dessus.

D'habitude, Andy arrivait à passer des heures à discuter avec les hommes, travailler à la construction ou s'entraîner au maniement du glaive. Mais aujourd'hui, rien de tout cela ne parvenait à le distraire. Irrité, il se déconnecta de la machine, laissant son exposé en l'état.

Son esprit était entièrement accaparé par le problème que lui avait soumis Solomon.

*

* *

« Eh, qu'est-ce qui se passe, ici ? »

Andy leva les yeux pour découvrir sa mère plantée au milieu du séjour. Blonde comme lui, elle portait les cheveux taillés court. Elle gardait la ligne en travaillant dur à la clinique et en faisant attention à tout ce qu'elle mangeait. Sa tenue de travail se résumait à une paire de jeans et une chemisette sous une blouse blanche. Andy la dépassait maintenant de cinq centimètres.

Il regarda autour de lui et découvrit tous les albums de famille, les holocubes, les films en 2-D et les holoséquences qu'il était allé rechercher dans toute la maison. Il avait ouvert devant lui un album de photos qui montrait le mariage de ses parents.

« Un projet perso », dit-il simplement.

Elle contempla les photos. « Je croyais que tu n'aimais pas les regarder.

— J'ai jamais dit ça », protesta-t-il, dans un brusque accès de culpabilité. Sa mère les sortait parfois, quelques rares dimanches, et passait alors des heures à les contempler, même s'il n'était pas certain qu'elle les regarde vraiment.

« Tu n'avais pas besoin de te justifier, lui dit-elle. Je le vois bien à ta façon de quitter la pièce sur la pointe des pieds chaque fois que j'ouvre un de ces albums. »

Andy ne se fatigua pas à le nier. Il n'avait jamais aimé l'état dans lequel la contemplation de ces images et ces holos mettait sa mère, et il n'avait jamais aimé non plus l'état dans lequel ça le mettait lui-même. Elle avait des souvenirs ; lui n'avait rien à quoi se raccrocher. Il voyait simplement des images de son père le tenant dans ses bras quand il était petit, mais ça ne lui disait rien.

« Alors, pourquoi ce soudain intérêt, ce soir ?

— J'en sais rien, admit-il enfin. Juste le sentiment qu'il fallait que j'essaye de mieux connaître papa. »

Des larmes s'étaient mises à perler au coin des yeux de sa mère et Andy s'en voulut pour cela. Il ne lui avait pas menti. Pas exactement.

« Je peux t'aider ? hasarda-t-elle.

— Bien sûr. »

Elle vint s'accroupir à côté de lui. « Par où veux-tu commencer ?

— Par le début », et Andy lui passa l'album de mariage.

Elle lui sourit et une unique larme roula sur sa joue. « À dire vrai, ce n'est pas là que tout a commencé. » Elle se releva, traversa la pièce et revint avec un album de photos de lycée. Elle se rassit et l'ouvrit. Un œillet jaune séché, protégé entre deux feuilles de papier de soie dans une pochette en plastique, glissa de l'album. Elle prit la fleur et la tint tendrement. « Tout a commencé là. Avec deux jeunes gens qui avaient toute la vie devant eux. » Elle tourna la page pour révéler la photo d'un garçon qui semblait bien trop jeune pour être son père et lui ressemblait bien trop pour ne pas être lui.

« Quel genre de type était-ce ? Un type bien ?

— Le meilleur qu'on puisse imaginer, Andy. Et ne laisse jamais personne te raconter autre chose. »

Qu'est-ce qu'elle entend par là ? Andy était conscient que ça n'aurait pu être qu'une remarque innocente mais la séquence diffusée par Solomon bouleversait tous ses repères.

Est-elle au courant pour la bombe bactériologique ? M'a-t-elle caché cela toutes ces années ?

La possibilité était réelle, il le savait, et ça lui donnait froid dans le dos.

*

* *

Dans son ervé personnelle, Matt flottait, en posture de lotus, entouré d'un ciel étoilé, abîmé dans ses réflexions. Regarder Andy souffrir, à cause de l'exposé de Solomon, n'avait rien eu d'agréable.

Matt aurait voulu pouvoir faire quelque chose pour Andy, mais il n'avait aucune idée constructive. Aussi préféra-t-il se consacrer à résoudre le mystère de l'agression visant Chris Potter. Il tendit la main vers la plaque de marbre en lévitation devant lui pour effleurer la saillie de la connexion Internet, en lui fournissant l'adresse de Mark Gridley.

Une fenêtre s'ouvrit aussitôt, révélant Mark, vêtu d'une armure argentée étincelante apparemment composée d'une multitude de facettes. Le casque était un immense polyèdre cristallin qui semblait changer de forme en permanence. Mark la baptisait sa combinaison anticrash.

« Salut, dit Matt. Occupé ?

— Plus ou moins, répondit Mark. Je suis en train d'effectuer une série de diagnostics sur des logiciels que développe ma mère. Ça te dit de m'accompagner ? »

Matt n'hésita qu'un instant. Se frotter aux programmes de sécurité de la Net Force était en général un exercice futile même lorsqu'ils étaient en phase de test, mais c'était malgré tout excitant. Il savait que Mark avait déjà réussi à y dénicher des points faibles, et à deux reprises, il avait même eu l'occasion de partager la victoire avec lui.

« Volontiers. » Matt s'éloigna de la dalle en marbre et franchit la fenêtre pour rejoindre Mark dans le noir absolu du pur cyberespace. Le temps d'arriver, il était revêtu d'une combinaison identique à celle de son ami. Dans ce scénario, il évoluait grâce à des jets diffusés par ses gants, ses bottes et le dos de la combinaison anticrash.

La cible flottait devant eux, évoquant un anneau de Moebius piqueté de diamants qui se refermerait indéfiniment sur lui-même. Elle clignotait, étincelait, émettant parfois un éclair bleuté.

« Mince, s'écria Mark dans sa radio de casque, faut vraiment apprécier la géométrie non euclidienne.

— C'est quoi ? demanda Matt.

— M'man n'a pas voulu me dire, répondit Mark. J'ignore si c'est un programme de sécurité classique ou un cheval de Troie* qu'ils espèrent employer sur la Toile contre des éléments subversifs. Pour autant que je sache, ce pourrait être un Trou noir enchanté. »

Un *Trou noir enchanté*, Matt le savait, était un assez impressionnant prodige technique. C'était un logiciel qui attirait un pirate potentiel à l'intérieur d'un système, puis créait un monde interactif pseudo-IA* qui l'accaparait sans trahir qu'il s'agissait d'une invention pure et simple. Certains étaient appelés des Miroirs, et ils étaient modelés sur les sites réels que les hackers cherchaient à pirater. D'autres, baptisés Lapins blancs, étaient bourrés de données erronées, décousues, sans aucun sens. Bien entendu, il était toujours possible de se déconnecter, mais les hackers avaient tendance à vouloir répondre aux défis des Trous noirs jusqu'à ce qu'il soit trop tard pour eux.

« Prêt ? » demanda Mark.

Matt vérifia les contrôles de sa combinaison. Le gant gauche accueillait toutes les commandes de mouvement et le droit les programmes d'attaque que Mark avait choisis pour cette session. « Ouais.

— Je passe devant. » Mark accéléra, poussant les propulseurs intégrés à ses bottes pour foncer droit vers la forme cristalline. « Voyons voir ce que ce truc a dans le ventre. »

8

Matt suivit Mark dans son plongeon vers la forme cristalline. Le programme cracha une salve de rayons vert fluo qui effleurèrent leurs combis.

« Un simple marqueur IFF*, expliqua Mark.

— Pigé », dit Mark. Matt actionna la routine du serveur d'identification ami/ennemi intégré à son gant et regarda sa combinaison prendre aussitôt l'aspect de la forme cristalline. Devant lui, Mark avait fait de même. Les rayons verts les balayèrent mais ne déclenchèrent aucune alarme.

« Jusqu'ici, tout baigne, dit Mark, mais c'était la phase facile. » Il accéléra encore pour se rapprocher de la forme cristalline. « J'ai parlé avec Andy, tout à l'heure.

— Moi aussi, sans grand succès...

— Je pense quand même avoir abouti à un résultat. »

Matt écouta Mark lui rapporter sa discussion, ne prêtant qu'une attention juste suffisante aux boucles et volutes intégrées au programme pour rester en vie. Déguisé en paquet d'informations répondant à une requête antérieure, il devait malgré tout prendre soin de se maintenir à l'intérieur du flot de données qui parcouraient le programme. À la moindre dérive, sa fragile couverture risquait d'être démasquée.

Matt regarda l'intérieur du programme cracher brusquement par ses murs une salve de missiles. Minuscules, guère plus longs que son doigt, ils représentaient toutefois la seconde vague de la procédure de sécurité. Qu'un seul l'atteigne et il se retrouverait éjecté du programme.

Mark fit un habile tonneau devant lui, tout en larguant des séquences de code qui ressemblaient à des faisceaux laser. Les missiles à tête chercheuse disparurent, éclatant comme de vulgaires bulles de savon, convaincus par les programmes de Mark que les séquences étaient d'origine maison. Leur itinéraire se resserra et le canal qu'ils avaient emprunté déboucha soudain sur un cul-de-sac.

« Premier pare-feu* droit devant », annonça Mark. Un cône de lumière violette arrosa l'étroite ouverture.

Matt regardait l'iris en train de se refermer. À leur vitesse, s'ils le touchaient, leurs combis anticrash seraient pulvérisées et ils seraient éjectés. « T'as pu causer à Chris Potter ?

— Non. » Mark accrut l'intensité de la lumière violette, puis il ajouta deux petits missiles — en fait, il programmait des séquences destinées à amener le pare-feu à les accepter comme de banals éléments du flot de données entrantes.

« C'est une série de codes serveurs parmi les plus courants sur l'Intranet* gouvernemental. Ça devrait les duper mais faut qu'on soit prêts à réagir si ce n'est pas le cas. »

Matt s'arc-bouta. Il n'était pas possible d'être réellement atteint physiquement sur la Toile, mais il arrivait souvent qu'on se fasse bien secouer.

L'iris du pare-feu se rouvrit soudain et leur livra le passage pour se refermer aussitôt après qu'ils l'eurent franchi.

Devant Matt, le tunnel disparut, aussitôt remplacé par un entrelacs de représentations cybernétiques évoquant un paysage urbain qui se déployait sous leurs yeux. Tout autour de ce paysage, cependant, des comètes tournaient en décrivant des orbites entrelacées. Et plusieurs bâtiments avaient des tentacules.

« Si t'en as la possibilité, dit Matt, reste près de Chris et de ses copains.

— Ce ne sont pas franchement mes potes.

— Ouais, reconnut Matt, mais vous passez malgré tout pas mal de temps ensemble. Ce que je te demande, c'est juste d'avoir l'œil, de tendre l'oreille et de laisser ouvert ton navigateur Internet. L'attaque qui a eu lieu aujourd'hui au lycée me laisse l'idée que son auteur, quel qu'il soit, ne va pas s'en tenir pour quitte.

— J'ai appris que la police avait retrouvé le fourgon.

— Ouais, confirma Matt en ajustant sa vitesse pour se retrouver derrière Mark. Personne à bord, et pas la moindre empreinte. On l'avait volé moins d'une heure avant son apparition sur le parking de Bradford.

— D'après toi, la cible pourrait être plus grosse que Chris ?

— Il affirme qu'il est net. J'ai tendance à le croire. Et même dans le cas contraire, il faut malgré tout qu'on élargisse notre surveillance. »

Mark se faufila entre les comètes, vif comme l'éclair. « As-tu parlé au capitaine Winters ? »

Matt avait du mal à suivre Mark. Il aurait été plus facile pour lui de calculer son propre itinéraire et de tenter sa chance. Sauf qu'il ne savait pas vraiment ce qu'il faisait. Il était incapable d'identifier quoi que ce soit dans le programme de sécurité dans les entrailles duquel ils naviguaient.

« Brièvement, cet après-midi, répondit Matt. Le capitaine Winters n'a pas paru intéressé.

— Sans doute a-t-il une flopée d'autres cas à traiter », suggéra Mark. Il fit un nouveau tonneau pour éviter une comète.

Matt l'aperçut trop tard. Il actionna désespérément ses contrôles, cherchant à dévier de sa trajectoire de collision, mais impossible. La comète le percuta de plein fouet. Le choc le fit reculer, tandis que des éclats scintillants de sa combi anticrash voltigeaient en tous sens.

« Je te fais signe si je dégote quelque chose », promit Mark dont la voix s'éloignait comme la procédure de déconnexion initiée par le système de sécurité éjectait Matt du réseau.

Son propre programme de sécurité le récupéra illico. Quand Matt rouvrit les yeux, il était dans sa chambre, assis dans son siège d'interface. *Ouah, la honte !*

*

* *

« On dirait que t'es passé dans une essoreuse... »

Andy venait de se laisser tomber dans le fauteuil d'interface voisin de celui de Megan. On était le lendemain, en cours d'analyse stratégique. « Allons bon, voilà le petit coup de fouet qui me manquait depuis ce matin pour reprendre confiance.

— Oups, désolée. Couché tard ? » demanda Megan alors que la première cloche retentissait et que les autres élèves entraient à leur tour dans la classe.

« Ouaip. » Andy et sa mère avaient passé toute la nuit entre les albums et les récits de famille. Ils avaient veillé jusqu'à trois heures du matin. Il avisa le siège vide occupé d'habitude par Solomon. S'il n'était pas encore ici, celui-là, où était-il passé ? Andy sentit remonter des aigreurs d'estomac.

« Il est bien ici, confirma Megan.

— J'ai rien demandé. » Andy glissa son datascribe dans la fente de lecture du siège d'interface.

« T'avais pas besoin. Suffisait de voir ta tête. »

Megan glissa son lecteur en place et vérifia l'état des systèmes du fauteuil.

« Ça a l'air vraiment de te travailler. Peut-être que tu devrais te plaindre auprès du Dr Dobbs, voir s'il ne pourrait pas attribuer à Solomon un autre sujet de mémoire. »

Andy secoua la tête. « Imaginons que je conteste le travail de Solomon, sur quoi vais-je me fonder ? Un conflit personnel ?

— Son histoire est bidon. Je ne sais pas comment, mais il a déformé les faits.

— En es-tu si sûre ? » lança Andy, d'une voix plus dure qu'il l'aurait voulu.

« Oui. Tu as vu toi-même le rapport des autorités militaires concernant ton père. On ne décerne pas la médaille d'Honneur aux traîtres.

— Megan... » Andy s'efforça de garder un ton normal. « J'ai essayé d'accéder au dossier militaire de mon père. Il est hyper-protégé, bien planqué sous des couches et des couches de programmes de sécurité — et pas du tout-venant : certains ont été installés par la Net Force. Je dois bien me demander pourquoi ils l'ont verrouillé à ce point.

— La sécurité de l'État, répondit Megan. Ils ne veulent pas voir des données confidentielles sur les tactiques, les armes et le renseignement se balader librement à portée de main de n'importe quel terroriste. L'information est une arme. Tu le sais bien. Ou peut-être qu'ils veulent protéger les personnels impliqués dans cette opération. Les officiers et les soldats sur le terrain pourraient devenir les cibles de groupes revenchards comme les Nationalistes sud-africains dissidents qui ont fait sécession après la signature de l'accord. Tu le sais toi aussi, Andy. »

Andy se força à expirer lentement. Il avait l'impression d'être sur le point d'exploser et se demandait comment il parviendrait à tenir jusqu'à la fin des cours aujourd'hui. « Je sais, je sais. C'est juste que j'aime pas avoir à me poser la question.

— C'était ton père. Comment peux-tu douter ?

— Parce que je ne l'ai jamais connu. » Lorsque plusieurs têtes se tournèrent dans sa direction, Andy se rendit compte qu'il avait parlé plus fort qu'il l'aurait voulu.

Megan ne dit rien pendant plusieurs secondes tandis que d'autres lycéens continuaient d'entrer dans la salle. « Peut-être que tu devrais en parler au capitaine Winters.

— J'y ai songé. J'ai décidé que non.

— Pourquoi ?

— Parce que si Winters l'apprend, qu'il lance sa petite enquête et découvre que mon père a bel et bien déployé la bombe bactériologique.... J'aimerais mieux qu'il soit le dernier à l'apprendre.

— Je suis désolée, Andy. J'aimerais tant pouvoir arriver à te convaincre de croire.

— En quoi ?

— Croire en ton père, pour commencer. Tout le reste en découlera.

— Ça risque d'être dur, quand on n'a pas la possibilité de s'asseoir et d'en discuter avec lui. »

Solomon se glissa dans la salle juste après le Dr Dobbs et juste avant la dernière sonnerie. Il adressa à Andy un sourire mauvais avant de se laisser tomber dans son fauteuil d'interface.

« M. Weist », demanda le Dr Dobbs après avoir pressé sur la touche lançant le programme de vérification d'appel de la classe. « Avez-vous apporté la bibliographie se rapportant à votre mémoire ?

— Non, monsieur, répondit l'intéressé. Mais vous l'aurez dans les délais de remise impartis.

— J'en prends bonne note, M. Weist, mais je tiens à vous rappeler que si vous oubliez de la remettre, votre note finale s'en ressentira. »

Solomon acquiesça. « Vous l'aurez. »

Le Dr Dobbs vrilla son regard dans celui de Solomon, ce qui avait en général la vertu de donner aux élèves l'envie de filer se cacher dans un trou de souris. « Dans votre exposé d'hier, vous avez omis d'établir le motif pour lequel les militaires américains auraient déployé l'arme biologique, comme ils s'en seraient rendus coupables selon vous. »

Solomon sourit, hocha la tête. « J'ignorais que j'aurais à devoir mettre les points sur les i.

— Si vous voulez que votre note reflète un travail convenable, répondit le Dr Dobbs d'une voix égale, c'est ce que vous ferez.

— Le déclenchement de l'épidémie était destiné à anéantir la résistance nationaliste, expliqua Solomon, d'une manière ou de l'autre. Si la majorité de la population sud-africaine avait trouvé la mort, cela n'aurait fait ni chaud ni froid au pouvoir américain, parce qu'il aurait quand même conservé ce qu'il était venu chercher : l'accès à l'or et aux diamants. Cela ne s'est pas produit. Au lieu de cela, ils ont marchandé avec les Nationalistes sud-africains, en les menaçant d'embargo sur le traitement de l'épidémie.

— Vous avez des documents pour étayer cette thèse ? demanda le Dr Dobbs.

— Attestant la position du gouvernement américain ? Non. C'est une hypothèse personnelle.

— J'en prends bonne note.

— Mais c'est une hypothèse solide, argua Solomon. Quelle autre raison auraient-ils eue de recourir à l'arme bactériologique ?

— Précisément, nota le Dr Dobbs. Peut-être y a-t-il un certain nombre d'éléments sur lesquels vous avez omis d'enquêter. »

La remarque provoqua un frisson chez Andy. Le Dr Dobbs avait servi dans l'armée et le corps diplomatique avant de passer à l'enseignement. La rumeur voulait même qu'il ait à l'occasion participé à la sélection de candidats pour la Net Force. *Dobbs sait-il ou a-t-il découvert quelque chose ?*

Cette suggestion qu'il n'ait pas tout à fait bouclé son exposé rendit Solomon livide. « Cette séquence d'archive est suffisante pour me valoir la note maximale à ce cours, Dr Dobbs. J'ai fait mes recherches et j'ai découvert ce que personne jusqu'ici n'avait trouvé.

— Et cette situation soulève à l'évidence une autre question, M. Weist, rétorqua l'enseignant. Si les Nationalistes sud-africains détenaient cette information, pourquoi ne l'ont-ils pas exploitée en 2014 ? »

Un sourire mauvais se dessina lentement sur les traits de Solomon tandis qu'il se calait au dossier de son siège. « Ah, mais je n'ai jamais dit qu'ils possédaient cette information, Dr Dobbs. J'ai dit simplement qu'elle provenait d'un film en 2-D tourné par la caméra embarquée d'un de leurs chars près du Site 43.

— Certes.

— Vous trouverez l'origine de mes sources dans ma bibliographie, compléta Solomon. Pas avant.

— Mais pas après le dernier délai de remise, la semaine prochaine, M. Weist. »

Rencoigné dans son siège, Andy avait du mal à garder son calme. Il était empli de confusion, blessé, inquiet pour sa mère. Une chose le préoccupait en outre : d'où Solomon tirait-il son document ? Si les Nationalistes sud-africains ne l'avaient pas utilisé, c'est qu'ils ne devaient pas le détenir. Et puisqu'il était impossible de l'extraire des archives du ministère américain de la Défense avec la Net Force pour jouer les chiens de garde, d'où avait-il pu sortir ?

Et où allait-il, lui, trouver des informations là-dessus ? Il ne pouvait pas laisser Solomon salir la mémoire de son père sans réagir. Peut-être ne l'avait-il jamais connu, lui, mais il savait qu'il avait toujours été cher au cœur de sa mère. Nul ne pouvait dire l'effet que ça aurait sur elle si le document était vrai et qu'elle ait vent de son existence et surtout de son contenu.

*

* *

« M. Moore, j'aimerais que vous m'accordiez quelques instants. »

Andy se retourna vers le Dr Dobbs et s'écarta de la file d'élèves qui se dirigeait vers la porte. Même si les sièges d'interface qu'on leur fournissait leur auraient permis de se connecter directement, où que puisse se trouver l'enseignant qui désirait entrer en contact avec eux, l'administration reconnaissait la valeur pédagogique de quelques minutes d'entretien en tête-à-tête à l'interclasse.

Solomon intercepta le regard d'Andy mais ce dernier se détourna trop vite pour qu'il puisse dire ou faire quoi que ce soit.

Le Dr Dobbs était en train de rassembler ses notes pour le cours suivant. Elles étaient imprimées avec soin sur de petites fiches cartonnées liées par un élastique. Il dévisagea Andy :

« Je dois laisser à M. Weist une certaine marge de manœuvre dans sa présentation si je veux suivre les consignes que j'ai moi-même édictées pour ce cours.

— Je comprends.

— Je me rends bien compte que cela vous blesse. C'est pour cela que je voulais que nous en parlions.

— Je ne suis pas le seul en cause. Mon père aussi. Et si Solomon insiste encore, cela blessera également ma mère. Je ne suis pas prêt à l'accepter.

— Ma suggestion serait de laisser votre camarade poursuivre sur sa lancée quelque temps encore. Au bout du compte, il va se retrouver pris à son propre piège.

— Qu'est-ce qui vous en rend si sûr ? » demanda Andy.

Et qu'est-ce que vous savez que j'ignore ?

« J'ai passé un certain nombre d'années au service de ma patrie, expliqua le Dr Dobbs. D'abord à la défendre physiquement, sous les drapeaux. Puis à défendre sa politique dans le corps diplomatique. Désormais, je me consacre à enseigner aux jeunes qui continueront à bâtir ce pays après ma disparition. Je lui ai donné toute ma vie. Et jamais je ne croirai qu'il a ourdi les atrocités contenues dans les accusations de M. Weist. Vous savez quel genre d'homme était votre père. Croyez-y.

— C'est justement le problème, Dr Dobbs, constata Andy, d'une voix amère. Mon père, je ne le connais pas du tout. »

Pour une fois, le professeur qui semblait toujours avoir un avis sur tout ne trouva rien à répondre.

9

« Eh, je peux m'asseoir ? Ou tu préfères rester seul ? »

Andy leva les yeux de la table au milieu du vacarme de la cafétéria, et découvrit Mark debout en face de lui. Ce n'étaient pas les sièges vides qui manquaient. La cafét' diffusait son menu sur le Net, ce qui laissait aux élèves tout le temps pour prévoir d'aller se restaurer ailleurs, les jours où la carte n'avait rien d'aguichant.

« Non », répondit Andy, même s'il n'était guère d'humeur à vouloir de la compagnie.

« Je t'ai vu et je me suis dit que je ferais bien de venir te demander. » Matt enfourcha la banquette et s'assit, déposant son plateau sur la table.

« Me demander quoi ?

— Comment tu faisais pour baisser la tête à ce point. » Mark introduisit un chalumeau dans le flanc de son carton de jus de fruit gélifié et aspira.

« L'entraînement, répondit Andy. Des gènes favorables. Une vie antérieure de girafe.

— Plus sérieusement, j'ai pensé que je pourrais consacrer une minute à te briefer sur la dernière réunion des Explos. » Ce qu'il fit en deux mots, lui transmettant que Matt voulait que les Explorateurs de la Net Force surveillent de près la communauté des hackers au cas où de nouvelles attaques se produiraient. « C'est pas ton genre de rater une réunion.

— Je réglerai ça avec Matt.

— Il n'est pas fâché. Juste inquiet.

— Il a pas à s'inquiéter pour moi. Je gère.

— Vraiment ?

— Ouaip. » Andy but une gorgée de lait à son carton. Puis touilla ses broccolis dans son assiette. « Enfin, peut-être. La vérité, c'est que je ne sais pas. J'ai oublié la réunion de ce matin parce que j'essayais d'esquiver Solomon dans les couloirs. C'est cent pour cent de ma faute.

— Ce n'est pas vrai.

— Solomon n'aurait pas fouillé de si près dans le dossier de mon père s'il ne me détestait pas à ce point. Et il n'aurait pas trouvé ce qu'il a trouvé si...

— Si ton père ne l'avait pas fait ? » Mark hocha la tête. « Ça ne s'est jamais produit ainsi. Ton père était un héros.

— Peut-être... mais c'est aussi le gars qui n'est pas revenu auprès de maman. Pour moi, ça lui enlève une bonne partie de son aura. » Les deux garçons mangèrent pendant plusieurs minutes en silence, et Andy se rendit compte qu'il n'y avait pas que le menu qui lui coupait l'appétit.

« Où es-tu allé vérifier l'information concernant ton père ? demanda Mark.

— Partout. J'ai récupéré les archives d'HoloNet, des copies papier, de fichiers texte, que sais-je encore. J'ai passé au peigne fin les informations que l'armée a bien voulu transmettre à maman. Elles contiennent la version officielle mais sans plus de détails. J'ai l'impression que je n'arriverai pas à découvrir ce qui s'est réellement passé le 12 août 2014. Tout est sous le sceau du secret.

— Il reste une option que tu n'as pas utilisée. »

Mark fit sa suggestion d'une voix discrète, ce qui n'était guère difficile dans le brouhaha ambiant.

« Laquelle ?

— La programmation interprétative. »

Andy secoua la tête. « Tu parles des répétiteurs à pseudo-IA ? Le genre de truc qui est censé interagir avec les politiciens, les chefs d'entreprise ou les artistes ? » Il était familier des logiciels de pseudo-intelligence artificielle qui pouvaient servir de public, d'avocat du diable et de testeurs d'opinion. Le logiciel réagissait et pouvait fournir une critique constructive, voire contribuer au processus de prise de décision, tout cela en se fondant sur les données d'archives du passé d'un individu.

« Non, répondit Mark. Ce dont je parle, c'est du programme que Trésors nationaux SA vient de sortir. Ils créent des sims*, mais pas n'importe lesquelles. Des personnages comme Benjamin Franklin, George Washington et autres célébrités qui existaient bien avant l'avènement des ordinateurs.

— La belle affaire ! rétorqua Andy. Je peux m'entretenir quand je veux avec une simulation historique de Benjamin Franklin. Même aller faire du cerf-volant avec lui pour découvrir qui lui a mis pareille idée en tête. Et je parie que ce n'était pas pour son bien.

— Sûrement, sourit Mark. Mais ce n'est pas de ce genre de sim que je veux parler. Celles-ci sont incapables d'improviser sur le personnage, de commettre des anachronismes, de faire ou penser quoi que ce soit qui sorte du champ de leur période de référence.

— Et alors ? » Andy cherchait un moyen aimable de dire à Mark qu'il n'avait vraiment ni besoin ni envie d'un coup de main extérieur. *C'est un truc que je dois régler moi-même.*

« Avec le logiciel de Trésors nationaux, tu peux créer une sim et l'intégrer à ton propre référentiel temporel, ton propre environnement. L'amener chez toi.

Ou au lycée. Avec la programmation interactive de pseudo-IA mise au point par TN, tu peux élaborer une simulation de Benjamin Franklin et lui demander ce qu'il pense du débarquement sur la Lune en 1969. Et il aura une réponse. Avec leurs sims, c'est comme si on avait le vrai personnage en face de soi, mais un personnage qui serait au fait des événements du monde actuel et de la situation dans laquelle tu te trouves. Ou de ce que tu auras entré dans sa programmation.

— Fascinant, en effet, rétorqua Andy, d'une voix sèche. Mais je vois pas en quoi ça me concerne.

— Construis une sim de ton père, suggéra Mark. T'as déjà élaboré la base de données. »

À cette seule idée, Andy fut pris de nausée. « Non.

— Andy, je ne veux pas paraître insister mais avec ce genre de sim, tu pourrais poser toutes les questions que tu t'es posées sur ton père. Et ce serait comme s'il te répondait.

— Excepté que ce ne serait pas lui. Et lui seul a pu savoir ce qui s'est réellement passé cette nuit-là.

— Andy, si tu conçois correctement la sim, ce sera vraiment comme si ton père était là. Certes, elle ne sera pas en mesure de te dire ce que ton père a fait cette nuit-là puisque tu ne l'auras pas programmée avec cette information, mais tu pourras interagir avec elle. Peut-être apprendre ainsi à mieux connaître ton père. Peut-être pourras-tu ainsi mieux te convaincre du genre de personnage qu'il était en réalité. »

L'idée continuait de le mettre mal à l'aise.

Mauvais plan. Je lui en ai voulu quasiment depuis le début.

« Écoute, je n'ai aucune envie de connaître mon père. Tout ce que je veux, c'est réparer les dégâts faits par Solomon pour ne pas que ma mère en souffre. Elle a déjà suffisamment dégusté comme ça.

— Mais si tu crées une sim de ton père, ça pourra t'y aider. »

Andy contempla les autres élèves autour d'eux. Tous étaient affairés à parler et plaisanter. Il n'arrivait pas à croire qu'il tenait cette conversation surréaliste au milieu d'eux. « Je n'obtiendrai pas les informations dont j'ai besoin.

— Mais ça pourra te conduire à d'autres personnes, d'autres façons d'envisager le problème.

— Mark, toute cette idée me débecte. Primo, ça me fout les jetons, et secundo, si je sais qu'elle ne me permettra pas d'obtenir les réponses que je cherche, quel intérêt ?

— C'est vraiment un super-programme, insista Mark. J'ai pensé que tu pouvais y réfléchir.

— Oh, je vais faire plus qu'y réfléchir », railla Andy en débarrassant son plateau et en se levant brusquement. « Ça va sans doute me flanquer des cauchemars.

— Désolé. »

Andy savait que Mark était blessé et il s'en voulut. « Eh, t'en fais pas une montagne. Tu voulais juste m'aider, pas vrai ? Je peux pas t'en vouloir d'être mon pote, hein ?

— J'espère que non. » Mais Mark n'avait plus l'air convaincu.

« Allez, te bile pas. On se retrouve tout à l'heure. Et si tu vois Mark entre-temps, dis-lui que je tiens à m'excuser. » Andy rapporta son plateau au comptoir en essayant d'évacuer de ses pensées la suggestion de Mark.

*
* *

Matt descendit de l'autobus devant la galerie marchande cet après-midi-là, après le lycée. En voyant Leif à la réunion du matin, lui, cela lui avait remémoré que l'anniversaire du garçon était proche. Et il pensait lui avoir déniché le cadeau idéal.

Il déambula dans la foule, lorgnant les devantures des boutiques d'informatique, regrettant de ne pas avoir plus de temps pour faire du lèche-vitrine ou parcourir les rayons. Il pouvait bien sûr acheter des programmes depuis chez lui par Internet, mais ce n'était pas pareil.

Sur la Toile, les employés chargés du site en ligne ne se consacraient qu'à fourguer leur marchandise, et leur attention était partagée entre plusieurs thèmes différents, comme n'importe quel responsable de forum de discussion. Pour peu que le réseau soit encombré, il était parfois impossible d'obtenir une réponse rapide à vos questions. Et se carrer simplement une démo tournante, c'était peut-être informatif, mais ça manquait de conversation.

Matt aimait bien interagir avec les gens dans une boutique, échanger des tuyaux et des idées. La plupart du temps, il en apprenait autant des autres clients que des revendeurs.

Il s'arrêta pour acheter un carton de soda à un stand près d'une boutique de fiches de sport. Après avoir introduit dans la fente sa carte de crédit universelle, il se dirigea vers la boutique de cartes et regarda la vitrine.

L'une des passions qu'il partageait avec Leif était le base-ball. Même s'il soupçonnait parfois que l'intérêt de celui-ci confinait au fanatisme.

La chance et l'obstination l'avaient conduit dans cette boutique quinze jours plus tôt, alors qu'elle venait de recevoir une livraison de vieilles fiches consacrées à son sport favori. C'est ainsi qu'il était tombé sur une fiche consacrée à Monte Irvin datant de 1951.

Matt avait découvert que l'histoire de ce joueur était intéressante. Irvin avait commencé sa carrière chez les Eagles de Newark dans la Ligue nationale des Noirs et il était bien parti pour être le premier joueur de couleur à intégrer la division nationale juste avant que n'éclate la Seconde Guerre mondiale. C'était Jackie Robinson qui était devenu le premier à sa place, mais au retour de la guerre, Irvin avait joué chez les Giants de New York à partir de 1948. En 1951, il avait connu sa meilleure année en division nationale, réussissant un score de 312 frappes avec 24 points réussis.

Matt étudia derrière la vitrine le tableau des paris de la semaine tout en sirotant son soda. C'est alors qu'il nota dans la glace le reflet de deux hommes dans son dos. Son esprit avait déjà noté le danger parce qu'ils étaient un peu trop près de lui.

Matt se retournait déjà mais l'un des types lui posa sa lourde patte sur l'épaule. Il l'attira vers lui, lui faisant perdre l'équilibre. Puis Matt sentit un objet froid et cylindrique plaqué contre son flanc.

« Tu sens ça, fiston ? » demanda le type d'une voix rauque.

Avant que Matt ait eu une chance de réagir, l'autre s'était avancé pour le serrer par l'autre côté. « Ouais, répondit Matt. Je le sens.

— Bien. Alors, tu dois bien te douter de ce que c'est. » Le type souligna son argument en enfonçant un peu plus le canon du pistolet qu'il planquait. « À présent, tu vas te conduire en gentil garçon. Consacre quelques minutes à causer avec nous et il ne t'arrivera rien de fâcheux. »

Matt n'en croyait pas un mot, mais il ne pouvait pas faire grand-chose. Il acquiesça, s'apprêtant à trouver un moyen de s'échapper.

10

« Bien, tu gardes l'air naturel, fiston, et on s'entendra à merveille », lui recommanda l'homme au pistolet.

Matt acquiesça effrayé, mais contrôlant sa peur. Son entraînement chez les Explorateurs couvrait les situations de ce genre, tout comme une partie de sa formation aux arts martiaux, mais il y avait une différence entre jouer un scénario et se retrouver réellement mis en joue.

« Tu vas suivre mon ami, ordonna l'homme. Je serai derrière toi. Je n'ai pas besoin de te dire quel genre de regrettable erreur ce serait s'il te prenait l'idée de faire le singe, pas vrai ?

— Non. » Matt contempla le reflet de l'homme et tâcha de le mémoriser de son mieux.

Le type avait l'air d'un dur, visage taillé à la serpe encadré d'une barbe hirsute blond sale. Une vingtaine d'années. Des lunettes de soleil enveloppantes bleu marine dissimulaient ses yeux. Il était en blouson de toile et jean noir.

Matt regarda les pieds de l'homme, et nota les bottes de motard usées. S'il devait se fier à ses cours de criminologie, il savait que la plupart des criminels qui se changeaient juste après avoir commis leur forfait omettaient de changer de chaussures. C'était un de ces détails qui avaient bien fait rire les Explorateurs à la sortie du cours, mais un détail qui lui était resté en tête.

Le reflet piégé dans la vitrine de la boutique n'était pas aussi généreux vis-à-vis de son complice mais Matt réussit néanmoins à relever quelques détails. L'homme semblait avoir la quarantaine et des cheveux dégarnis. Il était mince, de carrure étroite, plus petit que Matt.

« Allons-y », dit l'homme.

Matt suivit l'aîné du duo, à deux mètres d'écart environ. Il regarda autour de lui, désemparé : il avait du mal à croire que personne dans la galerie marchande n'avait remarqué qu'on était en train de l'enlever sous la menace d'une arme.

« Bien, ne commence pas à gamberger, avertit le plus jeune des deux. Mon flingue est doté d'un silencieux. Je peux te loger deux balles dans la couenne, vite fait, puis filer et disparaître avant que personne se soit aperçu de quoi que ce soit. »

Matt acquiesça et suivit le chef de la bande par une porte de la galerie donnant sur un couloir desservant les toilettes publiques. La coursive aux murs gris était vide, à l'exception d'une mère avec ses deux enfants dans une poussette. Matt avait la bouche sèche.

La double porte métallique au bout du couloir arborait une plaque avec la mention : SORTIE INTERDITE. RÉSERVÉ AU PERSONNEL. L'aîné de ses ravisseurs sortit un objet de sa poche et le plaqua contre la serrure. Un chuintement pneumatique emplit soudain le corridor, suivi aussitôt d'un cliquetis de métal contre du métal. Quand l'homme s'écarta, Matt vit l'orifice circulaire aux coutours nets qui venait d'être foré dans le mécanisme du verrou. De minuscules copeaux métalliques étincelaient sur le sol.

L'aîné ouvrit la porte et s'engagea dans un autre corridor. Les murs étaient toujours gris mais il y avait un bureau qui ouvrait de chaque côté et le passage se terminait en cul-de-sac six ou sept mètres plus loin.

Terminus, songea Matt, au désespoir.

L'aîné pivota et sortit un pistolet 9 mm au canon bleuté. Sans hésiter, il le braqua sous le nez de Matt. « Pas de geste brusque, pas de réflexe idiot. Sinon, pan, t'es mort. »

Matt acquiesça, notant qu'un des bureaux était celui du personnel de sécurité de la galerie marchande. Il y vit une lueur d'espoir.

« Dos au mur, fiston. » L'autre le retourna sans ménagement pour le plaquer à la paroi. « Les bras le long du corps. »

Matt écarta les bras et fit face à ses ravisseurs.

« On se la joue décontracte, pas vrai ? demanda le plus jeune.

— Non, répondit Matt en toute franchise. Je suis mort de trouille. » Il voulait qu'il n'y ait surtout pas de malentendu. Ainsi, ils ne se sentiraient pas obligés de le menacer.

Le jeune sourit. « On a été engagés par certaines personnes qui voudraient récupérer leur bien.

— Qui ça ? »

L'autre hocha la tête. « Ça, c'est une question stupide, pas vrai ? S'ils avaient voulu que tu saches qui, ils seraient venus le récupérer eux-mêmes.

— Comment suis-je censé savoir ce que je dois restituer ? » Matt faisait son possible pour leur soutirer le maximum d'informations. S'il survivait à la rencontre, il voulait avoir quelque chose à fournir au capitaine Winters. Les hommes qui l'avaient enlevé étaient de toute évidence des professionnels.

« Oh-oh, un puits de science », railla le plus jeune, en ramenant le bras en arrière.

« Attends, une minute, mec, l'interrompit son partenaire. Peut-être que nos clients ne sont pas les seuls à qui il a piqué des trucs. Ce pourrait être une question légitime. »

L'autre rabaissa le bras.

Matt se détendit un brin, mais il avait toujours la gorge serrée. Il essayait de gagner du temps, rien de plus, et il sentait bien que quoi qu'il advienne, ça ne lui suffirait pas.

« Malheureusement pour toi, fiston, reprit le plus vieux, on n'a pas le droit de te fournir cette information. Alors, peut-être que faudra juste que tu rendes tout ce que t'auras pu rafler ces derniers temps.

— Depuis quand ? Une semaine ? Deux ? » Matt cherchait désespérément à pêcher un indice. La simple indication d'un délai pouvait s'avérer utile.

Le vieux sourit. « Je vois que t'en es pas à ton premier coup, hein ? Très bien. Le colis qui nous intéresse en particulier a disparu depuis près d'une semaine.

— Qu'est-ce que c'est ? insista Matt. J'ai besoin de savoir ce que vous cherchez. »

Soudain, le plus jeune n'y tint plus, plaqua les mains sur le torse de Matt et le repoussa sans ménagement contre le mur. Le choc lui coupa la respiration et il se cogna si violemment la tête que durant quelques secondes des mouches volèrent devant ses yeux.

« Fais pas le con avec nous », menaça le jeune. Il le fixa, révélant à Matt son propre reflet terrifié dans le verre bleu froid de ses lunettes. « On a un délai à respecter et c'est pas toi qui vas nous faire perdre notre temps.

— Il y a erreur sur la personne, répondit Matt. Je ne sais pas de quoi vous voulez parler. »

L'autre s'interposa devant son cadet pour faire face à Matt.

« Non, non, y a pas d'erreur, fiston. Matt Hunter, fils de Gordon Hunter et du lieutenant-colonel Marissa Hunter, ancienne pilote de chasse et aujourd'hui conseillère au Pentagone auprès du commandement des opérations spéciales de la marine. »

Matt déglutit avec peine et se força à penser clairement.

« Vous vous en êtes déjà pris à Chris Potter lundi. À présent, c'est mon tour. Comment pouvez-vous être si sûrs d'être tombés sur le bon client ? » C'était un coup de bluff, mais une hypothèse qui se tenait.

« Chris Potter était pas le bon, admit le vieux. Mais toi, si. Ce vieux Chris, il s'est fait une réputation de pirate informatique, mais toi, fiston, t'es un putain d'Explorateur pour la Net Force. C'est toi qu'on nous a dit de choper. Et maintenant, on te tient.

— Je ne sais pas de quoi vous voulez parler. Je n'ai piraté personne. Si vous en connaissez un minimum sur les Explorateurs, vous devriez savoir que jamais la Net Force ne s'encombrerait d'un membre impliqué dans ce genre de trafic.

— On connaît la Net Force, répondit le jeune d'une voix cassante. Et on te connaît. Un petit malin dans ton genre, ça crache pas sur les petits à-côtés qu'on peut se ramasser en fourrant son nez dans les affaires des autres. Le problème, c'est que ce coup-ci, t'as pas tiré le bon numéro. »

Matt considéra cette révélation. *Donc, c'était une histoire qui intéresserait la Net Force ? Et sur laquelle ils ne pensent pas qu'elle enquête déjà ?*

« Tu leur rends le truc que tu leur as piqué, fiston, et tu t'en tires blanc comme neige. » Le plus vieux des deux le fixa droit dans les yeux.

Matt réfléchit à cent à l'heure, cherchant à trouver une idée.

« Il essaie de gagner du temps, grinça le jeune. Moi je dis qu'on devrait le secouer un peu, voir ce qu'il en sort.

— J'ai dit non. » L'autre s'interposa de nouveau, tournant le dos à Matt. « Laissons-lui une dernière chance. »

Tirant alors parti de la proximité des deux hommes, Matt plongea soudain. Il se pencha légèrement en se décollant du mur et plaqua les deux mains dans les reins du plus vieux pour le propulser contre le jeune. Les deux agresseurs allèrent heurter le mur opposé. Matt avait déjà pris la fuite.

Le cœur battant à tout rompre, courant à perdre haleine, Matt fonça vers la porte. Il plongea de l'autre côté, baissant la tête au cas où les autres feraient feu. Il ne fut pas déçu.

Une grêle de balles ricocha sur les portes métalliques et s'enfonça dans le plafond, transperçant les dalles acoustiques et les délogeant de leur cadre en aluminium. Glissant toujours à quatre pattes, il leva un œil pour s'assurer que le couloir était vide, se redressa et repartit à toutes jambes. Il ouvrit à toute volée la porte qui donnait sur la galerie marchande. Il tourna sec en se retenant d'une main, gardant de justesse son équilibre.

Tous les employés des boutiques proches le regardèrent avec inquiétude. Plusieurs battirent en retraite avec précipitation. Matt prit à droite pour sprinter dans la direction d'où il était venu, cherchant du regard un des vigiles du centre commercial.

Quand enfin il en dénicha un près du marchand de bretzels, il l'agrippa. L'homme essaya de le calmer mais Matt lui expliqua tout d'une traite, sans pouvoir s'arrêter. Une fois que le vigile eut compris la situation, il appela ses collègues.

Matt les regarda converger vers la coursive pendant qu'il tâchait de reprendre son souffle. Son cœur battait toujours la chamade mais il réussit à se ressaisir. Il ouvrit son portefeuille et configura son inter en mode téléphone, puis composa le numéro du capitaine Winters.

*

* *

Debout sur le château arrière de son galion pirate,

Andy parcourait tous les fichiers qu'il avait récupérés concernant son père et la guerre d'Afrique du Sud. En ervé, les fichiers étaient représentés par des documents roulés sur des fuseaux de bois. Il y en avait des centaines, soigneusement rangés dans un coffre sculpté dont il ignorait jusqu'ici l'existence à bord.

« Cap'taine Andy. »

Andy leva les yeux vers son second. « Ouaip ?

— J'ai un appel pour vous. Un certain Dale Fischer. »

Dale Fischer avait été un des membres des forces spéciales sous le commandement de son père à Mandelatown.

« Merci. » Andy effleura l'icône du téléphone. Une fenêtre s'ouvrit sur la table à cartes, révélant un visage tanné dont le bronzage accentué faisait encore mieux ressortir des yeux d'un bleu de porcelaine. Les cheveux blond paille étaient taillés en brosse haute.

« Tu es Andy Moore ?

— Oui, monsieur. » Vu le ton employé, il n'y avait pas d'autre façon de répondre.

Les yeux bleu porcelaine de son interlocuteur s'abaissèrent vers la table devant lui. « Je vois ici que tu es le fils du colonel Moore.

— Oui, monsieur. »

Fisher dévisagea Andy. « Je suis désolé pour ton père, fiston. » Il avait un accent du Sud profond. Fisher vivait à Charleston, en Caroline du Sud, et travaillait pour une boîte de sécurité privée.

« Merci. » Andy se sentait mal à l'aise. Il avait cherché les numéros et le nom des hommes qu'il avait découverts lors de son enquête et décidé de les contacter. Il avait même répété son petit laïus, mais à présent qu'il parlait pour de bon à l'un de ces hommes, tout ce qu'il avait préparé lui était sorti de l'esprit.

« Je pensais te contacter, toi ou ta mère, un de ces quatre, reprit Fisher. Le colonel était un type bien, et je voulais savoir si je pouvais vous rendre service d'une manière ou d'une autre. Et puis, avec ce qui s'est passé à la fin de la guerre... » Il haussa les épaules. « Le temps m'a manqué...

— Bien sûr, monsieur. J'ai lu que vous aviez été blessé. »

Fisher acquiesça. « Un éclat d'obus. J'ai failli y perdre la jambe si les toubibs n'avaient pas réussi à la dorloter et me la sauver. À présent, ça va à peu près, mais les premiers mois, j'ai dégusté. » Il fixa Andy. « Ton père m'a sauvé la vie ce jour-là à Mandelatown. M'a chargé sur son dos et m'a balancé dans l'hélico d'évacuation sanitaire. S'il l'avait pas fait, mon nom serait inscrit sur un monument aux morts. Des comme ton vieux, on n'en fait plus aujourd'hui. »

Conscient de l'émotion dans les mots de son interlocuteur, Andy se sentit envahi de fierté. Puis il éprouva aussitôt un accès de culpabilité à devoir chercher si son père avait pu être impliqué dans un truc comme cette bombe bactériologique.

« Non, monsieur, j'imagine que non.

— Pas de veine que t'aies pas eu le temps de mieux connaître ton papa, Andy, reprit Fisher. Tu l'aurais vachement aimé. »

Andy hocha la tête, la gorge serrée. Il voulut dire quelque chose mais eut peur que les mots n'arrivent pas à sortir.

« Ta maman tient le coup ?

— Oui, monsieur.

— Et toi ? » L'inquiétude sur les traits de Fisher était manifeste.

« Je tiens le coup, m'sieur. Merci... Si je vous ai appelé, c'est pour vous demander un service.

— Tout c'que tu voudras. »

Andy expira un grand coup, tâchant de ne pas révéler sa tension. Même si Fischer avait quitté l'uniforme, Andy savait qu'il était encore tenu au secret militaire.

« J'aurais besoin d'informations. Concernant Mandelatown. »

Fisher hésita. Andy le releva aussitôt. Cela eut la vertu de ternir aussitôt à ses yeux l'attitude rustique et bon enfant qui émanait de son interlocuteur. « Qu'as-tu besoin de savoir ?

— Tout cc que vous pourrez vous rappeler. »

Fisher se gratta le menton et le micro capta et amplifia le raclement. « Ça remonte à un bail. »

Retrouvant de l'assurance, convaincu qu'il n'obtiendrait les réponses qu'il cherchait que s'il insistait, Andy nota : « Je ne pense pas que ce soit le genre de souvenir qu'on oublie. »

Fisher opina. « Non, tu l'as dit. Son regard se fit lointain. L'essentiel, tu pourras le lire en format électronique dans les archives de tous les médias. Et il y a un paquet de trucs que tu peux télécharger sur le site d'HoloNet.

— J'ai déjà tout ça, coupa Andy.

— Eh bien, je suis prêt à parier qu'ils en savent aujourd'hui plus que moi », sourit Fisher, mais c'était un sourire sans joie.

Andy inspira un grand coup et décida d'en venir au fait.

« J'ai besoin de savoir si mon père est impliqué dans le déploiement de l'arme bactériologique. »

Les paupières de Fisher se mirent en berne, mais le sourire faussement détendu n'avait pas quitté son visage. « Où es-tu allé pêcher une idée pareille ? »

Andy n'avait pas envie de s'étendre sur l'histoire des recherches de Solomon. En parler à ses copains Explorateurs, c'était une chose, même s'il savait déjà que la majorité des lycéens de Bradford était au courant. Mais la répéter encore une fois, c'était au-dessus de ses forces. « Je voulais juste vous poser la question. Et je me suis dit que puisque vous aviez connu mon père, vous pourriez m'en parler. »

L'autre fit un signe de dénégation. « Rien à dire là-dessus. »

Andy leva le menton, baissa la tête, acceptant la réponse.

« Bien, monsieur. Eh bien, je suis désolé de vous avoir dérangé. Merci de m'avoir consacré votre temps.

— Attends... » coupa Fisher.

Andy le dévisagea.

« Écoute, Andy, certains des trucs qui se sont passés durant la guerre... on a reçu ordre de ne pas en parler. Une bonne partie des activités de ton père — et des nôtres — sont toujours sur la liste noire, couvertes par le secret défense, répondit Fisher.

— Il faut que je sache, insista Andy. Mon attention a été attirée par le fait que mon père aurait pu être impliqué dans le déploiement de la bombe.

— Absolument exclu, répondit Fisher, bougon. Celui qui a pu te raconter ça est un menteur.

— Mon père n'a pas participé au déploiement de la bombe bactériologique ? Il n'était pas à proximité du Site 43 quand elle a sauté ? »

Fischer serra les dents, plissa les yeux. « Non. »

Andy sut alors que l'homme lui mentait. Il n'aurait su dire s'il mentait pour se conformer à la discipline militaire ou pour se protéger personnellement. Andy se rendit compte soudain que la découverte par Solomon du film en 2-D tourné sur le Site 43 allait affecter quantité de gens qui étaient encore en vie et auraient sans doute préféré qu'il demeurât secret. Après tout, il l'était resté durant presque onze ans.

« Eh bien, merci encore de m'avoir consacré votre temps », répondit Andy, mal à l'aise.

Fisher hocha imperceptiblement la tête mais laissa échapper un gros soupir. « Ces recherches que tu as entreprises, Andy, réfléchis-y peut-être un peu plus avant de te mettre à passer des coups de fil dans tous les sens.

— J'y ai déjà pas mal réfléchi, dit Andy. Je ne vois pas comment faire autrement.

— Les vieux fantômes sont comme les vieux chiens, nota Fisher. Mieux vaut les laisser tranquilles.

— Oui, monsieur. Je tâcherai de ne pas l'oublier.

— Tenace, hein ? Fisher se radoucit un peu. Tu tiens ça de ton père. Mais ne sois pas trop curieux, malgré tout, ça pourrait t'attirer des ennuis. »

Est-ce une mise en garde ? Andy se mit à douter soudain.

« Fais attention », répondit Fisher avant de couper la communication.

Andy s'écarta de la table à cartes et contempla la mer. Pour la première fois, il n'y trouva aucun réconfort.

11

« Tout va bien, p'pa. » Matt était embêté de voir l'inquiétude peinte sur les traits de son père.

Gordon Hunter dévisagea de nouveau son fils avant de hocher brièvement la tête. Ils étaient tous les deux dans la cuisine, la pièce de choix pour toutes les discussions familiales parce que, malgré leurs emplois du temps chargés, c'étaient là qu'ils se retrouvaient tous au bout du compte.

Matt but une gorgée de lait. Il avait encore l'estomac retourné mais à présent, c'était plus à cause de l'anxiété que trahissait son père que des conséquences de sa mésaventure au centre commercial.

« Les vigiles n'ont pas réussi à retrouver tes agresseurs ? demanda son père.

— Non. La police pense qu'ils ont dû s'échapper par les gaines de ventilation.

— Tout ça me préoccupe vraiment, reprit son père. Est-ce que ça a un rapport quelconque avec ton travail pour les Explorateurs de la Net Force ? »

Matt hocha la tête. « Non. Ce n'est pas à moi qu'ils en avaient. Ils voulaient juste me flanquer la trouille pour que j'en parle aux autres.

— Ça ne tient pas debout, cette histoire.

— Mais si, insista Matt. S'ils sont sûrs de ce qu'ils veulent. »

Le téléphone sonna sur ces entrefaites et son père alla répondre. C'était sa mère qui voulait prendre des nouvelles. Matt sauta sur l'occasion pour filer dans sa chambre. Le capitaine Winters n'avait guère eu le temps de lui parler quand Matt l'avait appelé de la galerie marchande. Le moment était bienvenu pour refaire le point.

Sitôt dans ses murs, Matt se laissa tomber dans le fauteuil d'interface, inclina la tête et se connecta en ervé. Un instant après, assis en tailleur devant la dalle de marbre noir qui lui servait d'espace de travail, il appelait le capitaine Winters.

Une fenêtre s'ouvrit dans le ciel clouté d'étoiles qui l'entourait, révélant Winters à son bureau. « Matt, dit le capitaine, je suis en train de consulter les rapports de police préliminaires concernant ton incident. Ça ne s'annonce guère prometteur. Ils se raccrochent au faible espoir qu'une des caméras de sécurité ait pu éventuellement filmer ta tentative d'enlèvement. »

C'était la première fois que Matt entendait appliquer à sa mésaventure ce terme d'enlèvement et quelque part, cela rendait la chose encore plus déroutante.

« Là aussi, toutefois, ça ne se présente pas trop bien. La plupart des caméras de sécurité ne sont pas braquées sur les couloirs de service ; quant à celles situées à l'extérieur, elles n'ont rien capté parce qu'elles ne filment que les accès normaux.

— Les hommes devaient savoir où elles se trouvaient, suggéra Matt. Ils m'ont donné l'air d'être des professionnels.

— Je l'ai noté. » Voûté au-dessus de son grand bureau, Winters parcourait des rapports. « Tu ne les as pas entendus prononcer de noms ?

— Non.

— Et ils n'ont pas dit ce qu'ils voulaient.

— Un truc, répondit Matt, sans autre précision. Mais je crois aussi qu'ils savaient que je ne l'avais pas.

— Qu'est-ce qui te fait penser ça ? »

Matt y avait réfléchi durant tout le trajet de retour du centre commercial avec son père. « Ils ne m'ont pas fouillé. Pas une seule fois. Et ils ne m'ont pas demandé si je l'avais sur moi, ce fameux truc.

— Ce qu'ils auraient dû faire, admit Winters.

— Oui. Et puis, je me suis échappé bien trop facilement... presque comme s'ils m'avaient laissé filer exprès. Ils ont même tiré largement au-dessus de moi quand je détalais. Je ne sais pas ce qu'ils auraient fait si je n'avais pas tenté de leur échapper.

— Ça pourrait être une des raisons pour lesquelles ils s'en sont pris à toi, Matt, observa Winters. Ils se doutaient de ta réaction en pareilles circonstances. »

Matt acquiesça.

« As-tu une idée de leurs motivations ?

— Pas vraiment. Mais ce doit avoir un rapport avec l'agression contre Chris Potter, lundi dernier. Je crois qu'elle était censée tenir lieu de message d'avertissement pour quelqu'un... Ils ont reconnu le lien avec Chris et ça, ce n'est pas un truc qu'auraient laissé passer de vrais pros.

— À moins qu'ils aient justement tenu à te le faire savoir.

— C'est vrai, monsieur. Ils m'ont mis la pression et même si je ne parle pas, les nouvelles vont vite au lycée. Des tas d'élèves de Bradford se rendent au centre commercial après les cours. Je sais déjà que plusieurs m'ont aperçu alors que je parlais aux vigiles du centre et à la police.

— Donc, le message a été transmis. » Winters ne semblait pas ravi.

Matt lui laissa le temps de digérer l'information, puis il demanda : « Capitaine Winters, est-ce qu'il se passe quelque chose à Bradford que je devrais savoir ? »

Winters le regarda sans broncher. « Matt, si jamais c'était le cas, je serais le premier à t'en informer. »

Matt opina, un peu gêné d'avoir posé une telle question.

« Malgré tout, je vais te dire ceci : je veux que toi et tes camarades Explorateurs à Bradford restiez aux aguets, que ce soit au lycée ou en dehors.

— Donc, il se passe bien quelque chose.

— Peut-être, concéda Winters. Je ne dispose pas encore d'assez d'éléments. Dès que ce sera le cas, toi et tes camarades serez mis au fait. C'est tout ce que je peux te dire pour l'instant.

— Donc, l'homme que j'ai aperçu lundi après-midi était bien un agent de la Net Force ? »

Winters acquiesça. « Et que ça ne sorte pas du cercle des Explorateurs de la Net Force. Est-ce bien clair ?

— Comme du cristal.

— Je suis content que tu sois sain et sauf, Matt, conclut Winters. Tâche simplement que ça continue.

— Je m'y emploierai, promit Matt. Qu'est-ce qu'on est censés rechercher au bahut ?

— Tout ce qui sortira de l'ordinaire. Si jamais vous découvrez quelque chose, prévenez-moi aussitôt. »

Matt acquiesça.

« J'ai un appel sur une autre ligne, annonça Winters. Bonne nuit, Matt.

— Bonne nuit, monsieur. »

Winters quitta la réalité virtuelle, laissant Matt en lévitation dans les ténèbres de l'espace. Mais il n'était pas seul. Il y avait des quantités de questions qui se bousculaient et dansaient dans sa tête. *Que fait la Net Force à Bradford ? Qu'est-ce qu'ils attendent ? Le TRUC ?*

Il n'eut pas le temps d'approfondir cette voie car le signal d'un appel entrant retentit. Il pressa l'icône du téléphone. Apparut un homme en complet veston exhibant un insigne d'inspecteur de la police de Washington.

« Matt Hunter ? »

Matt acquiesça.

« Je suis l'inspecteur Duran. Je suis chargé d'enquêter sur la déposition que vous avez faites au sujet de cette tentative d'enlèvement. J'aurais quelques questions à vous poser, mais j'ai besoin de l'accord d'un parent ou d'un tuteur avant de poursuivre.

— Je vais chercher papa. » Matt se déconnecta d'ervé le temps de récupérer son père. Il appréhendait d'avoir à répondre à de nouvelles questions recoupant les réponses qu'il avait déjà fournies.

*
* *

Quand il voulut contacter d'autres soldats qui avaient servi sous les ordres de son père, Andy rencontra presque aussitôt des problèmes, et cela ne fit qu'empirer. Duncan Richmond, le premier sur qui il mit la main après sa conversation avec Fisher, avait bien voulu échanger quelques mots avant de se fermer comme une huître sitôt qu'Andy l'avait interrogé sur le Site 43. Riley Taggert avait pour sa part tenu une minute douze secondes avant de s'excuser sous prétexte qu'on l'appelait sur une autre ligne.

Après cela, Andy avait essayé vingt-trois autres numéros à la file pour ne tomber que sur des répondeurs ou pas de réponse du tout. Il laissa des messages, mais sans grand espoir qu'on le rappelle.

Ça ne faisait aucun doute : Fisher avait dû leur passer la consigne. Andy arpenta le pont du galion pirate pour tâcher d'évacuer la colère qu'il sentait monter, mais sans succès. L'horloge égrenait le décompte de la bombe que Solomon avait posée.

Il envisagea d'appeler le capitaine Winters pour

essayer d'avoir de l'aide, mais se rendit compte presque aussitôt qu'il n'en obtiendrait pas. En définitive, malgré ses réticences, il comprit qu'il ne restait qu'une solution. Il regagna d'un pas décidé le château arrière et en gravit les marches, sentant le vaisseau rouler dans les vagues.

Il effleura l'icône du Net pour contacter Mark Gridley. La connexion s'établit presque aussitôt.

Vêtu de sa combi anticrash, Mark filait au travers d'une sorte de tunnel multicolore qui serpentait sans arrêt. Il en négociait les courbes avec aisance.

« Eh, Andy. » Mark tendit le bras devant lui et lâcha une douzaine de salves mauves dont Andy savait qu'elles représentaient des lignes de code. Il avait déjà participé à plusieurs virées de son ami mais n'avait pas sa patience pour répéter encore et encore le même cycle afin de tester chaque branchement de programme.

« Salut ! » Andy inspira un grand coup. « Écoute, j'ai fait tout ce que je pouvais de mon côté. J'ai recherché les archives, harcelé ma mère, parlé avec tous ceux qui ont bien voulu me parler de mon père. Mais je n'ai toujours pas de réponse.

— Tu veux essayer le logiciel de Trésors nationaux ? »

Andy opina, incapable de dire oui à haute voix. Il avait l'estomac complètement noué. *Comment suis-je censé parler à mon père ?* Il savait que si le programme était aussi bon que le prétendait Mark, c'était précisément ce qu'il aurait à faire. *Et s'il n'est pas aussi bon que ça, est-ce qu'il va avoir une opinion — ou s'en forger une — sur moi ?* Cette idée le tracassait énormément.

« Je suis à toi. » Mark interrompit le programme qu'il faisait tourner, le sauvegarda, puis surgit dans l'espace virtuel d'Andy. « T'es prêt à le télécharger ?

— Ouais », coassa Andy.

Mark pressa sur plusieurs icônes peu familières. Aussitôt, Andy perçut le petit grésillement de l'ervé de son ami qui se synchronisait avec la sienne.

« Si tu veux, proposa Mark, je peux te montrer comment le paramétrer et démarrer avec.

— D'accord. » Il n'avait surtout pas envie de se retrouver seul quand il lancerait le programme.

*

* *

« Il était plus petit », dit Andy en observant le portrait-robot que la dessinatrice de la police était en train de faire de ses deux agresseurs de la galerie marchande. Les images étaient incroyablement réalistes : on aurait dit les statues d'un musée de cire. Elles avaient même une présence physique quand il les toucha, par simple curiosité.

Matt se trouvait dans un des espaces virtuels de la police de Washington utilisés pour les interrogatoires et les dépositions de témoins. C'était un cube gris presque entièrement occupé par une petite table de conférence et une demi-douzaine de chaises. Des murs lisses le fermaient sur trois côtés. Le quatrième était percé d'une porte par laquelle ils avaient pénétré dans l'ervé.

La dessinatrice avait apparemment l'âge d'être sa mère. Ses cheveux blond-blanc étaient taillés courts, hérissés de mèches, et ses longues boucles d'oreilles argentées lui caressaient les épaules. Elle était tout en noir, chandail et jupe. Même ses yeux étaient noirs. Mais elle travaillait vite. Du bout des doigts, elle manipulait d'invisibles palettes de couleurs et d'argiles — c'est du moins ainsi que Matt imaginait sa façon de construire et teindre l'image virtuelle devant lui.

Elle travaillait en ce moment même sur la représentation de l'aîné des deux ravisseurs. Sa main aux ongles allongés effleura l'image et celle-ci se réduisit de cinq centimètres.

« Comme ça ?

— Ouais, répondit Matt.

— Et le visage ? »

Matt examina encore une fois la description, ébahi de constater à quel point elle avait déjà réussi à coller à sa description. « Les oreilles étaient un peu plus grandes et décollées. Les yeux plus rapprochés. Le droit un peu décalé. »

L'artiste effleura de nouveau l'image et des taches de couleur jaillirent aux endroits où ses doigts entraient en contact. Les oreilles de l'homme s'agrandirent et se décollèrent, et ses yeux se rapprochèrent. Encore une touche et l'un d'eux se décala légèrement. « Plus comme ça ? »

Matt tourna autour du portrait-robot. Elle avait même réussi à reproduire les vêtements, même si à l'en croire ce n'était pas essentiel. « C'est lui. »

L'artiste effectua encore deux ou trois ajustements puis elle se recula. Elle souriait. « Vous avez l'œil pour le détail. »

Matt hocha la tête. « J'ai vu des gens construire des avatars à partir de zéro, mais la plupart du temps, ils sont empruntés à une autre source ou ce n'est que de vulgaires caricatures. Je n'ai jamais vu un truc pareil. »

Elle le regarda. « J'aime bien ce que je fais et j'aime le faire bien. Affinons maintenant l'autre suspect. » Elle se tourna et fit entrer en ervé le deuxième homme. Elle ne passa que quelques minutes supplémentaires sur son aspect avant d'animer les images en demandant à Matt comment ses ravisseurs se déplaçaient, comment ils tenaient leur tête, bougeaient les bras, s'ils regardaient souvent autour d'eux ou restaient au contraire concentrés.

Regarder évoluer les deux hommes dans l'espace virtuel au commandement de l'artiste, telles des marionnettes cybernétiques, avait quelque chose d'effrayant. C'étaient bel et bien les deux hommes qui l'avaient agressé dans le centre commercial.

« Incroyable, souffla-t-il.

— En partie seulement, répondit l'artiste. Vous avez gardé d'eux un souvenir très précis. Votre aptitude à décrire ce que vous avez vu est au-dessus de la normale. C'est également un plus que vous soyez au fait de ce genre de manipulation. Beaucoup de témoins potentiels ont tendance à perdre les pédales quand ils découvrent les images virtuelles que je leur crée. »

Matt acquiesça, sans cesser de contempler les deux hommes. « Je comprends ça...

— Mais c'est notre meilleure chance d'identifier ces deux hommes. » Ses yeux noirs se posèrent sur le jeune homme. « Et je sens que c'est bien parti. Bonne chance. Bon, je vais me déconnecter, mais je vous repasse l'inspecteur Duran. » Elle disparut dans un tourbillon d'arcs-en-ciel.

Matt sourit de cette sortie. Quelque part, ce départ spectaculaire collait tout à fait au personnage. Il s'approcha des avatars pour les examiner de plus près. Ils auraient pu passer pour les jumeaux de ces individus. Un mouvement capta son attention. *Est-ce qu'ils respireraient ?*

« Eh ! »

Matt sursauta avec un mouvement de recul et se retourna vivement.

« Pardon. » L'inspecteur Duran se tenait derrière lui, impeccable dans son complet brun.

« Pas de problème. Je suis juste un peu tendu.

— C'est compréhensible. » Duran tourna autour des simulations, évaluant les personnages. « Elle m'a dit que vous aviez l'œil pour relever les détails. Elle avait raison.

— Merci. » Matt se trémoussa, gêné.

« Bien, et maintenant, on va voir s'ils sont aussi

bons que ça. » Duran se plaça de nouveau devant les deux hommes. « Ordinateur, accède aux deux modules d'identification et ouvre-les dans cette ervé. Recherche les corrélations en commençant par les agressions avec violence, sur les bases de données intérieures et internationales. En corollaire, étends la recherche aux terroristes connus et suspectés.

— Je travaille, répondit la voix froide de l'automate.

— Ça ne devrait pas prendre longtemps. »

Matt opina. Dès son premier contact avec l'inspecteur, il avait été impressionné par sa courtoisie professionnelle. De son côté, Duran s'était montré impressionné par la réputation de Matt chez les Explorateurs de la Net Force.

« Deux corrélations trouvées », indiqua l'ordinateur moins d'une minute plus tard.

« Affiche-les », ordonna Duran.

Aussitôt, deux fenêtres s'incrustèrent dans la ervé. Superposées, à côté de l'aîné des deux hommes. Deux images de lui, mais portant des noms différents. Le suspect du dessus, Harry Cavendish, avait une adresse dans le New Jersey. Le second, Liam McDouglas, était censé vivre à Belfast en Irlande. Cavendish avait une licence de garde du corps, McDouglas était un terroriste suspecté lié à l'IRA.

Matt connaissait la réputation de violence de l'Armée de libération irlandaise et savait qu'elle avait été responsable de nombreuses agressions contre la Grande-Bretagne, tant dans la vie réelle que sur la Toile. Même si l'Irlande du Nord avait fini par se réunir à la république Irlandaise, les combats entre factions catholiques et protestantes continuaient.

Cavendish n'avait pas non plus été un ange, d'après sa biographie commentée hors champ par l'ordinateur. Depuis son arrivée aux États-Unis sept ans plus tôt,

Cavendish avait failli perdre trois fois sa licence pour violence ayant entraîné la mort.

« Tiens, tiens, nota Duran. Voilà qui est intéressant.

— C'est un tueur à gages », dit Matt en interprétant les rapports. Il ne fallait pas être grand clerc.

« Ouais, admit Duran. Ça devait sentir le roussi pour lui en Irlande, alors il a décidé d'ouvrir boutique de ce côté de l'Atlantique. Il va le regretter. Vous voulez porter plainte contre lui quand nous l'aurons appréhendé ? »

Matt opina.

Un instant après, l'ordinateur annonça une corrélation pour le plus jeune des deux. D'après les fichiers, il s'agissait d'un certain Neal Tomlinson, citoyen irlandais, tué par balles à Paris, trois ans plus tôt.

« C'est ce qu'il veut nous faire croire, en tout cas, observa Duran, sarcastique. Ordinateur, modifie les paramètres de recherche. Consulte les bases de données concernant les ports d'armes de poing. Commence par le New Jersey, puis développe l'arborescence d'est en ouest. »

Moins d'une minute après, une autre corrélation apparut. Matt examina la nouvelle image, découvrant combien elle était proche de l'hologramme réalisé par la dessinatrice de la police. Le jeune homme s'appelait Danny Luck et avait une licence de détective privé dans l'État de New York.

Duran téléchargea l'information de la ervé vers son unité personnelle au commissariat de police. « Il y a des chances que même les adresses soient bidons, expliqua-t-il à Matt. mais on va suivre la piste et voir ce que ça donne. Si on les retrouve, on vous appelle pour vous prévenir. Et de toute manière, on aura besoin de vous pour confirmer leur identité quand nous les aurons appréhendés. »

Matt acquiesça, l'esprit en ébullition. *Qu'est-ce que*

des tueurs professionnels pouvaient bien faire à Bradford ?

« Avez-vous une idée de ce que ces types recherchent ? demanda l'inspecteur.

— Le plus probable selon moi, c'est qu'ils cherchent à mettre la main sur un pirate ou un spécialiste en informatique. Ils s'en sont pris à Chris Potter puis à moi. Je dirais qu'ils cherchent à coup sûr quelqu'un qui évolue régulièrement dans la cyberculture du réseau.

— C'est aussi mon opinion. » Duran étudia les fichiers ouverts. « Mais j'imagine que la vraie question est : qui a loué leurs services ? »

Matt opina en silence. « Ça, je ne saurais vous dire.

— La Net Force a déjà eu l'occasion par le passé de partager ses informations avec les forces de police locale, nota l'inspecteur. En fait, si la responsabilité de l'enquête peut être rétrocédée aux services locaux une fois que la Net Force a obtenu les informations susceptibles de les aider, c'est en général ce qu'elle fait. À moins qu'un de ses membres ne soit impliqué. Auquel cas, ils ont tendance à vouloir garder la main. »

Matt savait ce que c'était vrai. Le capitaine Winters avait tendance à se montrer très sourcilleux dès qu'il s'agissait d'une opération engageant la Net Force.

« Si vous découvrez quoi que ce soit d'utile pour nous, je vous encourage à veiller à me le transmettre. L'inspecteur Gray a précisé que je ne devais pas hésiter à vous le demander.

— Si je peux », promit Matt.

Duran acquiesça et Matt coupa la connexion. Puis, toujours assis dans son fauteuil d'interface, il se mit à phosphorer. Le lycée de Bradford avait un certain nombre d'élèves bien en vue, des gosses dont les parents officiaient dans les hautes sphères de la politique, de l'économie, la défense, voire la religion. N'importe lequel aurait pu éveiller l'intérêt d'un individu malveillant prêt à louer les services de personnages comme McDouglas et Tomlinson.

Mais les parents de Matt n'entraient pas dans ce cas de figure. Alors, qui engageait des tueurs, et pourquoi ? Une fois qu'il saurait le pourquoi, Matt était certain que la seconde réponse le mènerait à la première.

12

« Ça va ? »

Andy regarda Mark et tâcha de prendre une voix détachée.

« Ouais, ça va. »

Ils se tenaient dans une ervé interactive que le logiciel de Trésors nationaux avait programmée pour correspondre à la base de données d'Andy et réagir à ses commandes. Pour l'instant, c'était un cube neutre, sans aucune décoration, doté d'une console au centre du volume.

Parfois, des images tremblotantes s'affichaient aux murs, au sol et au plafond. Andy en reconnaissait la plupart. Elles provenaient des fichiers qu'ils avaient rassemblés en rapport avec son père. C'était une compilation de films en 2-D, d'holos et d'archives militaires auxquelles il avait eu accès — dossiers dentaires, médicaux, profils psychologiques, résultats d'examens et de tests pratiqués tout au long de la carrière militaire du colonel Robert Moore. Il y avait en outre des documents concernant les hommes qui avaient servi avec lui ou sous ses ordres, ainsi que ses supérieurs hiérarchiques, plus les photos personnelles faites par sa mère, des holos et des films en 2-D.

C'était le maximum qu'il ait pu faire avec les

resssources à sa disposition. Mark estimait que cela suffirait, soulignant que pour des personnages historiques comme Franklin, Washington et Jefferson, nous n'avions à notre disposition que des portraits peints, leurs écrits et les écrits rédigés par leurs contemporains. Trésors nationaux avait pourtant réussi à en créer des simulations parfaitement interactives.

Matt se détourna de la console qui flottait dans les airs devant lui. « C'est tout ce que tu as pour l'instant. On peut déjà mettre la sim en ligne ou tu peux continuer à l'alimenter en données l'image de ton père à mesure que tu retrouves des informations. Es-tu prêt à le mettre en ligne ? »

Le mettre en ligne ?

Andy sentit son pouls s'accélérer soudain, sa bouche devenir sèche. C'était déconcertant d'entendre Mark parler de la sim comme d'un personnage réel. « Allons-y. »

Mark toucha une icône sur sa console et celle-ci se dématérialisa. Il fixa le centre de l'espace virtuel.

Un miroitement se forma, acquit lentement de la consistance. La ervé pulsait doucement. La taille du fichier tournant sur la machine de Mark était monstrueuse, le plus gros programme qu'il ait jamais chargé sur son ordinateur. Grâce à la mère de Mark, Andy avait la chance de pouvoir tester une version bêta de la toute dernière mouture du logiciel, pas encore commercialisée. Andy était conscient que jamais elle n'aurait été dans ses moyens s'il avait dû la payer.

Une vague forme humaine se matérialisa, blanche comme un spectre, translucide comme du verre.

Il sentit sa gorge se serrer à mesure que le processus avançait. C'était l'image de son père qui se dressait devant lui, toujours mieux définie à chaque seconde.

« Ordinateur, lança Mark, gèle l'exécution du programme. »

Andy le regarda. « Qu'est-ce qui cloche ? »

Mark tendit le doigt. « T'as les mains qui tremblent, Andy. Si c'est trop...

— Non, grinça le jeune homme. Je dois tenir tête à Solomon et trouver ce qu'il sait si je veux agir efficacement. »

Mark ne dit rien.

« Ordinateur, lança Mark, poursuis l'exécution et construis le sous-programme Moore, colonel Robert A. »

Le programme redémarra en douceur et reprit son traitement. Avec lenteur, la simulation se colorisa. Les cheveux taillés en brosse virèrent au brun, des sourcils dessinèrent leur arc au-dessus des yeux bleu vif qui étaient mi-clos. Le visage était taillé à la serpe, avec une petite cicatrice juste à droite du menton. Un bronzage accentué dû à une vie constante en plein air recouvrit la figure, les avant-bras, les mains. L'homme portait une tenue camouflée sans la moindre marque, visiblement entretenue avec soin et taillée au plus près du corps. Aucun insigne de grade. Un casque en Kevlar était accroché à une épaule, comme pour faire pendant au M-16A4 passé sur l'autre en bandoulière. Il avait également un paquetage et semblait prêt à l'action.

L'instant d'après, la stase qui figeait la sim se dissipa. Le personnage jeta un regard circulaire, prenant son temps pour évaluer son environnement. Puis son regard se posa sur Andy.

Ce dernier se figea, l'impression qu'un éléphant venait de le piétiner. Il avait vu des kilomètres de films et d'hologrammes de son père au cours des années, et il les avait étudiés en détail au cours des derniers jours. Mais jamais à sa souvenance son père ne l'avait ainsi regardé droit dans les yeux.

La simulation eut un petit sourire, presque timide. « Salut, Andy », dit-elle d'une voix douce.

À ces mots, il perdit prise. « Oh, mon Dieu, fit-il dans un souffle. Ordinateur, fin du programme. »

En un clin d'œil, la sim s'évanouit.

« Elle m'a reconnu... » s'exclama Andy, incrédule.

« Je l'ai programmé pour qu'il te reconnaisse. »

Andy secoua la tête. « Cette sim n'est pas lui. C'est un amalgame de lignes de code et d'images. C'est tout. Elle n'est pas vivante. »

Mark attendit quelques secondes avant de remarquer d'une voix douce : « Il n'est pas vivant et il le sait aussi. Mais il sait également qu'il n'est pas *elle*. Ce n'est pas un objet, Andy. Tu ne peux pas penser à lui ainsi. C'est un personnage quasi virtuel. Une quasi-intelligence artificielle. Le qualifier de simple simulation risque de provoquer des problèmes avec l'interface. »

Andy ouvrit une fenêtre et quitta la ervé pour regagner le pont de son galion pirate. Dès que les embruns l'enveloppèrent, il se sentit aussitôt mieux.

« Je sais que c'est dur, admit Mark qui l'avait suivi. Mais c'est peut-être la seule façon de répondre aux questions que tu te poses.

— Je sais. » Andy agrippait le bastingage comme s'il lui fallait d'une manière ou de l'autre se raccrocher au monde réel. *Cette chose n'est pas mon père. Impossible.*

Un frisson le prit et il lutta contre une nausée grandissante.

Mark vint se placer à côté de lui. « Je peux rester un petit moment. Comme ça, tu n'auras pas à te retrouver seul le temps que tu apprennes à interagir avec lui. »

Andy fit non de la tête. En partie par entêtement, par refus d'avoir besoin de qui que ce soit. Mais en partie aussi parce qu'il refusait que Mark le surprenne dans un éventuel moment de faiblesse. Plus que jamais, il en voulait à mort à Solomon.

Peut-être que je devrais utiliser le logiciel de Trésors nationaux pour créer une sim de son propre père et la lui expédier — le *lui expédier — dans son ervé personnelle.*

Qu'on voie un peu comment il réagit.

Mais ce ne serait pas la même chose et Andy le savait. Même s'il y avait des différends entre eux, Solomon avait connu son père. La situation n'aurait rien d'analogue avec celle à laquelle Andy était confronté.

« Non, fit-il d'une voix tendue. C'est un truc que je dois faire seul.

— D'accord. Mark n'insista pas.

— Écoute, reprit Andy au bout d'un moment. Je sais que t'as des trucs à faire. Si tu décrochais et que tu me laissais me démerder tout seul ?

— C'est ce que tu veux ? »

Andy se tourna vers Matt et haussa les épaules. « Je n'ai pas d'autre choix. Merci du coup de main.

— No problemo. » Mark hocha la tête. « Tu me préviens si t'as besoin de quoi que ce soit, d'ac' ?

— Tu seras le premier informé. »

Mark sortit d'ervé, laissant son ami seul.

Quand la fenêtre se fut refermée après son départ, Andy inspira un grand coup puis rouvrit une fenêtre sur la sim. Un linceul d'obscurité baignait le cube. Andy pénétra dans cet espace virtuel. « Ordinateur, lança-t-il. Réengage la sim. »

Presque aussitôt, le volume anonyme s'éclaira et la sim se rematérialisa devant Andy. Elle... il attendait patiemment.

« Tu sais qui je suis ? » demanda Andy.

La sim acquiesça. « Tu es mon fils, Andrew.

— Appelle-moi Andy.

— Andy.

— Sais-tu pourquoi tu es ici ? » Andy faisait nerveusement les cent pas dans le cube, cherchant à maîtriser la situation.

Comment est-on censé affronter un parent ou un ami défunt qui débarque après une aussi longue absence ?

« Tu as un problème dont tu penses que je peux t'aider à le résoudre. Et je peux t'aider, Andy, si tu me laisses faire.

— Bien. » Andy essaya de se figurer quelle voie prendre à partir de là, mais son esprit tournait à vide. Au lycée, c'était toujours sur lui que tout le monde comptait pour sortir une vanne, une repartie cinglante dans un échange d'insultes ou de conneries. Mais là, il se sentait sec.

« Comment suis-je censé t'appeler ? »

La sim le regarda droit dans les yeux, puis haussa les épaules. « Je suppose que papa est hors de question. Sinon, tu l'aurais fait. »

Andy étudia le visage de la sim paternelle. *Aurais-je vu dans ses yeux comme l'éclat d'un regard blessé ?* Un frisson lui noua l'estomac. Il ne put qu'opiner. Appeler la sim papa était effectivement hors de question. Mais la façon qu'elle avait — qu'il avait — de s'exprimer évoquait tellement un père qu'Andy se sentit encore plus désemparé.

« Ce qui nous laisse avec colonel Moore, mais je ne peux pas dire que ça me mette à l'aise. Que dirais-tu de Robert ? Ou Bob ? »

Andy eut du mal à s'éclaircir la voix. « Bob, ça me va très bien.

— Bien, alors ce sera Bob. » Bob lui tendit la main.

Bob saisit la main tendue, sentit le réalisme du contact tactile. La poigne de Bob était chaude et vigoureuse. Il garda la main d'Andy dans la sienne juste le temps qu'il fallait avant de la relâcher.

« En quoi puis-je te rendre service ? demanda Bob.

— Est-ce que tu peux te souvenir de la guerre

d'Afrique du Sud ? » Andy savait que Mark avait programmé cette information dans la sim.

« Bien sûr. J'y ai combattu et je suis mort là-bas. » Bob semblait assimiler l'information dans la foulée.

Est-ce que mon vrai père aurait paru aussi froid ?

Andy contempla la sim et il éprouva un brusque regret. Il aurait dû savoir qu'elle — qu'il — se souviendrait de ce qui lui était arrivé. « Est-ce que tu te souviens de la bombe bactériologique qui a explosé près de Mandelatown ?

— Bien sûr. »

Andy sentit les mots s'étrangler dans sa gorge. « Est-ce mon père qui a déposé la bombe ? »

Bob détourna quelques instants les yeux, puis se raidit. Soudain, son image se brouilla, comme un signal de télévision traversé de multiples interférences. Bob tressaillit et se fragmenta avant de se recomposer. Il ouvrit la bouche et sa voix était devenue grêle et métallique. « Attention ! L'enveloppe des paramètres d'interpolation a été dépassée. Retirer, reformuler ou redéfinir la question sinon risque d'atteinte à l'intégrité du sous-programme : Bob. »

*
* *

Matt arriva en retard à la réunion au sortir de l'espace virtuel d'Andy. Franchir les points de contrôle pour rejoindre l'ervé en cours ne posait pas de difficulté puisqu'il détenait les mots de passe. Cette ervé ressemblait au laboratoire de Victor Frankenstein, jusqu'au monstre constitué de pièces détachées gisant sur une table au centre de la pièce. Des éclairs jaunes et fourchus zébraient le ciel nocturne au-dessus de la verrière en dôme du toit, effleurant sans le toucher le partonnerre qui se dressait au-dessus du château.

Mark ne savait plus très bien qui avait inventé ce motif d'habillage de réalité virtuelle, mais il lui donnait toujours plus ou moins des frissons. Ce n'est pas qu'il ait peur des monstres, surtout les cadavres animés. Même s'il s'était avoué passablement déconcerté le jour où l'un des membres officieux de leur club tout aussi officieux avait programmé la foudre pour qu'elle touche le paratonnerre et insuffle la vie au monstre qui s'était mis alors à arpenter la pièce de sa démarche hésitante.

En fait, c'était même un miracle qu'on ne vît pas plus de blagues de mauvais goût fleurir dans leur ervé. Tous les membres étaient des fondus de programmation et de bidouille informatique. Ils allaient des programmeurs-systèmes aux hackers, des professionnels aux amateurs, des utilisateurs respectueux de la netiquette* aux vrais pirates qui ne s'étaient pas encore fait prendre. Il y avait eu pas mal de rotation dans les effectifs depuis qu'il avait été admis dans ce club très fermé. Certains se désintéressaient simplement de la chose, d'autres s'engueulaient entre eux, d'autres enfin s'étaient retrouvés derrière les barreaux.

Et Mark était certain qu'au moins deux dans le lot étaient des agents de la Net Force.

Plus de trente personnes travaillaient aujourd'hui au labo. Comme tous les espaces d'ervé bien construits, quel que soit le nombre de membres présents, le château avait toujours la taille adéquate. Tous les participants étaient des avatars.

Mark aussi, caché derrière l'image de Thor, le dieu nordique des orages. Il ressemblait à un Viking, avec son épaisse barbe rousse, un gilet de fourrure et des culottes enfilées dans des bottes de cuir craquelées montant aux genoux, son casque à cornes, sans oublier sa masse d'armes.

« ... a failli se faire enlever dans le centre commercial », était en train d'expliquer une fille dotée d'ailes. Elle était assise sur une des paillasses du laboratoire, entourée de tubes à essais et de serpentins en cuivre. En guise de cheveux, elle avait des plumes qui lui descendaient jusqu'au bas du dos.

« Qui ça ? » demanda un homme en pâte de guimauve. Il était appuyé à l'un des cercueils que Victor Frankenstein avait vidé pour y récupérer des pièces.

« Matt Hunter, répondit la fille-oiseau. Il est élève au lycée de Bradford. »

Mark sentit son pouls s'accélérer. Il se dirigea vers le petit groupe. « Que s'est-il passé ? » Il n'avait pas revu Matt depuis la fin des cours au lycée.

En deux mots, la fille-oiseau lui décrivit la tentative d'enlèvement dans la galerie marchande. « Pourquoi tu t'intéresses tant à lui ? Tu le connais ? »

Mark sourit, même s'il savait que son expression n'avait rien de bien amical sur ses traits de Viking. « Cette question n'est pas dans les normes. » Chaque participant aux réunions était censé conserver l'anonymat. Bien entendu, ce n'était pas vraiment ainsi que ça se passait. Mark avait déjà identifié trois élèves de Bradford : parmi eux, Chris Potter, l'homme de glace à facettes, nonchalamment appuyé contre un des murs du fond.

La fille-oiseau sourit. « Tu dois le connaître si ça t'intéresse à ce point.

— Ça pourrait m'intéresser uniquement parce que j'ai pas envie de me faire coincer à mon tour, remarqua Mark.

— C'est vrai, ça. » Une fée, guère plus grosse que la main de Mark, plongea du plafond où elle était installée, juchée sur une poutre. Elle planait sur place un peu au-dessus de leur groupe. Ses ailes projetaient une fine poussière d'or. « J'ai entendu dire que quelqu'un avait déjà essayé d'écraser un autre lycéen de Bradford, lundi dernier.

— Pourquoi ? » demanda l'homme en pâte de guimauve.

La fée haussa les épaules. « Ça, je n'ai pas entendu. Mais le gars était connu pour être un hacker. »

Au fond, l'homme en cristaux de glace se trémoussa nerveusement.

« Quelqu'un m'a dit que Hunter était un des Explorateurs de la Net Force. » L'orateur ressemblait au capitaine Venn de l'holo-série de science-fiction *L'Ultime Frontière*[1].

« Tout ça m'a l'air d'un vaste complot orchestré, si vous voulez mon avis », observa la fille-oiseau.

La paranoïa descendit aussitôt sur leur groupe. La plus grande crainte des pirates informatiques, selon Mark, était de se faire repérer pour leurs actes. Bizarrement, la crainte qui venait immédiatement ensuite était celle de ne pas se faire repérer pour ces mêmes agissements. C'était ce qui permettait à des services comme la Net Force de leur mettre la main dessus.

« Visant le lycée de Bradford ? lança Chris, derrière eux. Vous croyez qu'ils seraient capables d'un truc pareil ? »

La fille-oiseau le regarda. « Pourquoi, ça te pose un problème, Glaçon ? D'habitude, toi qui es le sang-froid personnifié... »

Chris dansa d'un pied sur l'autre et son corps à facettes réfléchit en multiples éclats la lumière des lanternes éclairant la salle. « Je pensais juste que... »

L'obscurité descendit sur la ervé, provoquant la surprise générale. Certains, parmi les plus anciens ou les plus prudents, se déconnectèrent par réflexe. Leur ervé avait des défenses, peut-être bien loin de celles

---

1. Cf. dans la même collection : *La Grande Course*, Albin Michel/Le Livre de Poche, 2001.

de la Net Force ou de la plupart des grosses entreprises, mais elle n'était pas sans protection.

Mark reconnut aussitôt, avant même que les formes ne commencent à se matérialiser au centre de la pièce, qu'ils avaient été envahis.

13

Les nouveaux venus avaient pénétré comme dans du beurre les défenses de leur ervé. Trois sihouettes miroitantes apparurent au centre de la pièce. Quand la brume autour d'eux se dissipa, Mark vit que les envahisseurs n'étaient pas humains et que le terme *envahisseurs* leur collait à merveille. Les trois créatures étaient en effet des Chuggorths, des extraterrestres rendus populaires par une récente série d'animation holographiée japonaise.

Et merde, pour une rencontre du troisième type, on pouvait pas rêver mieux, songea Mark en s'apprêtant à se déconnecter. Les « extraterrestres » se déployèrent aussitôt, brandissant des espèces de tiges qui étaient à l'évidence des armes. Ils avaient un crâne d'œuf gangréné posé sur des épaules étroites, et leurs bras étaient des rubans minces comme des spaghettis. Une tunique pourpre les recouvrait jusqu'à leurs quatre pieds fourchus.

« Nous voulons le récupérer », lança l'une des créatures, d'une voix stridente et mécanique. « L'un de vous s'est emparé d'une chose qui ne vous appartient pas. Elle doit être restituée ou vous allez tous en pâtir. Ceci est notre dernier avertissement. » Un rayon violet grésillant jaillit de la tige que tenait l'extraterrestre et mit le feu à la créature faite de pièces détachées gisant sur la table.

Cette action prouva à Mark que les envahisseurs s'étaient non seulement introduits dans leur ervé, mais qu'ils l'avaient piratée pour en contrôler l'environnement. « Dehors ! » glapit-il à tous les participants que cette intrusion soudaine avait figés sur place. « Dehors tout le monde, tout de suite ! »

Tout le monde se déconnecta sans traîner, leurs avatars se désintégrant aussitôt.

L'environnement virtuel se modifia, cédant devant les interférences extérieures. Le laboratoire disparut, laissant place au sinistre paysage nocturne d'une immense et sordide zone urbaine. Un ciel de nuages noirs oppressants coiffait le tout comme un couvercle.

Les rayons violets striaient la nuit, encore plus terrifiants. Moins d'une douzaine de personnes étaient restées dans la réalité virtuelle modifiée. Deux d'entre elles se désintégrèrent alors même que Mark sprintait dans la rue sombre pour trouver refuge dans un passage latéral.

Le souffle court, Mark se mit à fouiller dans son disque dur, à la recherche de programmes. Le premier utilitaire qu'il récupéra lui servait à masquer sa signature sur la Toile.

Le second permettait de retracer le parcours d'un signal. Dans le monde réel, cet utilitaire était assez monstrueux : il avait écrit des lignes et des lignes de code pour engendrer un limier quasiment infaillible, capable de retrouver à peu près n'importe où l'origine d'un programme sur le Net. En ervé, il affectait l'apparence d'un globe vert fluo de la taille d'une balle de base-ball qu'il tenait dans la main.

Lorgnant au débouché du passage, Mark vit un extraterrestre approcher de sa position. Un faisceau violet érafla le mur du coin de l'impasse à quelques centimètres à peine de son visage. Une grêle de briques et de mortier jaillit tandis qu'il reculait se mettre à l'abri. *Zut de zut de superzut !*

Peut-être l'avaient-ils repéré à l'aide d'un radar quelconque.

Mark ressortit de l'impasse, sachant que s'ils le touchaient avec un de ces faisceaux, il serait irrémédiablement jeté hors de l'espace virtuel et qu'il n'aurait plus l'occasion d'utiliser son utilitaire de pistage.

Il fit un roulé-boulé, recourant à certaines des méthodes apprises dans le monde réel, sans chercher à vouloir reprogrammer son avatar avec des super-pouvoirs, genre vitesse surhumaine, capacité de voler ou de ramper le long des murs — faute de temps avant que les extraterrestres ne lui déboulent dessus.

À la place, il ordonna à son utilitaire de se verrouiller sur l'individu le plus proche qui n'était pas Mark. Puis, il laissa négligemment tomber sa balle de base-ball fluorescente et la regarda filer droit vers l'alien.

Un faisceau de chaleur transperça la chaussée, recouvrant Mark d'une pluie de débris. *Allez, allez ! Déjà calé dessus !*

Il regarda son utilitaire s'écraser sur l'extraterrestre en le recouvrant de tentacules de glue verte. L'autre ne pouvait pas le voir. Mark avait programmé le traceur pour qu'il ne soit visible que de lui.

La créature braqua de nouveau sa tige vers Mark, l'interceptant cette fois en pleine rue, sans aucun endroit où filer se planquer. Le faisceau violet lui déboulait dessus à toute vitesse.

Sans hésiter une seconde, Mark se déconnecta pour redégringoler sans ménagement dans son enveloppe physique. Il embrassa du regard sa chambre, le souffle court à cause de l'adrénaline qui avait envahi son organisme ; d'un brusque mouvement de tête, il s'écarta brièvement de l'interface intégrée au dossier pour être sûr d'être totalement libéré de la Toile. Puis il laissa retomber sa tête dans la cavité du dossier et se reconnecta aussitôt.

Il retourna sans problème sur le site où se trouvait leur ervé. Sur la Toile, elle était matérialisée par une pyramide d'obsidienne en rotation flottant loin au-dessus du reste de la communauté virtuelle. Il n'y entra pas.

Activant le logiciel traceur, il étudia la pyramide tournoyante et regarda opérer l'utilitaire. Ses lignes de programme s'entrelaçaient avec celles de l'extraterrestre aussi étroitement que de l'ADN et de l'ARN crachant un unique brin vert, telle une araignée tissant sa toile. Le brin partit en spiralant rapidement au-dessus du paysage virtuel.

Surexcité, Mark revêtit sa combinaison de test anticrash. Puis il fonça à la suite du filament vert. Il demeura à basse altitude, conscient que plusieurs des sites commerciaux ou industriels dont il s'approchait d'un peu trop près pouvaient repérer sa présence avec leurs détecteurs de sécurité périmétrique. Il reçut à deux reprises des pings* d'autres sites, mais les deux fois réussit à amadouer les sysops automatisés chargés de la surveillance de ces systèmes.

Mark devint une fusée qui fonçait dans le cyberespace, accélérant toujours plus pour rester dans le sillage du mince filament vert de son logiciel traceur. Il le pista dans le dédale de l'immense complexe de serveurs irriguant le district fédéral, pour filer ensuite droit vers l'espace. Le bleu froid du ciel laissa bientôt place au noir d'ébène du vide. Un diamant à facettes tournoyait au-dessus de lui : un gros satellite-relais de communications en orbite géostationnaire.

Rebondir à travers les circuits du satellite-relais équivalait à parcourir une série de toboggans glissant comme une piste de bobsleigh éclairée par des projecteurs aveuglants, sinuant entre des modules de mémoire évoquant des tours de cobalt bleu et des paquets de données aux volumes d'une douzaine de couleurs différentes qui se déversaient avec frénésie comme un nid d'araignées faisant vibrer leur toile. Mark s'accrocha, tenace.

Allez, allez... il aurait voulu foncer encore plus vite.

Sa proie pouvait à tout instant se déconnecter et disparaître. Le filament vert redescendit pour filer droit vers la Bourse européenne en Grande-Bretagne.

La localisation géographique surprit Mark. Il s'était plutôt attendu à localiser l'origine du signal dans un ordinateur situé aux États-Unis. Il atterrit à Londres, puis fonça au travers des nœuds et des relais, dans un dédale de plus en plus complexe. Il devait se battre contre les systèmes, se faufiler comme une anguille, se tortiller entre des octets de code binaire prêts à le classer, le dérouter et l'éliminer. Il demeurait bien planqué derrière son programme, suivant toujours à la trace les rebonds du fil vert.

Une fois traversé la Bourse britannique, le traceur reprit la route de l'espace. Il traversa successivement des satellites-relais au-dessus de l'Europe et de l'Asie. Mark avait déjà parcouru ces itinéraires, lors de pistages effectués pour sa mère et le capitaine Winters. Et il s'était également entraîné contre des hackers lors de concours mais aussi pour de vrai, quand il s'était agi de localiser et d'identifier des pirates informatiques sinuant sur les arcanes de la Toile.

Il retoucha terre en Allemagne, rebondit sur des tours-relais de télécommunications jusqu'à Berlin. Il ne devait plus être loin du but, désormais.

Il franchit les frontières de l'Allemagne, fit une virée sur les nouvelles lignes de communications qui conduisaient en Roumanie et vers d'autres pays d'Europe de l'Est. Il était prêt à parier que son terminus était situé au Moyen-Orient. C'était le seul endroit logique.

Le traceur revint sur ses pas à travers l'Europe de

l'Est, pour obliquer au nord et s'enfoncer dans les profondeurs de la Russie.

Un signal d'alarme pépia soudain dans son crâne. « *Utilitaire de traçage déconnecté* », lui annonça son ordinateur d'une voix dépourvue d'émotion.

Non !

Mark se concentra sur le fil vert, luttant de toutes ses forces pour accélerer encore afin de ne pas décrocher du flux de données. Mais c'était impossible. Même en se maintenant à leur vitesse de transmission, il savait qu'il ne pourrait suivre le début de la fragmentation du signal qui interviendrait dès que sa cible se déconnecterait à l'autre bout de la ligne.

Il traversa en catastrophe les systèmes de sécurité russes, déclenchant au moins trois alarmes. Une fois ressorti, il repartit vers l'espace. Alors qu'il venait de quitter le bleu du ciel pour le noir profond de l'espace, le fil vert de son utilitaire fila en trombe pour s'effacer et disparaître sans laisser de trace.

Mark n'eut jamais le temps de transiter par le relais-satellite au-dessus du bloc Pacifique. Un nouveau signal d'alarme pépia dans sa tête pour l'avertir qu'il était dangereusement près de se faire identifier par un programme d'identification ami/ennemi. Très mauvais, ça.

Dégoûté, complètement frustré, Mark interrompit sa poursuite. *Deux minutes encore... une petite, et je l'aurais eu.*

Trois utilitaires IFF russes lancés des satellites-relais au-dessus de lui transpercèrent la Toile, comme des missiles intercontinentaux pour converger sur lui. C'étaient des symboles rouges tournoyants suivis d'un sillage de cônes de flammes éblouissantes... rien de bien fin dans tout ça.

Complètement largué, ne sachant plus où donner de la tête, Mark se déconnecta, échappant aux utilitaires d'IFF avec quelques nanosecondes de marge.

*
* *

« Danger ! répéta l'ordinateur. La question a dépassé les paramètres de sécurité. Le sous-programme Bob est devenu instable. »

Andy lorgna, anxieux, la sim de son père. Les vagues de parasites continuaient de parcourir l'hologramme, l'effaçant par endroits, avant de dériver vers d'autres endroits pendant que les autres essayaient de se rematérialiser. Andy était presque hypnotisé par le regard dans les yeux de Bob.

Éprouverait-elle... éprouverait-il une certaine forme de souffrance ?

« Ordinateur, fit Andy d'une voix rauque, fin d'interrogatoire. »

Ferait-il fausse route ? En se procédant à un interrogatoire au lieu d'interagir ?

Les charges statiques disparurent et Bob se rematérialisa. Il se tâta le corps. L'ahurissement se lisait dans son regard.

« Allons bon, je sens que c'est un truc auquel il va falloir se faire », observa Bob.

Andy nota le tremblement dans sa voix et se sentit coupable. Mais il était perplexe, lui aussi. Le véritable colonel Robert Moore avait décidé de rester en Afrique du Sud et d'y mourir au lieu de retourner chez lui auprès de sa femme et de son fils. *Je ne lui dois rien*, se dit Andy, en essayant de se durcir, de conforter sa résolution. *Surtout pas à la sim d'un personnage réel.*

« Je suis désolé, s'excusa Bob. J'ai tenté de répondre à ta question mais c'est impossible. Je ne dispose pas de données suffisantes. »

Son ton paraissait sincère et cela ne fit qu'accroître le malaise d'Andy. Pourtant, il n'avait qu'à penser à sa mère et à ce qu'elle éprouverait si jamais lui parvenaient les informations de Solomon.

« Pourquoi n'as-tu pas suffisamment de données ? » demanda Andy.

Bob releva le menton, ses yeux s'étrécirent. « Et toi donc ? »

La voix d'acier de la sim surprit Andy et déclencha la colère qui mijotait en lui. « Ce n'est pas toi qui poses les questions ici, c'est moi. »

Bob hocha la tête. « Tu peux faire tourner ce programme ou tu peux l'interrompre, mais je suis cent pour cent interactif, fils.

— Ne m'appelle pas comme ça ! » lâcha Andy.

Bob croisa les mains dans le dos. « Tu peux redéfinir la nature de notre relation. Pour l'instant, je te reconnais comme mon fils, Andy, et je sais que jamais je ne laisserais mon fils s'adresser à moi sur ce ton sans raison valable. Tu n'en as pas. Je peux toutefois rester interactif sans cette relation personnelle...

— Ordinateur, commanda Andy. Redéfinis la nature de la relation entre le sous-programme Bob et moi.

— Je regrette que tu ressentes ça comme ça, fils », dit Bob d'une voix douce. Ses regrets paraissaient sincères.

Andy faillit céder, regrettant de n'avoir pas d'autre moyen de gérer la situation. Mais non. Il n'arrivait pas à supporter la familiarité que la sim manifestait à son égard.

« Requête : comment désirez-vous que soit reconfigurée la nature de la relation ? demanda l'ordinateur. Fonction primaire actuelle : interactive. Choisir dans le menu suivant : Points de vue opposés pour développer aptitude au débat. Franche opposition pour développer aptitude au combat. Relation entièrement interrogative, aucune relation personnelle, en vue d'enquête.

— Maintiens le mode interactif actuel, répondit Andy. Y a-t-il des ajustements possibles pour redéfinir la relation ?

— Le réglage actuel offre une relation père-fils, répondit l'ordinateur. Établi par défaut au lancement du programme. Désirez-vous le redéfinir ?

— Andy, intervint Bob d'une voix douce, les yeux braqués sur lui, j'aimerais que tu reconsidères ton point de vue. »

Andy secoua la tête, la gorge serrée. « Je ne peux pas. Jamais ça ne marchera.

— Tu ne nous as pas laissé de chance, observa Bob.

— Toi et moi n'en avons aucune, répondit Andy. Tu y as veillé quand tu as choisi de rester mourir en Afrique du Sud au lieu de rentrer chez nous. » Il fut surpris de sentir la chaleur des larmes roulant sur ses joues.

« Alors, laisse-nous cette chance, maintenant.

— Pourquoi ?

— Parce que, répondit Bob, il y en a une, aujourd'hui.

— Est-ce que Mark a programmé cela en toi ?

— Non, répondit la sim d'une voix patiente. C'est le trait essentiel du programme : révéler la nature de la personnalité que l'on a réincarnée. Les sims sont conçues pour être cent pour cent interactives, y compris au niveau émotionnel. »

Andy secoua la tête. *Est-ce ainsi que mon père se serait exprimé ?* Non, il était exclu que cet objet fût son père.

Bob essayait juste d'interagir avec lui de la seule façon qu'il connaissait.

« Je suis incapable de gérer le niveau émotionnel, dit Andy.

— Alors, tu vas rater une partie de cette expérience qui aurait pu t'appartenir entièrement, lui dit Bob.

— Quoi ? fit Andy, grinçant. De ne pas avoir de père ? Désolé. J'ai déjà donné. Je connais. C'est pas un scoop, Bob, et je supporte très bien, malgré tout.

— En es-tu si sûr ? »

Andy ignora la question. « Ordinateur, redéfinis la nature de la relation actuelle entre le sous-programme Bob et moi-même. Demande-lui de me reconnaître comme son officier supérieur.

— Affirmatif, répondit l'ordinateur. Reconfiguration. »

Bob se redressa légèrement, tandis qu'une brume ambrée tournoyante l'entourait soudain. « Adieu, fils. »

Andy ne dit rien et dut se retenir de lancer une réponse cinglante.

La brume se dissipa. Bob se tenait raide comme un piquet puis son bras droit se leva pour effectuer un salut impeccable. « Mon général. Colonel Robert Moore au rapport, mon général. »

Andy puisa dans son expérience personnelle, recueillie lors de sa formation au sein des Explorateurs, de sa fréquentation du capitaine Winters comme des autres agents de la Net Force, et des récits qu'il avait entendus de camarades dont les parents étaient dans l'armée. « Repos, colonel.

— Merci, mon général.

— Je vais vous interroger, déclara Andy. On vous posera des questions sur vos états de service, en particulier votre rôle dans la guerre d'Afrique du Sud.

— Je comprends, mon général. »

Andy étudia la sim et nota plusieurs changements. Ce Bob-ci était plus réticent, plus crispé dans son expresssion corporelle. Pas moins confiant, mais sans nul doute pas aussi ouvert. « Avez-vous déployé la bombe bactériologique près de Mandelatown en 2014 ? »

Les parasites recommencèrent, et Bob redevint flou.

« Ordinateur, annule question, aboya Andy, exaspéré. Pourquoi le programme n'arrête pas d'être instable ?

— La question excède les paramètres de réponses précises du sous-programme Bob, répondit l'ordinateur. Il ne peut que savoir ce que vous lui avez programmé. Suggestion : si vous connaissez la réponse à la question, entrez-la simplement et Bob répondra de manière appropriée.

— J'ignore la réponse », rétorqua Andy, frustré.

L'ordinateur moulina quelques instants. « Conclusion : sans préparatifs adéquats, le sous-programme Bob ne peut connaître la réponse. »

Andy réfléchit à cette repartie.

Une sim interactive, a dit Mark. Avec ses capacités de quasi-IA, elle peut interpréter les données et formuler des conclusions logiques. Mais elle ne peut savoir ce qu'elle ignore.

Andy inspira un grand coup et considéra Bob qui s'était remis au garde-à-vous. Puis il lui demanda : « Colonel, utiliseriez-vous délibérément une arme bactériologique ?

— Non, mon général. » Bob avait répondu sans hésiter.

Andy se sentit réconforté par la réponse. Malgré ses sentiments personnels à l'égard de son père, il savait que jamais il n'aurait fait usage d'une telle arme. « Existerait-il une occasion où vous auriez lieu d'en faire usage ?

— Je ne peux l'imaginer, mon général.

— Jamais vous n'avez envisagé de l'utiliser en Afrique du Sud ?

— Mon général, dit Bob avec une trace d'irritation, ce type d'interrogatoire, si vous me permettez une telle remarque, me paraît ridicule. De pure spéculation. Les Nationalistes sud-africains n'ont jamais eu en leur possession de telles armes.

Mais cette affirmation doit être incorrecte. À moins qu'il ait vraiment existé un groupe de terroristes venus du Moyen-Orient impliqués dans le conflit.

Andy réfléchit à cent à l'heure, en se demandant s'il pourrait faire venir la sim au cours d'analyse stratégique du Dr Dobbs. Sauf qu'il était certain que Solomon la mettrait en pièces. Le simple fait de demander à Bob s'il avait eu recours à l'arme bactériologique rendait le sous-programme instable.

Jouant à fond l'avocat du diable, se remémorant ses cours d'histoire, et comment le recours à la bombe atomique contre le Japon avait accéléré l'issue de la Seconde Guerre mondiale, Andy considéra de nouveau Bob.

« Et si l'on vous donnait l'ordre exprès de déployer la bombe bactériologique, colonel ? Le feriez-vous dans ce cas ? »

Bob hésita. « Alors, mon général, si cela devait s'avérer nécessaire, je le ferais. »

La réponse assomma Andy, lui ôtant soudain toute confiance et réveillant les craintes que Solomon avait déclenchées en lui.

14

Matt écouta le récit de Mark sur l'invasion extraterrestre de l'ervé du pirate, de plus en plus agité. Ils s'étaient retrouvés dans l'ervé de Matt, l'un et l'autre en lévitation de part et d'autre de la dalle en marbre noir.

« T'en as parlé à ton père ? demanda Matt dès que son ami eut fini.

— Ouais, dit Mark. Il a dit qu'il ferait une enquête. Mais j'ai du nouveau. Pendant que je parlais avec papa, j'ai reçu au moins une douzaine d'autres messages dans ma boîte aux lettres. Depuis lundi, trois autres hackers de Bradford se sont fait agresser en rentrant chez eux. D'après les descriptions qu'on m'a faites, il semblerait que les agresseurs étaient à chaque fois les deux types que tu as rencontrés au centre commercial aujourd'hui.

— Quand ça s'est produit ?

— Une première fois lundi soir. La suivante mardi. Et la dernière mercredi.

— Et ils ne se décident à en parler que maintenant ?

Eh, fit remarquer Mark, c'est des pirates, n'oublie pas. Ils ont leur petit credo : ne causer à personne, ne jamais rien avouer, se faire tout petit. Si j'en ai découvert autant cet après-midi, c'est uniquement parce que j'ai appris ce qui s'était passé en ervé. »

Matt émit un soupir de frustration. « Ce qui me turlupine vraiment, c'est le refus du capitaine Winters de faire quoi que ce soit.

— Tu ne peux pas dire une chose pareille, rétorqua Mark. Le capitaine Winters peut t'avoir fait suivre par un des agents de la Net Force et tu ne t'en rendras compte que s'il le veut bien. N'oublie pas le gars que t'avais repéré lundi dernier.

— Je n'ai pas oublié », répondit Matt. Il contempla le cyberespace alentour et vit filer une comète. « Mais Bradford est notre lycée. Et si on s'entraîne pour devenir éventuellement un jour prochain des agents de la Net Force, on pourrait imaginer qu'on nous laisse participer à une enquête que Winters est en train de mener sur notre propre campus.

— Il est toujours possible que toutes ces affaires n'aient aucun rapport entre elles.

— T'y crois vraiment ? »

Mark eut un sourire désabusé. « Pas une seule seconde. Qui que soient les individus qui harcèlent les pirates, ils en savent trop sur les élèves inscrits à Bradford. Ils te connaissent. Ils connaissent Chris et ses copains. Et ils sont au courant de l'existence de l'ervé où certains des pirates de Bradford ont l'habitude de se retrouver.

— En revanche, ils n'ont pas l'air trop fixés sur l'identité de celui qu'ils recherchent », fit observer Matt. Son esprit s'était raccroché à cet indice. Quelque part, il y avait là une piste susceptible de les mener aux inconnus qui traquaient les hackers de Bradford. « Mais cet après-midi, ils ont envoyé une équipe à mes trousses avant d'attaquer l'ervé des hackers. Ils ont monté d'un cran dans l'escalade. Pourquoi ?

— Je ne vois qu'une seule raison, dit Mark. Ils sont pressés par le temps. »

Matt acquiesça, parfaitement d'accord. « Ce qui veut dire que nous aussi. » Il soupira. « Si le capitaine Winters mène une opération à Bradford et que nous sommes laissés sur la touche, j'apprécie modérément. On mérite d'être tenus au courant. Après ma rencontre avec ces deux types au centre commercial et compte tenu de l'intrusion dans l'ervé des hackers, j'estime qu'on doit se montrer désormais un peu plus agressifs.

— Eh bien, j'ai une idée. » Mark se redressa sur son siège. « Je pourrais tenter d'installer une deuxième couche d'utilitaires d'interface sur le système de Bradford. Peut-être que ça nous permettra d'avoir un œil sur ce qui se déroule aux alentours du campus.

— D'accord. » Matt se sentait malgré tout gêné par la perspective de se faire prendre. Bidouiller dans les systèmes de sécurité de la passerelle Internet du lycée était une violation flagrante des règlements scolaires. « Enfin, il n'y aura que toi et moi à être au courant...

— Tu n'as même pas besoin, toi, observa Mark. Je peux tout faire moi-même et te prévenir seulement une fois que ce sera fini.

— Pas question. S'il faut en arriver là, on prend la responsabilité ensemble.

— D'accord. Je vais rentrer à la maison m'avancer un peu dans mon boulot, puis je rassemble les utilitaires et les programmes dont on va avoir besoin. On pourra les télécharger via les interfaces de télétravail dont dispose Bradford ; donc, de ce côté, pas de problème. » Sur ce, Mark lui adressa un salut et le quitta.

Matt resta quelques instants assis à tâcher de réfléchir de quelle manière s'organisaient les pièces du puzzle. Mais c'était comme d'avoir toutes les pièces intérieures sans une seule de la périphérie. Il n'arrivait même pas à voir se dessiner le début d'un motif.

*
* *

Vêtu d'une tenue de combat camouflée noire, Andy

fonçait sur les pas de Bob, à travers la jungle obscure. Ils se retrouvaient en Afrique du Sud. On était le 13 août 2014. L'unité de Bob était en route pour pour sauver le bataillon d'Éclaireurs de l'armée américaine bloqués à l'extérieur de Mandelatown. Le colonel gardait une foulée ample, malgré le lourd paquetage qu'il trimbalait.

Andy serrait nerveusement dans ses mains son M-16A4 à viseur optique. Même s'il savait que l'arme n'était qu'une simulation virtuelle, il s'en méfiait. Il avait pourtant manié des lasers, des bazookas, des mitraillettes, des épées, des poignards et des arcs dans des centaines de jeux en réalité virtuelle, il s'était battu contre des humains, des zombies, des sorciers, des armées, des dragons et des robots. Mais jamais encore une arme simulée ne lui avait paru si réelle.

Le rendu noir mat du canon et les autres parties usinées ne se distinguaient pas de la crosse en nylon et céramique. Le fusil d'assaut restait aussi invisible dans la nuit que le reste de sa combinaison de combat high-tech modèle D-1B sortie des laboratoires de DuPont/Rockwell.

Bob se coucha à terre derrière un buisson entourant deux arbres qui avaient poussé ensemble. Il releva son casque informatisé et relié en réseau, équipé d'un affichage tête haute, dénouant les jugulaires qui pendaient de part et d'autre de son visage baigné de transpiration. Les plaques de maquillage du camouflage découpaient les traits de son visage et les faisaient ressortir en noir.

« On approche », annonça Bob qui remit son casque pour consulter le mode information numérique complète de sa visière. Un relais-satellite intégré lui fournissait des données directement transmises du commandement des opérations stratégiques américain, installé à bord d'un porte-avions au large. « On devrait pas être à plus d'un kilomètre de leurs positions. »

Andy consulta son propre affichage.

Une carte du terrain environnant s'afficha en traits palpitants. Elle présentait un paysage escarpé, rocailleux, qui dévalait depuis la colline au sommet de laquelle ils se trouvaient actuellement. Moins de vingt mètres devant, à peine visible dans la nuit, une gorge s'ouvrait, descendant jusqu'à un torrent au lit étroit. La gorge faisait une vingtaine de mètres de profondeur et la pente de part et d'autre était assez escarpée pour empêcher une traversée rapide.

Les forces nationalistes sur l'autre rive bloquaient tout repli tactique des Éclaireurs. D'autres renforts nationalistes, y compris des blindés, se dirigeaient vers les troupes américaines et seraient sur leur position d'ici moins d'une demi-heure. Le pont de bois enjambant la gorge restait la seule issue.

Andy tapa sur les touches de son calepin de navigation, resserrant la vue du satellite de communications jusqu'à ce qu'il puisse distinguer les taches jaune vif qui marquaient les troupes nationalistes et celles, bleu vif, symbolisant les Éclaireurs américains.

Bob donna des ordres à ses hommes, leur assignant les positions qu'ils devraient tenir de l'autre côté de la gorge. Leur réaction fut immédiate, professionnelle. Andy devait reconnaître à son père sa capacité à commander. Son commando d'opérations spéciales était excellent, et les hommes semblaient prêts à suivre n'importe où leur officier.

Andy regarda Bob indiquer à son avant-garde de traverser le pont. « Vous savez que vous allez mourir en passant de l'autre côté, remarqua Andy.

— Affirmatif, mon général. » Par suite des modifications apportées au programme, Bob continuait de considérer Andy comme son supérieur hiérarchique.

« Alors, pourquoi y aller ? »

Toujours accroupi, Bob changea de position pour faire face à Andy. « Pourquoi y aller maintenant ? Ou pourquoi y être allé, dans le temps ?

— Il y a une différence ? demanda Andy.

— Oui, mon général. » Du menton, Bob indiqua le pont. « C'est la seule voie de sortie pour ces Éclaireurs, mon général. Et mon groupe est le seul qui puisse leur offrir une marge suffisante pour s'échapper avant qu'ils se fassent écraser par la cavalerie blindée des Nationalistes. Et les Nationalistes ne font pas de prisonniers.

— Je le sais. » Andy regarda le frêle pont de bois qui oscillait doucement sous la brise.

« Je n'y vais pas parce que c'est une chose que j'ai déjà faite dans le temps, expliqua Bob. En vous permettant d'en être le témoin, peut-être cela vous fournira-t-il une réponse plus claire aux questions que vous vous posez. En réalité, rien de tout ceci ne fait la moindre différence. Nous pouvons rester assis ici tous les deux et regarder ces Éclaireurs se faire tailler en pièces par les deux forces nationalistes. Le logiciel est capable d'extrapoler à partir de ces données, même s'il ne vous informe pas avec précision sur qui en est mort et qui aura survécu. »

Andy déglutit avec difficulté. *J'interromprai le programme avant d'avoir à subir un tel spectacle.*

« Quant à savoir pourquoi j'y suis allé à l'époque, reprit Bob, je pensais que c'était mon devoir. Le devoir militaire est quelque chose d'important pour moi.

— Est-ce ce que mon pèr... » Andy s'interrompit. « Est-ce ce que pensait le véritable colonel Moore ?

— Je n'en sais rien. C'est mon extrapolation basée sur les événements et sur l'homme tels que les embrasse ma programmation. »

Ce n'était pas une véritable réponse, Andy le savait. Il essaya une autre approche. « Avez-vous peur ?

— Affirmatif, mon général. À quoi servirait un soldat qui ne sait pas avoir peur ? Un soldat qui n'a pas peur est aussi mauvais qu'un soldat incapable de dominer celle-ci. Ni l'un ni l'autre ne peut servir correctement son drapeau, son groupe, sa mission. Le premier sera mort et le second incapable d'agir. »

Andy hésita. « Et votre femme ? Pensez-vous qu'elle sera heureuse de se retrouver veuve ? »

Bob prit le temps de peser sa réponse. « Mon général, sauf votre respect, je crois que c'est une question strictement entre Sandra et moi. »

Andy inspira une grande goulée de l'air fétide de la jungle et se sentit coupable. C'est vrai qu'il mettait le pied dans un domaine qui ne le regardait pas mais c'était plus fort que lui. Le logiciel interactif présentait tant de possibilités. Il voulait obtenir toutes les réponses possibles. « Répondez à ma question, colonel. »

Un instant, Andy crut que Bob n'allait pas obtempérer. Puis sa bouche dessina un mince trait dur.

« C'est vrai, mon général. Sandra et moi, nous avons discuté de la possibilité que je me fasse tuer au front. C'était une des raisons qui m'avait fait la dissuader de m'épouser. »

Cette affirmation eut la vertu de déclencher la colère d'Andy. *Ce n'est pas vrai !* Il se leva, s'éloigna de Bob.

« Ordinateur, gèle la ervé. » Aussitôt, la scène passa en deux dimensions, laissant Andy rejeté à l'extérieur.

Même Bob se retrouva en retrait. « Ordinateur, vérifie la dernière réponse de Bob. Ça ne peut pas être vrai.

— D'après la base de données utilisées pour constituer cette représentation virtuelle, répondit la machine, la réponse du sous-programme Bob est attestée par des lettres à votre mère antérieures à son mariage. Lesquelles lettres font par ailleurs référence à des conversations entre eux étalées sur une période de plusieurs mois. Il semble que ce sujet ait été une considération esssentielle pour le colonel Robert A. Moore ; Sandra, nom de jeune fille Creel, ne manifestant pas les mêmes inquiétudes. »

Andy sentit une migraine le gagner. Il fit les cent pas, mais dans cet espace sans repères, il avait l'impression d'aller nulle part. Mark et lui avaient scanné les lettres adressées par son père à sa mère pour les entrer dans la base de données, mais Andy ne les avait pas lues. Il avait voulu, mais elles étaient tellement personnelles que la douleur l'en avait tout simplement empêché.

Il se retourna vers la scène toujours figée ; il aurait voulu que Bob ait fait une erreur qui lui permette d'effacer tout le programme et de se rendre compte de la bourde qu'il avait commise en le lançant. Mais Bob semblait avoir raison sur tellement de points...

« Poursuite programme. »

L'image en 2-D explosa soudain, l'enveloppant à nouveau de la touffeur de la jungle. Il entendit des bêtes nocturnes au loin, très loin du commando d'opérations spéciales, et sentit l'air lourd imprégné d'une chaleur sèche. Une brise imperceptible effleurait sa peau.

« Mais Sandra ne voulait pas entendre parler de ne pas m'épouser, poursuivait Bob. Elle disait qu'elle connaissait les risques inhérents à mon métier et qu'elle pouvait bien les accepter si je les acceptais, moi. Pour ma part, j'étais incapable d'imaginer de vivre sans elle. Peut-être étais-je égoïste. Même si l'armée nous séparait souvent, nous étions réunis chaque fois que mes missions étaient terminées. » Il baissa les yeux pour contempler le frêle pont enjambant la gorge. « Même cette fois-là, je n'ai vraiment pas imaginé que ça pourrait être différent.

— Mais ça l'a été, observa Andy.

— Affirmatif. Bob regarda Andy. Bien, est-ce qu'on y va ou est-ce qu'on reste ici, mon général ? »

15

Andy savait qu'il n'y avait pas d'autre choix que traverser le pont. Si son père avait affronté ce qui se passait de l'autre côté de la gorge, il l'affronterait, lui aussi. « On y va. »

Bob relaya prestement ses instructions. Se séparant en plusieurs groupes, le commando sortit du couvert pour converger vers le pont. Andy suivit Bob, sur ses talons.

À peine quelques minutes plus tard, ils rencontraient les premiers Nationalistes. Bob et ses hommes les abattirent sans coup férir. Andy assista à la scène, découvrant qu'il était incapable de décrocher de la ervé. Des hommes mouraient tranquillement, dans des conditions horribles, et il savait que plus jamais il ne verrait du même œil les jeux en ligne auxquels il participerait à l'avenir.

C'était l'univers qu'avait connu son père, l'univers des guerriers, et il n'était, et de loin, pas aussi reluisant que les représentations qu'en donnaient les spectacles holographiques. Andy sentit des tombereaux de culpabilité se déverser sur lui alors même qu'il se cantonnait à rester en lisière de l'action. Des ombres évoluaient, saignaient, mouraient. Le fait même de savoir qu'il s'agissait de simulacres n'en diminuait pas l'impact.

« Vous vous sentez bien, mon général ? s'inquiéta Bob après qu'ils eurent assuré leur position.

— Ouais, fit Andy d'une voix coassante. Très bien. » Il embrassa du regard les environs. Pas un cadavre n'était visible. Il aurait voulu pouvoir parler avec Bob en tête-à-tête mais son rôle d'officier supérieur le limitait quand il voulait exprimer le fond de ses pensées.

« Les chars arriveront à portée de tir le temps qu'on ait sorti les Éclaireurs de ce guêpier », déclara Bob.

Andy regarda son afficheur, nota les cubes jaunes sur l'écran qui marquaient l'avance des blindés nationalistes. Ils approchaient de la gorge en formant un vague demi-cercle. De petits points jaunes représentaient l'infanterie interposée devant la cavalerie blindée. Devant, en bleu fluo, les Éclaireurs américains étaient en pleine retraite. Ils avaient épuisé le reste de leurs munitions pour percer l'encerclement des Nationalistes.

Bob le regarda. « Vous n'avez pas besoin de rester ici, mon général. Vous pourriez terminer le programme ou simplement le quitter et le laisser tourner.

— Non, répondit Andy. Je reste. » Un vrombissement dans le ciel attira son attention.

« Hélicos ! » lança Bob en allumant son walkie-talkie. Il ordonna aux deux groupes équipés de roquettes sol-air de se tenir prêts. « Appareil observateur des Nationalistes. Les Éclaireurs l'ont déjà repéré. »

Andy regarda la scène, impuissant. Il aurait voulu pouvoir décrocher de l'ervé. Mais il en était incapable.

Bob ordonna les manœuvres à ses hommes tout en guidant la retraite des Éclaireurs jusqu'au pont. L'hélico nationaliste leur fonçait dessus. « Le pilote sait qu'ils se dirigent vers le pont. »

Andy regarda la mince silhouette de guêpe fendre l'air au-dessus d'eux. Il en connaissait assez sur les hélicos grâce aux simulateurs de vol militaire en ervé pour reconnaître son armement. « Il a des missiles.

— Affirmatif, mon général. » Bob commanda par radio aux servants des roquettes de passer à l'action.

Les deux lance-roquettes tirèrent leurs projectiles de 94 mm et touchèrent l'hélico. L'appareil d'attaque se désintégra dans une gerbe de flammes et d'épaisse fumée bouillonnante. Des débris enflammés dégringolèrent au fond de la gorge.

Les minutes qui suivirent furent comme un brouillard pour Andy. Les chars nationalistes arrivèrent à portée de tir et sitôt qu'ils les eurent repérés, ils ouvrirent le feu avec leur canon principal. Il reconnut la scène, tirée des archives d'Holonet.

Quand la cavalerie blindée eut fini de pilonner la zone, l'infanterie nationaliste passa à l'action. Jeeps et blindés légers d'action rapide foncèrent vers les commandos américains. Les armes automatiques mitraillèrent le flanc de la colline tandis que les balles traçantes illuminaient la nuit.

Par miracle, malgré leur nette infériorité numérique, les forces spéciales tinrent position. Sous les ordres de Bob, les combattants transpercèrent les lignes nationalistes en plusieurs endroits par des attaques à la roquette et à l'arme légère. Ils noyèrent également le champ de bataille sous un rideau de fumée qui brouillait la vision normale ainsi que les détecteurs infrarouges.

Quand la ligne de front se rompit pour battre en retraite et laisser place à un nouveau pilonnage des blindés, Bob retira ses hommes de la zone. Ils firent retraite par groupes échelonnés qui se couvraient mutuellement jusqu'à ce qu'ils aient rejoint le bord de la falaise.

Andy se tourna vers Bob : « Vous pouvez y aller, maintenant. »

Bob fit un signe de dénégation. « Pas tant que le dernier de mes petits gars n'aura pas franchi le pont.

— Vos petits gars ? » Jalousie, colère et terreur bouillonnaient en Andy, débordant pour former un redoutable cocktail Molotov. « Vous avez un fils, chez vous, au pays, qui n'aura jamais la chance de vous connaître si vous mourez ici.

— Alors, je vais faire de mon mieux pour ne pas y crever, répondit tranquillement Bob. À présent, mon général, si vous me permettez, j'ai une exfiltration à organiser. » Sa voix était dure comme l'acier.

Andy céda.

La retraite du commando des forces spéciales se poursuivit malgré la reprise du pilonnage des blindés. Bob attendit que le dernier de ses hommes fût revenu dans la gorge, puis il lui emboîta le pas. Les obus s'écrasaient au flanc de la crête, projetant dans les airs arbres et rochers, emplissant la nuit de tourbillons de poussière.

Andy regarda Bob commander à son groupe de miner le pont. Leur plan était de le faire sauter une fois qu'ils l'auraient franchi pour bloquer la poursuite des fantassins. Mais un pressentiment glacial, mortel, avait empli Andy parce qu'il savait déjà ce qui allait venir.

En deux temps, trois mouvements, le commando de quatre hommes avait truffé d'explosifs les piles du pont. Mais ils n'avaient pas été assez rapides pour devancer le groupe de Nationalistes qui étaient remontés par la pente du flanc ouest, protégés ainsi du pilonnage de leurs propres forces blindées.

« Gaffe ! » avertit un des membres du commando américain. Il leva son pistolet-mitrailleur et se mit à tirer.

Bob leva son arme à son tour pour joindre sa puissance de feu. « Finissez de piéger le pont ! » Il alla s'abriter derrière une des piles de soutien. Les balles en arrachaient de longues échardes de bois.

Planqué derrière une autre pile, Andy observait la scène. Il avait l'estomac retourné, la gorge si serrée qu'il pouvait à peine respirer. Le commando de quatre hommes termina de piéger l'ouvrage d'art au moment même où les Nationalistes déboulaient du haut de la crête.

Bob leur tira dessus, vidant sa M-16A4 et la rechargeant aussitôt. Il ordonna à ses hommes de franchir le pont, resta encore un moment pour couvrir leur retraite puis courut enfin derrière eux.

Une grêle de projectiles hacha le tablier et des balles traçantes illuminèrent la nuit. Depuis l'autre côté de la gorge, un tir de barrage ralentit en partie la progression des lignes nationalistes. Mais ils étaient trop près. Des balles atteignirent un des hommes du commando qui s'effondra.

Bob s'arrêta pour le relever, le jetant sur son épaule et cherchant à sprinter pour rejoindre l'autre côté du pont. Il n'avait pas parcouru la moitié du tablier que les balles des Nationalistes tirées dans les jambes le fauchaient en pleine course.

Engourdi, sentant la douleur qui guettait quelque part à proximité, Andy lança : « Ordinateur, gèle le programme. »

Tout s'immobilisa et le silence emplit l'ervé. Le monde tridimensionnel s'aplatit en deux dimensions.

Andy contempla Bob gisant sur le tablier ; un flot de sang noir tachait les lattes de bois. Il s'approcha de lui et se pencha. « Pourquoi êtes-vous resté ? »

L'image en 2-D miroita et Bob, toujours étendu à terre, en sortit pour retrouver une apparence holographique. « Je ne pouvais pas m'en aller, mon général, répondit-il. Et vous, pourquoi n'êtes-vous pas parti ?

— Ce n'est pas pareil, protesta le garçon. Moi, je savais bien que je ne risquais pas de mourir. »

Sourire douloureux de Bob. « Moi non plus, je ne croyais pas que j'allais mourir. »

Andy sentit les larmes lui piquer les yeux. « N'avez-vous jamais pensé à votre fils ? »

Bob le regarda, légèrement surpris. « Je n'ai pas cessé une seule minute, mon général. Andy n'a jamais été loin de mes pensées. J'ai fait le maximum pour revenir en vie et le retrouver. Je voulais le revoir. Plus que tout au monde. Nous n'avons guère eu de temps à passer ensemble. Il est si jeune. Je peux juste espérer qu'il comprendra. »

Eh bien non. Ce n'est pas juste !

Andy se força à détourner les yeux. « Ordinateur, relance le programme. » Il se retrouva debout au milieu du pont.

Les troupes nationalistes envahirent le tablier, tirant sur l'escouade des forces spéciales. Elles n'allèrent pas loin. Les explosifs fixés aux piles détonèrent, réduisant la structure en bois d'allumettes. Une masse grondante de flammes entoura Andy dans une soudaine gerbe chauffée à blanc. Il se laissa chasser de la réalité virtuelle par l'onde de choc pour se retrouver dans sa chambre, brisé par la perte et le chagrin.

*
* *

Le lendemain, Andy attendait dans le couloir devant la salle de classe d'analyse stratégique. Il se sentait vidé, creux — il n'avait pas vraiment dormi. Ses quelques heures de sommeil avaient été peuplées de cauchemars récurrents des scènes en Afrique du Sud. Mais cela n'avait pas diminué la colère qui lui martelait les tempes.

Comme de juste, Solomon Weist était presque en retard. Son regard se vrilla aussitôt dans celui d'Andy.

Ce dernier se décolla du mur pour se faufiler entre les quelques élèves qui le séparaient de Solomon.

« Mon petit doigt me dit que t'as envie de me causer, observa ce dernier, narquois et méprisant.

— Je veux savoir où tu as récupéré ce film avec mon père. »

Andy lui bloquait le passage.

« Tu veux parler du fameux héros ? » En même temps, Solomon essayait de le contourner.

Andy avança encore d'un pas pour le bloquer. Solomon faisait bien trente kilos de plus que lui et il avait la carrure d'un gorille, mais Andy s'en fichait. « C'est une histoire entre toi et moi. Quel que soit le coup tordu que tu es en train de monter, ça ne marchera pas. Cette séquence est bidon.

— Très bien, répondit l'autre, sarcastique. Parce que tu connais assez bien ton père pour l'affirmer ?

— Les militaires le connaissaient, eux. » Andy le fusilla du regard.

« Ils ont tout intérêt à soigner les héros, répliqua Solomon. C'est bon pour leur image. Et des héros morts, c'est encore mieux.

— Dis-moi où tu as eu ce film. » Andy serra les poings.

Solomon bomba le torse. « Tu crois vraiment que tu peux m'intimider, microbe ? Tu crois vraiment que tu tiens suffisamment de ton père pour me tenir tête ? » Des deux mains, il le repoussa.

Andy recula d'un pas, puis il écarta les bras de l'autre. En colère pour de bon, cette fois, Solomon lui balança un coup de poing sur la tête. Sauf que la tête d'Andy n'était déjà plus là quand le coup passa. Il l'esquiva et lui envoya un direct à l'estomac.

Solomon poussa un cri de surprise et de douleur, mais il repartit à l'assaut. Un de ces coups atteignit Andy à la mâchoire, l'envoyant reculer de deux pas et mettre un genou à terre.

Le temps de reprendre ses esprits, il se jeta de nouveau sur Solomon. Il était désormais incapable de maîtriser sa colère et sa frustration. Il bloqua un autre coup de poing avec l'avant-bras, puis toucha son adversaire d'un coup sec en plein dans le nez. Rupture du cartilage, flot de sang. Malgré la douleur, Solomon se rua sur Andy avec un hurlement furieux. Il lui immobilisa les bras, le clouant au mur près de la porte de la classe.

Andy en eut aussitôt le souffle coupé. À deux reprises, il envoya un coup de boule à son adversaire, puis réussit à se libérer comme il commençait à lâcher prise. Andy l'agrippa par la chemise, glissa une jambe derrière la sienne et le jeta à terre.

Juché sur lui, Andy ramena le poing en arrière, prêt à frapper, tandis que Solomon essayait de se protéger la figure avec les deux bras.

« Andy ! »

Malgré sa colère, Andy reconnut la voix de Megan. Avant qu'il ait pu se tourner, elle lui avait saisi le poignet. Appliquant une prise d'arts martiaux, elle serra, l'écartant du visage de Solomon.

Jurant comme un charretier, celui-ci se releva en titubant. Puis il voulut se ruer sur Andy.

Maj, l'amie de Megan s'interposa aussitôt, les mains levées. « Non ! » fit-elle.

Le sang ruisselait sur le visage du garçon. « C'est lui qu'a commencé ! » rugit-il à l'adresse des deux filles.

« Laisse-moi, Megan », lança de son côté Andy, en cherchant à se dégager.

Megan secoua la tête. « Non, Andy. T'es allé trop loin.

— C'est lui qui est allé trop loin, rétorqua Andy. C'est lui qui a tout déclenché. » Il secoua le bras pour le libérer mais ça faisait mal et il renonça bien vite.

« Écoute, reprit Megan sans lâcher prise, t'as déjà pas mal de problèmes. N'aggrave pas ton cas. »

Andy voulut se dégager mais en vain. Megan savait y faire.

« Lâchez-le, je vous prie, Mademoiselle O'Malley. »

Le Dr Dobbs avait fendu la foule des élèves et fixait Andy d'un regard inflexible.

Malgré qu'il en eût, Andy mit de côté sa colère à l'égard de Solomon que Maj maintenait toujours avec fermeté. Andy haletait bruyamment, le souffle court. Il avait l'impression que quelqu'un avait dépressurisé tout le couloir.

« Monsieur Moore, Monsieur Weist, commanda le Dr Dobbs. Vous allez m'accompagner tous les deux au bureau du principal. » C'était dit sur un ton sans réplique. Maj relâcha Solomon et se recula.

Solomon gardait les doigts pincés sur l'arête de son nez, manifestement habitué à la procédure. Malgré sa douleur, il ne put s'empêcher d'adresser à Andy un sourire mauvais.

« Tu vas regretter c'que t'as fait. Je suis interviewé après les cours par un journaliste qui va répandre cette affaire à l'échelle internationale. Si tu crois peut-être que c'est moche que quelques élèves de Bradford soient au courant pour ton vieux, attends voir quand toute la planète le saura. »

Andy se détourna de son tortionnaire. Tout le plaisir qu'il avait pu éprouver à le frapper l'avait quitté. Si ce que Solomon venait de dire était vrai, alors il n'aurait aucun moyen de protéger sa mère de la diffusion de la séquence d'archives.

*

* *

Matt et Mark traversaient la représentation virtuelle du lycée de Bradford. Ils étaient en combinaison anti-crash d'ervé. Matt scrutait les couloirs de l'établissement, de toute évidence mal à l'aise. Mark les avait amenés tous les deux en ervé malgré les dispositifs de protection logicielle.

« C'est ici », dit Mark en indiquant le bureau du

principal. Il leur fit franchir la porte, trompant les systèmes de sécurité, puis revint vers ceux-ci, dans une pièce qui leur était propre. Les pare-feu de sécurité étaient représentés par une enfilade de faisceaux laser orange qui montaient du sol au plafond.

« Est-ce qu'on peut traverser un truc pareil ? » demanda Matt. Découvrant le pare-feu, il se sentait moins confiant. Mark avait toutefois réussi à franchir d'autres dispositifs de sécurité sans effort apparent. Et Matt savait que son ami était d'une compétence hors pair.

« No problemo. » Mark s'aplatit soudain, transformé en image en 2-D. Il sourit à Matt puis tendit la main et le toucha. « Chouette petit programme, non ? »

Matt sentit un picotement qui le parcourut de la tête aux pieds. Quand il baissa les yeux pour regarder sa main, puis le reste de son corps, il découvrit qu'il était lui aussi en 2-D.

« À présent, aucun problème pour passer. » Mark prit la tête et se faufila sans peine entre les lasers.

Matt suivit son ami dans la salle informatique.

Mark s'assit devant la machine. « Waouh...

— Quoi ? fit Matt.

— Il y a un truc nouveau. » Mark se pencha au-dessus de la table. Le système informatique utilisé à Bradford était complexe. Il ressemblait à une douzaine de tours d'appartements reproduites en miniature. Chaque pièce des bâtiments représentait une fonction bien compartimentée. L'ensemble évoquait, en plus grand, ces labyrinthes où couraient les rats de laboratoire en cours de biologie. Des lumières clignotaient dans chaque compartiment, selon un motif que Matt était bien incapable d'appréhender.

« Qu'est-ce qui est nouveau ? » demanda-t-il.

Mark pointa un de ses doigts bidimensionnels, telle une lame qui effleura presque l'ordinateur. « Quelqu'un a déjà bidouillé cette machine. »

Matt regarda de plus près et repéra non sans mal ce dont parlait Mark après le lui avoir indiqué du doigt. Une partie des appartements de la représentation virtuelle étaient affichés en double épaisseur : de minces feuilles de programme translucide avaient été ajoutées pour créer de nouveaux compartiments dans certaines pièces. Pour un observateur superficiel, ces ajouts n'auraient pas été immédiatement repérables.

« Quelqu'un a intercalé ses propres couches de programme au-dessus de la programmation existante, expliqua Mark. On dirait qu'il y a une autre pièce à l'intérieur de cette pièce... Tu la vois ?

— Ouais, répondit Matt. Mais qui ? »

Mark hocha la tête. « Vu la qualité du travail, je ne veux surtout pas chercher à le savoir. Ce truc, c'est de la qualité Net Force. Si je me plante, celui qui l'a installé le saura en un clin d'œil. Non, le mieux que je puisse faire, c'est essayer de charger le programme qui va nous servir à nous immiscer dans le système du bahut. En espérant que l'auteur de ces lignes de code ne nous repère pas.

— Vas-y, dit Matt. On n'a plus des masses de temps. »

Mark tendit le doigt sans hésitation pour toucher la représentation en trois endroits précis. Aussitôt, des pièces se formèrent à l'intérieur des pièces désignées. Les couches qu'il venait d'ajouter n'étaient pas aussi minces et discrètes que celles qu'il avait montrées à Matt. Mark arpenta d'un œil tranquille le microcosme de la Toile qu'était le système informatique de Bradford.

« Ces petits programmes font partie de mes meilleurs fureteurs, expliqua Mark. Ils devraient nous permettre d'entrer ici et d'y jeter un œil depuis l'espace virtuel du lycée ou de chez nous, chaque fois qu'on voudra. »

Matt acquiesça. « Tu as dit que ces autres programmes étaient de la qualité de ceux de la Net Force...

— Ouais. Rien qu'à les regarder et voir comment ils s'interfacent avec le système de Bradford, c'est ce que je dirais.

— Peut-être que c'est le cas, observa Matt. Est-ce qu'il y a un moyen de s'en assurer ?

— Pas sans courir le risque de nous démasquer ou d'attirer leur attention sur notre présence. »

Soupir de Matt. *Ça serait sympa de savoir si Winters est vraiment à la base de tout ceci.*

« D'accord, pour l'instant, on laisse tout tel quel et on voit juste ce qu'on peut récupérer avec tes fureteurs.

— Je crois que ce serait en effet ce qu'il y a de plus prudent à faire, admit Mark.

— À plus, dit Matt. T'as fait du bon boulot.

— Merci. » Mark disparut quand il se déconnecta.

Cherchant encore à saisir les arcanes de ce programme supplémentaire, Matt se déconnecta à son tour. Il était temps de se remuer. Il avait toute une journée devant lui. Il savait qu'il allait avoir du mal à se concentrer sur ses activités scolaires après l'excitation qu'il avait connue.

Qui d'autre encore espionnait leur lycée ? La Net Force ? Ou ceux qui avaient perdu ce fameux truc mystérieux ?

16

« Solomon ? Ouais. La dernière fois que je l'ai aperçu, il venait de quitter le bureau du principal, juste après s'être fait passer un savon.

— C'était quand ? » demanda Andy, impatient. La dernière sonnerie de la journée retentit à ce moment dans les murs du lycée de Bradford. Les élèves se précipitèrent dans les couloirs, parlant si fort qu'il lui était presque impossible d'entendre le gars à qui il s'adressait.

« Il y a dix minutes. Tiens, justement, le voilà... »

Andy suivit le doigt pointé, parcourant du regard une marée humaine. Il ne lui fallut toutefois que quelques instants pour repérer Solomon au bout du couloir, près de la bibliothèque.

« Merci. » Un sourire effleura les lèvres d'Andy quand il vit le large sparadrap blanc en travers du nez de son ennemi. Le principal avait été modérément satisfait de leur bagarre et de son côté, le Dr Dobbs avait fort clairement exprimé sa désapprobation. Dans le même temps, toutefois, Andy avait eu l'impression que le professeur l'avait soutenu en privé. Après tout, il était encore dans l'établissement — sous réserve d'inventaire — quand un autre à sa place aurait déjà écopé d'au moins trois jours d'exclusion. Il avait dans l'idée que Solomon n'avait pas eu autant de chance.

Andy se précipita dans le hall, lançant blagues et répliques spirituelles dès que certains élèves le reconnaissaient. Il se maintint toutefois suffisamment à l'écart pour être sûr de ne pas être entendu par Solomon.

Ce dernier était maintenant sorti pour rejoindre l'arrêt d'autobus devant le lycée.

Andy dévia de sa filature en avisant un taxi en maraude juste derrière l'autobus. Il héla le chauffeur et sauta à bord. C'était une grosse Dodge bordeaux, un vieux modèle qui avait encore une ligne élégante et luxueuse.

« Z'allez où ? » demanda le chauffeur en lorgnant Andy dans son rétro. Il était coiffé d'un turban vert pâle et arborait une longue barbe bouclée.

Andy indiqua l'autobus qui quittait son arrêt pour s'insérer de nouveau dans la circulation. « Suivez ce véhicule.

— J'avais plus entendu cette réplique depuis que les holos ont remplacé le parlant », nota le taxi, narquois, mais il démarra et suivit malgré tout le bus en se faufilant avec habileté au milieu du trafic.

L'autobus suivit son itinéraire, marquant l'arrêt à l'angle de la 19e Rue Nord-Ouest. Le chauffeur s'arrêta quatre longueurs derrière. Solomon descendit et regarda quelques instants autour de lui.

« Attendez-moi ici », ordonna Andy au chauffeur alors que l'autobus redémarrait. Il regarda Solomon tourner pour se diriger vers un restaurant, Sam & Harry. Andy y avait déjà mangé par deux fois avec sa mère lors d'occasions particulières. Sam et Harry était un établissement huppé où se traitaient quantité d'affaires et où l'on discutait de questions politiques hors des murs du Capitole.

Solomon pénétra dans le restaurant. Andy glissa sa carte dans le lecteur du taxi, ajouta un pourboire, et descendit de voiture. Il se sentait nerveux. Il était exclu que Solomon fasse une halte dans un restaurant comme Sam & Harry pour casser la croûte au sortir du lycée.

Donc, il ne plaisantait pas. Il a bien rendez-vous ici avec quelqu'un.

La colère et l'inquiétude faisaient trembler ses mains.

« Unc table pour deux », indiqua-t-il à l'hôtesse à l'entrée.

Elle était jeune et jolie et lui adressa un regard dubitatif.

« J'ai rendez-vous avec ma mère », expliqua Andy puis il lui offrit sa carte pour qu'elle l'inspecte.

L'hôtesse la parcourut du regard avant de la lui rendre, en s'emparant d'un menu. Elle le mena vers une des petites tables rondes situées à l'entrée de la salle. Andy lui demanda plutôt une table au fond, en lui expliquant que c'était ce qu'avait stipulé sa mère.

La salle était vaste, accueillante, un vaste espace dégagé pour accueillir les repas élégants mais il y avait des recoins plus discrets dans le fond, formés d'alcôves offrant un peu plus de tranquillité pour des dîners intimes.

L'hôtesse conduisit Andy à une table tout au fond de la salle. Dès qu'elle l'eut laissé, il regarda autour de lui et repéra Solomon, assis à une autre table, à mi-distance du bout de la salle, sur sa droite. Andy se déplaça pour ne pas être en vue directe par-delà la cloison de sa stalle, mais il n'avait qu'à se pencher un peu pour l'apercevoir sans peine. Il vit également l'homme avec qui il était attablé.

Le type avait l'air grand, même assis. Les tempes grisonnantes, un visage carré qui inspirait confiance. Il était vêtu d'un complet sombre qui lui allait à la perfection. Il semblait ravi de voir Solomon.

Andy crut reconnaître les traits de l'homme. Il l'avait déjà vu quelque part, mais il n'aurait su dire où. Il aurait préféré éviter d'impliquer un tiers dans la situation mais, voulant en avoir le cœur net, il déplia son inter et le configura en téléphone pour composer le numéro de Matt Hunter, en espérant que ce dernier serait chez lui. L'appareil de Matt était également équipé de l'option vidéo, ce qui lui permettrait de lui montrer le visage de l'inconnu.

Il écouta la sonnerie, de plus en plus nerveux en regardant Solomon discuter avec animation. Andy ne pouvait rien entendre à cause de la disposition des lieux, et il n'osait pas se rapprocher.

La clientèle de l'après-midi était d'une bonne trentaine de personnes, réparties dans toute la salle. Andy les classa entre chefs d'entreprise et politiciens, tous occupés à leurs affaires. Aucun ne leur prêtait la moindre attention, pas plus à lui qu'à Solomon ou à son interlocuteur.

Et la sonnerie du téléphone de Matt continuait de retentir contre son oreille.

*
* *

Assis en face de Keith Donner, le journaliste au *Washington Post* qu'il avait contacté au sujet de la séquence d'archives tournée en Afrique du Sud, Solomon buvait du petit-lait.

Donner était une vedette des médias, le type qui avait été responsable de la révélation d'une flopée d'affaires dans les milieux politiques de Washington. De surcroît, quand il était jeune reporter, il avait couvert la guerre d'Afrique du Sud. Donner s'était d'abord fait un nom avec ses reportages effectués en première ligne, là où les combats étaient les plus durs. Il avait été blessé à deux reprises.

Solomon était positivement ravi de retenir l'attention. Surtout d'un tel personnage. Il n'aurait pu imaginer que la vie soit plus belle.

Donner sourit.

« Dis donc, qu'est-ce que tu t'es fait au nez ? »

Solomon effleura l'épais sparadrap qui lui barrait le visage. Bon, d'accord la vie aurait pu être un petit peu plus belle.

« Un accident.

— À Bradford ?

— Ouais.

— Est-ce que quelqu'un par hasard aurait essayé de t'empêcher de me rencontrer ? Parce que si tu ne te sens pas en sécurité, je suis sûr qu'on peut prendre d'autres dispositions. »

Solomon sourit et des visions de palace princier et de service à la chambre dansèrent devant ses yeux. Mais il ne voulait pas attirer l'attention sur lui outre mesure. Pas encore. « Ouais. Quelqu'un a essayé de m'empêcher de vous raconter mon histoire. Mais personne n'est au courant de notre rendez-vous. Je tenais à ce que ce soit une surprise. »

Une serveuse apparut et déposa devant Donner un café et devant Solomon une boisson aux fruits décorée d'une petite ombrelle. Solomon sirota son breuvage avec gourmandise, en essayant de ne pas penser à son nez douloureux. D'après l'infirmière du lycée, Andy l'avait cassé mais par chance, sans déplacer l'os.

« Qui a tenté de t'arrêter ? demanda Donner.

— Andy Moore.

— Le fils du colonel ? »

Solomon opina.

« Pourquoi aurait-il voulu faire une chose pareille ?

— Je lui ai dit que j'allais contacter les médias avec l'histoire de son père. »

Donner touilla le sucre dans sa tasse de café.

Solomon admirait le calme apparent de son interlocuteur. Il savait que le scoop qu'il allait lui offrir était de ceux qui bâtissaient une carrière.

« As-tu déjà été en mesure de faire une copie du

film ? » Donner souffla sur son café avant d'en boire une gorgée.

« Non. » Il n'avait pas dit au reporter qu'il l'avait déjà. Il n'en disait jamais trop à personne tant qu'il n'avait pas négocié le plus possible à son avantage. Par ailleurs, en agissant comme si un tiers détenait le film, il rajoutait un côté encore plus clandestin à son rôle dans cette histoire. Ce qui le confortait dans son sentiment d'importance. De surcroît, ça lui évitait d'avoir des journalistes sur le dos tant qu'il ne se sentirait pas prêt. Il se dit que quelqu'un avait peut-être déjà fouillé son domicile, mais il ne gardait pas chez lui la plaque-mémoire contenant toutes les preuves. Il avait toujours conservé ses petites planques au lycée.

Donner hocha la tête. « Tu sais, Solomon, il va nous falloir une copie de ce reportage si je veux faire éclater l'affaire au grand jour. Je dois pouvoir démontrer que le colonel Moore est bien l'homme qui a déployé la bombe bactériologique en Afrique du Sud. Et j'ai besoin que tu me fournisses des preuves concrètes.

— Vous les aurez, promit le garçon.

— Bientôt ? insista Donner.

— Bientôt », confirma Solomon. *Bien assez tôt. Et je me délecte d'avance de voir la tête d'Andy à Bradford une fois que l'affaire aura éclaté.* Bien plus moche qu'avec n'importe quel sparadrap blanc.

*

* *

« Mate un peu ça. »

Matt était dans son ervé personnelle. Il leva les yeux vers Mark qui était en train de contempler un écran flottant dans les airs devant lui. Tous deux étaient en train de visionner les bandes de vidéosurveillance mises en archives auxquelles le logiciel concocté par son ami leur avait permis d'accéder.

L'écran devant Mark montrait une séquence tournée par une des caméras de sécurité du lycée qui fonctionnaient vingt-quatre heures sur vingt-quatre, sept jours sur sept. La scène montrait deux des gardiens de l'établissement en train de bavarder tout en passant la serpillière.

« Des gardiens ? » demanda Matt, dubitatif. Mark et lui avaient passé en accéléré les bandes archivées, sautant de séquence en séquence dans l'espoir de tomber sur quelque détail intéressant.

Assis en lévitation dans les airs tout comme Matt, Mark acquiesça. « Ouais, mais ne te laisse pas abuser par les uniformes. J'ai observé ces deux loustics. Ils ne sont pas exactement ce que t'imagines. »

Matt scruta avec un peu plus d'attention l'image holographique. « Qu'est-ce qui te fait dire ça ?

— Observe-les bien. C'est la séquence que j'ai trouvée qui le révèle le mieux. »

Matt obéit. Au début, il ne vit pas de quoi voulait parler Mark. Puis il nota comment les deux hommes évoluaient. Même s'ils se contentaient apparemment de nettoyer le sol du préau, ils ne cessaient de se surveiller mutuellement. Les deux serpillières trempaient dans le seau avec une régularité d'horloge, et ils travaillaient en synchronisme parfait. Et puis soudain, M. Thomas, le prof de science qui parfois restait tard au labo pour préparer ses cours du lendemain, sortit par la porte située entre eux.

Les deux gardiens s'ébranlèrent avec ensemble, encadrant l'homme selon une manœuvre manifestement bien répétée et si discrète que Thomas ne la remarqua même pas. Les deux hommes tenaient leur serpillière plaquée devant la poitrine et Matt sut qu'en un clin d'œil elles pourraient éventuellement leur servir d'armes. Thomas se contenta de les saluer. Les gardiens reprirent leur nettoyage sans un mot.

« Ces deux-là, confirma Mark, sont des agents de la Net Force. Ou l'équivalent. »

Matt acquiesça, convaincu lui aussi. Toute leur gestuelle le confirmait, comme leur façon d'agir de concert. Matt laissa échapper un soupir. « Bon, d'accord, il se passe quelque chose, c'est certain. As-tu vérifié leur identité ?

— Première chose que j'ai faite. » Mark ouvrit deux fenêtres dans la ervé. Les archives personnelles des deux gardiens se mirent à y défiler.

« Attends... laisse-moi deviner. Il n'y a rien de remarquable dans leur CV.

— Gagné, répondit Mark.

— Depuis combien de temps sont-ils employés ici ?

— D'après leur dossier, ils travaillent à temps partiel, au gré des besoins, mais ils sont employés par le lycée depuis trois ans. »

Matt réfléchit à cet élément. « Il paraît logique que vu le nombre d'élèves de Bradford avec des parents qui travaillent sur des dossiers gouvernementaux sensibles, Winters ait instauré une surveillance discrète. »

Mark acquiesça.

« J'ai trouvé quelque chose, moi aussi. » Matt indiqua l'holo qu'il visionnait de son côté. La séquence montrait également un homme en tenue de gardien. De taille et de carrure moyennes, la peau noire, les cheveux taillés en brosse.

« D'après son dossier, il s'appelle Gordon Mbuta. C'est un des membres du personnel d'entretien de nuit.

— Ce n'est pas un nom répandu, commenta Mark. D'où vient-il ?

— Alexandria. Américain de naissance.

— Bon, d'accord. Je suis quand même intrigué. Ça nous fait donc deux gardiens et un travailleur de nuit ? »

Mark acquiesça. « Ouais. Les gardiens s'occupent du petit entretien, ce sont des techniciens de surface, comme on dit. L'équipe de nuit se charge du gros nettoyage, cirer le sol, nettoyer les buses de ventilation, ce genre de truc.

— Qu'est-ce qui t'intéresse chez ce Mbuta ?

— Regarde plutôt. » Matt passa l'holo en avance rapide. « La séquence date de la nuit de mardi. »

Sur l'holo, Mbuta traînait une cireuse industrielle dans un des couloirs. Après l'avoir branchée sur la prise, il saisit la poignée de l'appareil et le mit en route. Sans prévenir, la cireuse tressauta et vibra lorsque les tampons se mirent à récurer le sol. Mbuta parut un instant interloqué, puis il commença à se battre avec la machine jusqu'à ce qu'il soit parvenu à la maîtriser. On l'entendit jurer avec un accent prononcé.

« Il se débrouille mieux avec les jurons qu'avec les appareils ménagers, nota Mark. On dirait de l'anglais.

— Pas tout à fait, rectifia Matt. Je pencherais plutôt pour un accent sud-africain.

— Peut-être qu'il le tient de ses parents. »

Matt opina. « J'ai consulté son CV et tout concorde. Mais je persiste malgré tout à croire qu'il mérite un examen plus détaillé. Son dossier indique qu'il travaille ici depuis quatre ans. Depuis le temps, on aurait pu croire qu'il aurait appris à se servir un peu mieux d'une cireuse électrique...

— D'accord. Je vais parcourir le système voir si je peux dénicher autre chose. »

Maintenant que la première phase, la plus critique, était effectuée, Matt réactiva son interface téléphonique. En temps normal, il la laissait toujours en marche lorsqu'il naviguait en réalité virtuelle, au cas où, mais il y avait des fois où il préférait ne pas être interrompu. Ce qui venait justement d'être le cas. Mais à présent que le pire était passé, il configura son système pour n'autoriser que les appels urgents.

Son téléphone sonna aussitôt.

Matt effleura l'icône et une fenêtre s'ouvrit mais resta vide.

« Allô ?

— Eh, c'est Andy ! Où étais-tu passé ? Je t'appelle sans arrêt depuis une heure ! »

Matt voulut répondre mais Andy le coupa aussitôt.

« Laisse tomber... j'ai un service à te demander.

— Bien sûr... Quoi donc ? »

Soupir d'Andy. « Solomon est au restaurant avec un type que j'aimerais bien identifier. Je connais ce visage mais je n'arrive pas à mettre un nom dessus. J'ai pensé que peut-être tu pourrais m'aider, ou à défaut faire une recherche sur le Net, voir ce que tu peux trouver.

— D'accord, fit Matt, mais il va falloir que tu actives la vidéo sur ton inter.

— Ouais. C'est parti. »

La fenêtre de l'ervé se colora, révélant une salle de restaurant. La vue se modifia légèrement, puis Solomon et l'inconnu entrèrent dans le cadre.

Matt reconnut l'homme aussitôt. « Andy, je connais ce type.

— Qui est-ce ?

— Keith Donner. Grand reporter au *Washington Post*. Qu'est-ce que Solomon peut bien fiche avec lui ?

— Tout lui balancer, j'imagine, lâcha Andy, dégoûté. Il m'en avait menacé ce matin. »

Alors même que Matt observait la scène, deux hommes quittèrent soudain une des tables du fond. Ils portaient des complets à veste longue. Quand Matt distingua leur visage, il reconnut aussitôt McDouglas et Tomlinson, les terroristes irlandais qui s'étaient emparés de lui au centre commercial.

« Andy, lança-t-il aussitôt. Ces deux mecs... » Il n'eut pas le temps de terminer.

L'instant d'après, McDouglas et Tomlinson écartaient les pans de leur veste pour dégainer deux mini-Uzis. Ils visèrent Donner, ne lui laissant pas la moindre chance. Les balles cueillirent le reporter au moment où il essayait de se lever, le propulsant contre le fond de la stalle. Interdit, Solomon faisait une cible facile.

Plus loin dans la salle, trois hommes jaillirent de leur siège et dégainèrent à leur tour. Matt savait que des dirigeants d'entreprise ou des parlementaires se déplaçaient souvent en ville accompagnés de gardes du corps, soit les leurs, soit des fonctionnaires de police désignés par le ministère de la Justice. L'un des trois hommes en saisit un quatrième et le conduisit manu militari vers une sortie de secours. Les deux autres ouvrirent le feu.

McDouglas et Tomlinson réagirent prestement, mais reculèrent en titubant, touchés par les balles. Même blessés, ils ripostèrent, arrosant toute la salle sans faire de jaloux.

Puis l'un des projectiles dut toucher le portable. L'image dans l'ervé de Matt devint noire et silencieuse. « Andy ! » s'écria le garçon.

Pas de réponse.

Matt ordonna à sa machine de retrouver l'origine de l'appel et obtint ainsi l'adresse du restaurant. « J'y vais, prévint-il Mark. Je veux que tu appelles Winters et les flics, qu'ils aillent là-bas avec des renforts, et que tu restes ici au cas où on aurait besoin de renseignements quelconques en ligne. »

Mark acquiesça, crispé. « D'accord, mais sois prudent.

— T'inquiète. » Mais alors même qu'il se déconnectait de la Toile pour retrouver la bibliothèque du lycée, Matt savait que les scènes de violence qui avaient dû se produire au restaurant seraient terminées depuis belle lurette, le temps qu'il parvienne sur place.

Et Andy qui s'était retrouvé pris au beau milieu...

17

Andy plongea sous la table dès le début de la fusillade. Quand le rythme des détonations se ralentit, on entendit monter les premiers cris des clients terrorisés.

Il resta aplati par terre, la joue plaquée aux dalles froides du carrelage. Il ne pouvait plus appeler à l'aide parce qu'une balle tirée par un des gorilles avait bousillé son portaphone*, l'envoyant voler à l'autre bout de la table.

Les deux assassins de Donner ne tournèrent pas leurs armes vers Solomon comme Andy s'y était attendu. Au contraire, ils prirent grand soin de l'éviter, alors qu'ils échangeaient des coups de feu avec les gardes du corps. Les mains sur la tête, Solomon s'était terré dans un recoin de la stalle. Le corps de Donner gisait à terre de l'autre côté.

Les gardes du corps reculaient en titubant lorsqu'ils étaient atteints par des projectiles. Andy savait que leur veston ou leur gilet devait être doublé de Kevlar ou d'un matériau analogue, parce que sinon, ils auraient déjà dû être morts. Il n'empêche qu'il était certain que l'un des hommes avait été touché — il avait une sale blessure à la cuisse. L'homme était à terre, mais son collègue rechargea son arme et sortit de sa planque pour tirer. Visant bas, il atteignit aux jambes les deux tueurs, les jetant au sol. Avant qu'ils aient pu se relever, il se précipita et leur logea une balle à bout portant en pleine tête.

Un silence soudain emplit le restaurant tandis que le garde du corps balayait la salle de son regard impitoyable. Puis il battit en retraite pour rejoindre son partenaire. Il tortilla une serviette de table et la noua avec une autre au-dessus de la blessure, improvisant un garrot. Puis il aida le blessé à se relever. L'autre lui passa un bras autour des épaules et ils sortirent ensemble, une traînée de sang marquant leur sillage.

Ébranlé, ayant encore du mal à croire qu'un tel carnage venait de se dérouler sous ses yeux, Andy rampa hors de son abri sous la table. Il se releva pour aller affronter Solomon.

« Pas de bobo ? »

L'autre lorgnait la salle d'un regard craintif, le souffle court, la respiration haletante. Il balbutia : « Où sont-ils ?

— Partis. » Andy posa les doigts contre la gorge de Donner même s'il savait que c'était inutile. Pas de pouls. Il fut pris de nausée. Il avait été formé à prendre le pouls dans des circonstances critiques, mais jamais encore il n'avait touché de cadavre. Il avait soudain la bouche sèche. En fond sonore, il entendait crier des gens, mais rien de tout cela ne le touchait vraiment.

L'hôtesse s'approcha avec précaution. Visiblement en état de choc. « Est-ce que... est-il... ?

— Ouais », confirma Andy. Il parcourut du regard les sièges lacérés, les murs criblés d'impacts. Un peu plus loin, une rangée de plantes en pots avait été massacrée, et de la terre et des feuilles jonchaient le dallage. Un certain nombre de baies vitrées donnant sur la rue étaient étoilées par des impacts de balles.

« Appelez Police-secours.

— C'est déjà fait », dit l'hôtesse.

Plusieurs personnes avaient formé un petit groupe. Deux autres clients avaient été touchés mais l'un et l'autre étaient apparemment en vie, même s'ils souffraient énormément. On entendit dans la rue hurler des sirènes.

Solomon réussit à s'extraire de la stalle. Andy voulut le bloquer mais l'autre le repoussa des deux mains et s'enfuit vers la porte de service. Andy dérapa sur le sang de Donner et s'étala. Quand il se releva, il avait les mains écarlates. Il courut vers la sortie, sur les traces de Solomon. Il le rattrapa dehors, sans trop de peine.

Solomon accéléra, s'éloignant au petit trot du restaurant.

Andy piqua un sprint pour le doubler et lui couper la route.

Solomon s'arrêta, à contrecœur. « Dégage ! » Il serra les poings. « Ou j'te mets en pièces ! »

Andy puisa dans la rage qui bouillait en lui depuis le matin, espérant l'attiser de nouveau. Il aurait cru ne rien aimer tant que terminer la bagarre commencée ce matin. Mais la rage n'était plus là. Ne restait que l'image du cadavre de Donner, baignant dans son sang, pour lui accaparer l'esprit.

« Tu ne peux pas t'en aller, remarqua Andy. La police va vouloir t'interroger. Pourquoi ces hommes ont tué Donner ?

— Qu'est-ce que tu veux que j'en sache ? » Solomon voulut paraître furieux ou insulté, mais il avait surtout l'air terrifié.

« Tu le sais.

— Eh, fit Solomon, pour ce que j'en sais, ces types en avaient après Donner.

— Alors, pourquoi ne t'ont-ils pas tué, toi ?

— Parce que ce n'est pas après moi qu'ils en avaient.

— Ils ont tué deux autres personnes, là-bas. » Andy indiqua le restaurant derrière eux. « Mais ils ont bien pris garde de ne pas te toucher. Ils te voulaient vivant.

Et ils étaient là pour toi, Solomon. Dans quel plan es-tu allé te fourrer ?

— S'ils en avaient après moi, répliqua l'autre garçon, c'est à cause de ton vieux. À cause du sale petit secret que le gouvernement américain a concocté autour de lui pour se protéger.

— Qui ça ? » insista Andy.

Solomon secoua la tête. « Même si j'étais certain que c'était à moi qu'ils en voulaient, je te le dirais pas. » Il fit un pas vers Andy. « À présent, tu dégages. Faut que je me barre d'ici avant que d'autres débarquent pour finir ce qu'ils ont commencé.

— S'ils sont venus pour te choper, remarqua Andy, surpris de se sentir à ce point désabusé, et qu'ils ont tué Donner pour y parvenir, ils ne vont pas en rester là. Jamais tu ne seras en sécurité tout seul.

— J'ai toujours eu plus confiance en moi qu'en quiconque. »

Andy dévisagea Solomon, sachant qu'il n'essaierait pas de le retenir. Tout était tombé à l'eau. Il était désormais impossible de garder le secret sur l'histoire concernant son père. Pas après qu'un personnage aussi connu que Donner eut été tué à cause de cela. Il leva les mains pour montrer à Solomon les taches écarlates marquant ses paumes.

« C'est le sang de Donner que j'ai sur les mains. Tu en es aussi responsable.

— Donner avait fait ses choix », déclara Solomon. Et il passa devant Andy.

Ce dernier ne chercha pas à l'arrêter. C'était inutile. De toute façon, la police le retrouverait bien assez tôt. Il jeta un bref coup d'œil au garçon qui s'éloignait dans la rue, regardant sans cesse derrière lui.

Résigné, Andy retourna vers le restaurant alors que les premières voitures de police arrivaient sur les lieux. Tout était fini. À moins que ce ne soit que le commencement.

*
* *

À l'instant où Matt descendait du taxi qu'il avait pris pour venir, il avisa Megan près de l'entrée du restaurant. Cela faisait moins de douze minutes que son ami l'avait appelé.

« Qu'est-ce que tu fais ici ? » demanda Matt en s'approchant d'elle. Un policier au visage impassible bloquait l'entrée.

« Mark m'a prévenue, répondit-elle, en serrant les bras autour d'elle comme si elle avait froid. Il a pensé qu'il vaudrait peut-être mieux que t'aies quelqu'un avec toi en attendant l'arrivée du capitaine Winters. Et comme je faisais des courses pas loin d'ici... »

Matt regarda derrière la vitrine du restaurant mais tout ce qu'il put distinguer, ce fut d'autres flics et des gens du SAMU. « Il arrive ? »

Megan fit oui de la tête.

« Est-ce que tu sais si Andy est indemne ? » demanda Matt. Il détestait ce sentiment d'impuissance qui l'avait envahi.

« Non. Impossible d'avoir la moindre réponse. » Megan lorgna d'un sale œil le policier qui bloquait la porte. « J'ai entendu quelqu'un dire que deux ou trois personnes avaient été tuées lors de la fusillade. »

Matt songea aussitôt à Solomon. Et Andy ne serait pas resté planté sans rien faire devant une tentative de meurtre. Il se souvint de la brusque coupure du portaphone, il savait que l'appareil avait été touché par une balle perdue. Peut-être qu'Andy aussi...

Des pneus crissèrent sur la chaussée.

Matt crut au début qu'il s'agissait du capitaine Winters en voyant le luxueux Dodge 4x4 se garer en double file mais ce fut un homme mince à cheveux gris, vêtu d'un strict complet vert foncé qui en descendit. Il se précipita vers l'entrée du restaurant. Il ouvrit un portefeuille qu'il brandit sous le nez du flic gardant la porte.

« Je suis Gerard Walker, déclara l'homme. Rédacteur de la chronique locale au *Washington Post*.

— Je regrette monsieur, aucun journaliste n'a le droit d'entrer. » Le flic était inflexible. « Nous sommes en train de nous assurer de la sécurité des lieux et nul n'a le droit d'entrer ou de sortir.

— J'ai un de mes hommes à l'intérieur, plaida Walker. Un reporter. »

Dans la rue, des voitures klaxonnaient le Dodge mal garé.

« Excusez-moi, intervint Matt. Vous parlez de Keith Donner, n'est-ce pas ? »

Walker le jaugea du regard. « Vous êtes de Bradford ?

— Oui, monsieur.

— Êtes-vous le garçon avec qui il avait rendez-vous ?

— Non, monsieur. Je viens juste d'arriver, mais je sais que Donner a reçu une balle. J'ai assisté à la scène. D'après ce que j'ai pu voir, j'ai peur que ce ne soit grave. »

Les lèvres de Walker s'affaissèrent, comme s'il avait été lui-même touché.

« Vous avez assisté à la fusillade ? » intervint le policier.

Matt acquiesça.

« Mais vous n'étiez pas dans la salle.

— Effectivement, monsieur. Mais j'ai tout vu par la caméra d'un portaphone. »

Le policier pressa sur une touche du micro-oreillette qu'il portait et dit quelques mots, demandant qu'on lui passe l'inspecteur Gray. Il informa ce dernier de la présence de Matt et de Walker, écouta la réponse de son supérieur, puis lança un bref : « Bien, monsieur », avant de lorgner Matt : « Vous pouvez entrer. » Puis il désigna Walker. « Vous aussi.

— Je suis avec une amie, dit Matt en indiquant Megan.

— Pas d'amies, coupa l'agent. Ne vous inquiétez pas pour elle, je veille. »

Megan toucha l'épaule de Matt. « Ne t'en fais pas. De toute façon, il faut bien que quelqu'un reste dehors attendre le capitaine Winters. »

Matt acquiesça, sachant qu'elle avait raison. « Si j'apprends quoi que ce soit au sujet d'Andy, je te préviens tout de suite. » Il suivit Walker à l'intérieur du restaurant. Dès l'entrée, une odeur de poudre et de sang l'assaillit. Le genre d'odeur qu'on n'était pas près d'oublier.

Quelque part, quelqu'un pleurait. Un brouhaha de voix régnait dans la salle, mais il manquait tous ces bruits normaux de cuisson et d'ustensiles de cuisine. L'absence du climat sonore habituel à une salle de restaurant donnait l'impression que la salle était vide, comme une caverne.

« Comment avez-vous pu voir Keith ? » insista Walker. Il traversa le restaurant à grandes enjambées pour rejoindre l'arrière-salle.

« Je parlais à l'inter avec un ami qui se trouvait ici.

— Et c'était lui qui rencontrait Keith ?

— Non. » Matt avisa les secouristes du SAMU. Ils traitaient une femme de l'âge approximatif de sa mère. Son corsage avait été découpé pour exhiber le flanc. Les secouristes essayaient d'éponger la plaie sous les côtes. Matt estima que la vie de la blessée n'était pas en danger.

Le regard de Walker se leva vers l'angle des murs et du plafond.

Matt devina que le rédacteur du *Washington Post* recherchait des caméras de vidéosurveillance. Il se sentit la cervelle vide. S'il avait réfléchi un tant soit peu, il aurait pu demander à Mark de pirater les archives de la sécurité de l'établissement pour y récupérer des copies de ce qui était arrivé. Avec McDouglas et Tomlinson dans le coup, il ne faisait aucun doute que la mort de Donner était liée aux agressions à Bradford.

« Keith... » fit Walker, la voix brisée.

Nulle trace d'Andy ou de Solomon.

« Matt Hunter », résonna une voix de stentor.

Matt se retourna pour découvrir l'inspecteur Gray qui approchait. L'imposant fonctionnaire avait l'air tout sauf heureux.

« Tu vas me dire ce qui se passe, déclara Gray, et sans rien laisser dans l'ombre. » Il posa sa grosse patte sur l'épaule de Matt pour le faire venir avec lui.

Ensemble, ils contournèrent la zone de tir. Les experts du laboratoire de police scientifique avaient quasiment terminé de prendre films et clichés holographiques de la scène. Ils laissèrent sur place douilles, armes et cadavres. Ces éléments seraient recueillis et identifiés par la suite. Matt savait que les gens du labo allaient reconstituer des réalités virtuelles de la scène du crime pour que les policiers, les magistrats et éventuellement les jurés puissent la parcourir lorsque ce serait nécessaire. Il avait lui-même déjà eu l'occasion d'en parcourir une dans l'un des labos du FBI à Quantico, dans le cadre de sa formation d'Explorateur de la Net Force.

Matt s'expliqua, sans rien cacher. Enfin, soulagé, il repéra Andy au fond de la salle, en train de se faire interroger par un policier en uniforme. Andy avait les traits pâles et tirés, et il paraissait regarder Matt sans le voir.

« Et tu ne sais pas ce que ce Solomon Weist faisait à discuter avec ce journaliste, Donner ? demanda Gray quand Matt eut fini son récit.

Non, monsieur. » Matt estima avoir été aussi près que possible de la vérité. Andy avait pensé que Solomon était venu discuter de son père avec Donner, mais il n'avait aucune certitude. Il décida de n'en rien mentionner. C'était à Andy de voir.

« Ce jeune Weist est-il un pirate informatique ? demanda Gray.

— Il était doué pour ça, admit Matt. Mais ce qu'il a pu bidouiller, toutefois, je n'en sais rien. »

Gray hocha la tête, puis il indiqua la stalle près de la fenêtre. « Assieds-toi. Je vais revenir. »

Matt obéit. Il passa un appel à Megan, pour la prévenir qu'Andy allait bien. Puis il s'assit et regarda les enquêteurs au travail. De vrais professionnels, agissant avec minutie, procédant avec efficacité malgré le chaos environnant. Et il ne put s'empêcher de contempler les cadavres de McDouglas et Tomlinson. Ils étaient encore en vie la veille, jeudi, quand ils le menaçaient. Quelque part, ça lui parut incroyable.

« Inspecteur Gray », appela un des policiers scientifiques. Il travaillait sous la table où se trouvait le corps de Donner.

Gray s'approcha. « Ouais ? »

L'homme ouvrit sa paume gantée pour révéler un appareil plus petit qu'un bouton. Matt reconnut un émetteur-récepteur miniaturisé. Il comprit aussitôt ce que cela signifiait : quelqu'un l'avait collé sous la table pour espionner la conversation de Donner avec Solomon. Les commanditaires de McDouglas et Tomlinson ?

Gray s'accroupit près des corps des deux terroristes irlandais et appela un des policiers scientifiques. Après un bref entretien, le technicien récupéra un appareil identique logé dans le conduit auditif de McDouglas.

« C'étaient eux qui écoutaient Donner ? » demanda l'inspecteur Gray.

L'autre examina le minuscule appareil et fit un signe de dénégation. « Celui-ci est réglé sur un autre canal. Vos tireurs espionnaient quelqu'un d'autre. »

Alors qui ? se demanda Matt.

*
* *

Solomon était dans une confiserie de l'autre côté de la rue. De là, il avait une vue parfaite sur le restaurant et l'activité policière alentour.

Son estomac gargouillait. Il n'avait pas eu l'occasion de manger avant que Donner se fasse descendre et il se retrouvait à présent dans une confiserie mais redoutait d'utiliser sa carte. La police devait avoir son nom et s'empresserait de vérifier son identité par des moyens électroniques, au risque de repérer aussitôt sa présence dans la boutique en face, occupé à les surveiller.

Il savait qu'il ferait mieux de partir. Mais il n'arrivait toujours pas à croire que Donner se soit fait descendre juste sous ses yeux. Ses mains tremblaient et ses genoux flageolaient dès qu'il y repensait. Les tueurs s'étaient approchés avec un tel calme, comme si de ne rien n'était, avant de l'abattre froidement.

Solomon n'avait jamais rien vu de pareil, en dehors des holos et de la ervé. Une bile acide lui brûlait le fond de la gorge et il redouta un instant d'avoir la nausée. Il déglutit avec peine.

Mas qui pourrait vouloir tuer Donner ? Ça ne peut pas être à cause de moi, à cause de ce que je sais. Ça ne vaut pas la mort d'un homme, non ? Soudain, il n'en fut plus aussi sûr.

Peut-être la mort de Donner était-elle directement liée à sa propre présence dans ce restaurant.

Ils auraient pu le tuer n'importe quand. Il n'était pas si difficile à atteindre. Ils ont eu Donner et ont fait leur possible pour m'épargner. C'est de ma faute.

Il regarda les policiers en uniforme s'efforcer de repousser la foule de badauds qui s'était agglutinée devant le restaurant. Ils sortirent du coffre de leurs voitures des chevaux de frise rayés rouge et blanc qu'ils disposèrent en les reliant par des bandes de ruban plastique jaune. La foule recula à contrecœur. Trois nouveaux fourgons des médias venaient de s'arrêter dans la rue barrée, dégorgeant leurs reporters.

Solomon se remémora l'impression que ça faisait de lorgner droit dans le canon de l'arme des tueurs. Plus jamais il ne se fourrerait dans un coup pareil. Il effleura son nez fracturé. Andy pouvait se bagarrer avec lui, il pouvait même lui faire mal, mais Solomon était bien certain que jamais il ne chercherait à le tuer.

Mais des types comme les deux qui avaient descendu Donner, eux, ils n'hésiteraient pas. Pour ce genre d'individus, tuer était aussi simple que respirer.

D'un seul coup, Solomon eut justement du mal respirer, en songeant combien il était empêtré dans cette affaire. Qu'avait-il fait ? Qui était derrière tout cela ? Jamais le gouvernement américain ne ferait une chose pareille. La Net Force pourrait l'appréhender pour piratage informatique, mais jamais elle ne lui enverrait des assassins.

Reste le gouvernement sud-africain.

Une terreur glacée lui remonta le long de la colonne vertébrale jusqu'à la nuque, si glaciale qu'elle lui donnait mal aux dents. Mais le gouvernement sud-africain n'avait pas réussi à le retrouver, n'est-ce pas ? Sinon, il aurait eu des ennuis depuis déjà pas mal de temps, non ?

Sauf s'ils avaient ignoré son identité jusqu'à ce qu'il arrange son rendez-vous avec Donner ?

À cette seule idée, il se remit à trembler. *Il doit bien y avoir un moyen de se tirer de là. Obligé. Et je suis assez malin pour le trouver.*

Malgré toute l'attention mobilisée autour du restaurant de l'autre côté de la rue, il eut soudain l'impression qu'il était observé. Il parcourut du regard l'intérieur de la confiserie mais personne ne semblait s'intéresser à lui. Pourtant, il ne pouvait se départir de cette sensation.

Il ressortit et se dirigea vers une rue latérale. Il héla le premier taxi qu'il vit passer. Il lui restait assez de liquide pour payer une course lui permettant de s'éloigner du quartier.

Cette impression d'être sous surveillance ne le quitta pas alors qu'il s'installait sur la banquette arrière. Il se sentait bête mais se tourna néanmoins pour regarder derrière lui.

Une berline bleue quitta le trottoir au moment précis où le taxi démarrait. Deux hommes étaient assis à l'avant.

Solomon faillit vomir. Il se retourna vers l'avant, le souffle court. Ce n'était plus de la simple parano. Il était bel et bien suivi !

18

« Bien, alors est-ce que tu veux bien m'expliquer encore une fois ce que tu faisais ici ? »

Andy regarda l'inspecteur Gray — car c'était bien l'inspecteur Gray désormais, pas le père de David. M. Gray avait une façon sans réplique de séparer les deux personnalités. S'il n'en avait pas vu de toutes les couleurs depuis quelques jours et surtout depuis quelques minutes, Andy jugea qu'il aurait été sans doute intimidé par l'attitude du policier.

« Je me suis dit que je pourrais entrer manger un morceau. » Andy espérait encore garder le secret sur l'histoire de son père. Au moins, le temps de rentrer à la maison et d'en parler à sa mère. Il ne dissimulait rien, en vérité. En tout cas, rien qui n'ait de rapport avec l'enquête criminelle.

« Ici ? » s'étonna l'inspecteur Gray. Le ton n'exsudait pas vraiment le sarcasme mais c'était tout comme.

« Ouais », répondit Andy sans se démonter.

L'inspecteur Gray considéra son magnéto numérique comme pour vérifier que la puce d'enregistrement n'était pas miraculeusement saturée depuis les quelques minutes seulement qu'ils avaient entamé leur entretien. Sarcasme, là aussi. « Et tu viens ici souvent ?

— Aujourd'hui, en tout cas. J'imagine que c'était une erreur.

— Sais-tu avec qui Donner discutait ?

— Solomon Weist.

— Et comment connais-tu Weist ?

— Il fréquente le lycée de Bradford. David vous aura sans doute déjà parlé de lui. »

Si son fils l'avait fait, l'inspecteur en tout cas n'en laissa rien paraître. « Sais-tu de quoi ils parlaient ?

— Ils n'ont guère eu le temps de discuter, remarqua Andy. Ces deux types se sont mis à tirer presque tout de suite. » Les cadavres étaient toujours dans le restaurant mais on avait évacué les blessés pour les conduire à l'hôpital.

« Eh, Martin ! »

L'inspecteur Gray leva les yeux vers son collègue.

« On a retrouvé les autres tireurs. Ils se sont présentés aux urgences, indiqua l'autre inspecteur. C'étaient les gardes du corps de Terrence Sullivan.

— Le lobbyiste ?

— D'accord. Sullivan est au parking dans sa limousine — ses gars l'ont évacué au moment où la fusillade a commencé. Il était ici pour un rendez-vous d'affaires. Dès le début de l'échange de coups de feu, deux de ses gardes du corps ont abattu ces types. Tous invoquent la légitime défense et Sullivan comme les témoins présents sur les lieux soutiennent leur version des faits. L'un des tireurs a été salement amoché. Il est en chirurgie. Il était conscient à son arrivée à l'hôpital et a pu fournir une première déposition à un policier en uniforme. Nos gars à l'hôpital confirment que ça a été tangent pendant un moment. L'autre tireur est en route pour le commissariat où il doit faire une déposition complète.

— Dites-leur que le plus tôt sera le mieux. » L'inspecteur Gray reporta son attention sur Andy. « Comment sais-tu que Weist et Donner n'ont pas eu beaucoup de temps pour discuter ? »

Andy réfléchit à toute vitesse, ne désirant pas trahir

le fait qu'il avait filé Solomon. « Solomon et moi, ce n'est pas vraiment le grand amour. J'ai tendance à le surveiller chaque fois qu'il est dans les parages. »

L'inspecteur Gray acquiesça et nota quelque chose dans son calepin.

Andy avait déjà appris à détester cet accessoire. Gray n'y inscrivait pas les réponses, il l'avait déjà remarqué. L'inspecteur y notait des questions. Andy se prépara à une nouvelle salve, sachant que la curiosité de Gray n'avait pas été satisfaite.

« Je ne crois pas que Donner ait fixé lui-même un rendez-vous à un élève de Bradford, observa Gray. J'aurais tendance à penser que c'est plutôt Weist qui l'a pressenti pour cette rencontre. As-tu la moindre idée pour laquelle un journaliste du *Washington Post* voudrait s'entretenir en tête-à-tête avec un lycéen de Bradford ?

— Peut-être pour se plaindre de la qualité des repas à la cantine ? blagua Andy. Mais celle-là, on l'a déjà faite. »

Le regard de l'inspecteur se durcit.

« Inspecteur Gray... »

Reconnaissant la voix, Andy se tourna vers le capitaine Winters. L'officier de liaison des Explorateurs de la Net Force traversa la salle, embrassant d'un coup d'œil l'ensemble de la scène. Sans être grand clerc, Andy nota aussitôt l'animosité entre les deux hommes. « J'ignorais que vous pouviez traverser sans problème un cordon de police.

— Je pense que nous avons des intérêts qui se chevauchent, observa le capitaine Winters.

— Je me retrouve avec trois macchabées, une tentative d'enlèvement et une tentative de meurtre en l'espace de cinq jours, rétorqua Gray. Et vous, vous avez quoi ? »

La question ne fit pas broncher Winters. « Une habilitation de haute sécurité. » Il marqua un temps pour laisser l'autre digérer sa réponse. « Et un Explorateur de la Net Force qui a bien failli y passer aujourd'hui. Je suis venu m'assurer de sa sécurité.

— Et vous étiez dans le coin par hasard ? »

Sourire de Winters. « Mark m'a appelé. Si j'avais été dans le coin, rien de tout ceci ne serait arrivé. »

Gray acquiesça en bougonnant. « Je ne veux pas que nos gosses se retrouvent impliqués dans cette histoire.

— Moi non plus. »

Gray le regarda. « Et ce n'est pas le cas, n'est-ce pas ?

— Pas sur mes ordres, en tout cas, rétorqua Winters. Matt l'est certainement, néanmoins, puisqu'il a manqué se faire écraser lundi, et qu'il est la victime de votre tentative d'enlèvement d'hier.

— Comment est-il impliqué ?

— Je n'en sais rien. Je compte bien lui poser la question.

— Et vous me le ferez savoir.

— Vous avez ma parole, admit Winters. Puis-je récupérer Andy ? Il n'a plus besoin de traîner plus longtemps ici.

— Je lui demandais juste pourquoi Solomon Weist aurait pu avoir rendez-vous avec un journaliste du *Washington Post*, répondit Gray.

— Ça ne peut pas attendre ? Il en a déjà pas mal bavé.

— Ça ne peut pas attendre plus longtemps. Le bilan en vies humaines est déjà bien trop élevé.

— Ne serait-il pas plus utile de retrouver plutôt Weist pour l'interroger ? »

Gary acquiesça mais il se tourna vers Andy. « S'il survient des éléments nouveaux dont j'estime que je devrais être informé, je sais où tu habites... Nous reprendrons tout ceci quand l'affaire se sera un peu tassée.

— Bien, monsieur. » Andy se leva de table. Il était

vaguement curieux de la présence inopinée du capitaine Winters mais plus rien ne semblait importer désormais pour lui en dehors de cette question : qu'allait-il bien pouvoir dire à sa mère ?

*

* *

« Est-ce que tu connais Solomon Weist ? »

Matt regarda Gerard Walker et acquiesça. Ils se tenaient vers le fond de la salle de restaurant, près du comptoir principal. L'odeur de café fraîchement torréfié masquait en partie celle, tenace, du sang et de la poudre. « Il fréquente le même lycée que moi, Bradford. »

Le rédacteur acquiesça, tout en regardant les policiers scientifiques poursuivre leur tâche dans la salle. « D'après ce que j'ai pu savoir par la police, il semble avoir disparu. Et il était assis à la table de Keith quand celui-ci s'est fait tuer. » Son regard aigu scruta Mark.

Ce dernier garda le silence. En général, les ennuis semblaient moins graves quand il restait bouche cousue.

« Tu m'as l'air d'un garçon intelligent, poursuivit Walker. Est-ce que ça t'intéresserait de retrouver Weist et de lui parler ? Voir si ça l'intéresserait de se confier à moi ?

— Pourquoi ?

— Je te payerai », proposa le chef de rubrique, sans se démonter.

Matt secoua la tête. « Non, je ne pense pas. »

Les traits de Walker révélaient à quel point il avait été affecté par la perte qu'il avait subie. « Écoute. Keith était pour moi plus qu'un simple reporter. C'était un ami. Un grand ami. On a bossé pas mal d'années ensemble, on a couvert des tas d'affaires, certaines importantes, d'autres moins. Mais c'étaient nos trucs. Je ne sais pas si tu peux comprendre cela.

— Je pense que si », répondit Matt, culpabilisé de ne pas révéler à Walker le peu qu'il savait. Mais s'il le faisait, il risquait de provoquer de nouvelles catastrophes. Et il y en avait déjà eu suffisamment comme ça.

« Keith a donné sa vie pour cette histoire », observa Walker.

Comprenant qu'il avait l'avantage sur son interlocuteur, Matt eut un accès de culpabilité quand il demanda : « Quelle histoire ? »

Walker le regarda mais demeura silencieux.

« Si je parle à Weist, insista Matt, je dois savoir quoi lui demander.

— Tu as raison. » Walker hocha la tête. « Dans notre métier, le secret est une seconde nature... Je ne sais pas au juste sur quoi travaillait Keith, mais ce que je sais, c'est que ça avait un rapport avec l'Afrique du Sud. »

À la mention de ce pays, Matt sentit son estomac se serrer. Solomon avait accusé le père d'Andy d'avoir déployé la bombe bactériologique. Et si finalement l'histoire était vraie ?

Ça n'est pas possible. Pas le père d'Andy.

« Quel rapport avec l'Afrique du Sud ?

— Keith a découvert qu'on avait plus ou moins camouflé certains faits durant la guerre. Au début, il n'a pas cru son informateur. Après tout, c'était un lycéen de Bradford. À peine né quand la guerre a pris fin. C'est à peine en fait s'il s'en souvenait. Mais Keith a commencé d'enquêter sur une partie des informations que lui avait fournies le gamin. Et là, des portes à Washington se sont fermées devant lui. Même celles qui auraient dû normalement rester ouvertes compte tenu de son passé de correspondant de guerre. Personne ne voulait rien dire. »

Matt le savait déjà d'après ce qu'Andy lui avait confié de ses propres recherches. Si le fils ou la fille d'un soldat se mettait à poser des questions, même sur des opérations qui n'étaient pas encore tout à fait tombées dans le domaine public, il y avait toujours moyen de récupérer des tuyaux. Or, personne n'en avait jamais proposé le moindre dans le cas d'Andy.

Walker sortit une carte de sa poche de veston. « Si tu découvres quoi que ce soit, c'est ma ligne directe au bureau et mon numéro personnel à la maison. Appelle-moi.

— Certainement. » Matt prit la carte et la mit dans sa poche. Il jeta un coup d'œil vers le capitaine Winters et le vit tirer Andy des pattes de l'inspecteur Gray. Maintenant que Solomon avait été identifié, la police n'aurait aucun problème pour l'interpeller. Matt était sincèrement désolé pour Andy. Dès lors, l'affaire éclaterait au grand jour. Solomon ferait tout en effet pour sauver sa peau.

*

* *

Solomon luttait contre la panique qui menaçait de le submerger. Il regarda dans le rétro du taxi pour essayer de voir si la berline bleue les suivait toujours.

Il se racla la gorge. « Chauffeur, j'ai changé d'avis sur ma destination... » Il lui avait donné l'adresse de son domicile, mais ce n'est pas ce qui le tracassait. Maintenant que les mystérieux individus qui le filaient connaissaient son identité, retrouver son adresse personnelle ne serait pas un problème. Donc, de toute façon, plus question de retourner chez lui.

« Alors, on va où, mec ? » demanda le chauffeur, d'une voix lasse. Manifestement, il n'était pas vraiment amoureux de son boulot.

« Prenez à gauche au feu, indiqua Solomon. Je vous dirai ensuite.

— C'est juste pour ne pas me prévenir trop tard, avertit le chauffeur. C'te vieille guimbarde ne s'arrête pas au doigt et à l'œil.

— Vous inquiétez pas. » Solomon examina les alentours. C'était son quartier. Ceux qui le filaient ne risquaient pas de connaître le coin aussi bien que lui.

Le taxi atteignit l'intersection juste au moment où le feu repassait au vert. Il prit à gauche. Solomon se retourna.

La berline bleue tourna comme eux, maintenant toujours le même écart.

Une pellicule de transpiration couvrait le visage du garçon et il avait du mal à respirer. Mais son esprit tournait à cent à l'heure. Le problème était qu'il était conscient que son esprit était ce qu'il y avait de plus rapide chez lui. Néanmoins, il était sur son terrain, un terrain sur lequel il avait l'habitude de courir. Il lorgna le compteur. Déjà neuf dollars douze. Il sortit de sa poche un billet de dix.

Il se pencha en avant, déboucla sa ceinture, déclenchant aussitôt l'alarme.

« Eh ! protesta le chauffeur.

— Arrêtez-vous là. » Solomon indiqua le trottoir de droite, devant une petite épicerie familiale. Il avisa la berline bleue dans le reflet de la devanture sous le store rouge passé qui avançait sur la rue. Trois hommes descendirent du véhicule pour poursuivre la filature.

On était vendredi et Solomon savait que M. Tran devait être en train d'inspecter les caisses de primeurs qu'il avait été chercher en prévision du week-end. M. Tran passait toujours le minimum de commandes quand il s'agissait de denrées périssables. Chaque fois que Solomon avait travaillé dans sa boutique durant l'été, M. Tran lui avait consciencieusement expliqué cet aspect de son commerce. Pas de perte était synonyme de plus gros bénéfice, même si des livraisons plus fréquentes lui coûtaient plus cher.

« Solomon ! s'écria M. Tran comme le garçon passait en coup de vent. Ne cours pas dans ma boutique !

— Pressé, s'excusa Solomon. Désolé. » Il avait déjà le souffle court. Il n'avait jamais été coureur de fond. Il fonça à travers l'épicerie, zigzaguant entre les rayons, pour gagner l'arrière-boutique.

Il y avait là trois portes. La première donnait sur la salle de bains, la deuxième dans l'impasse, la dernière sur une pièce où M. Tran enfermait ses chiens de garde. Solomon déverrouilla cette dernière, l'entrouvrit, puis tapa sur le battant. Les chiens aboyèrent et se précipitèrent aussitôt. Ils traversèrent l'arrière-boutique au moment où Solomon se glissait par la porte donnant sur l'extérieur et la refermait derrière lui.

Il prit à droite et courut jusqu'au bout de l'impasse, en espérant que les planches manquantes de la clôture en bois à l'arrière du jardin de Mme Conda n'avaient toujours pas été réparées depuis l'été dernier. La chance était avec lui, ou les atermoiements de la propriétaire des lieux. Les planches n'avaient toujours pas été remplacées. Il se faufila tandis que les chiens grondaient et qu'il entendait des hommes crier d'une voix rauque. Puis des détonations troublèrent le calme du voisinage.

Solomon eut une pointe de regret pour les chiens. Mais ce ne fut que passager. Il préférait être en vie plutôt qu'eux. Il traversa au pas de course le jardin laissé à l'abandon, esquiva les cordes à linge accrochées aux poteaux de guingois, fila devant la maison.

Haletant, presque à bout de souffle, il traversa la ruelle suivante et poursuivit jusque deux pâtés de maisons plus loin. Des taches noires voletaient devant ses yeux quand il parvint devant le *Maître du Poche*. La boutique avait commencé sous la forme d'une maisonnette de deux pièces, un siècle plus tôt, mais depuis une douzaine d'années, c'était devenu une librairie. Au début, les bouquins étaient entreposés au garage, mais à mesure que M. Myers poursuivait sa politique d'échange à deux contre un ou de reprise à moitié prix en liquide, son stock avait rapidement grossi. À présent, les livres envahissaient chaque pièce de la maison, à l'exception de l'unique chambre que M. Myers réservait à son usage personnel.

Solomon s'engouffra par la porte béante du garage. Des rayonnages longeaient les murs, emplissant les lieux d'une odeur de vieux papier. Des étagères artisanales occupaient l'espace central. Toutes étaient de hauteur à rester à portée de main d'un homme assis.

« Eh, Solly ! » M. Myers jaillit des ténèbres entre les piles de bouquins avec son fauteuil roulant. C'était un brave gros nounours aux grosses pattes, au visage chaussé d'épaisses lunettes octogonales. Ancien combattant de la guerre d'Afrique du Sud, c'est là-bas qu'il avait perdu l'usage de ses jambes. Mais ces dernières années, c'était avant tout l'homme qui avait ouvert l'esprit de Solomon à tous les mondes possibles de la littérature, l'aidant à naviguer entre les exemplaires cornés des romans de science-fiction et de fantastique. « Encore en train de courir ? »

Hors d'haleine, Solomon acquiesça. Tout au long de ces années, M. Myers avait aussi été son gardien. Avec sa voix de stentor et sous la main un manche de pioche pour ceux qui commettaient l'erreur de vouloir le braquer, il avait fait détaler les autres gamins qui cherchaient à le tabasser.

« Rentre dans la maison », dit M. Myers, en décrochant du mur son manche de pioche pour le poser sur ses genoux avec l'aisance née d'une longue pratique. « J'ai du jus d'orange au frigo. Sers-toi. Si ces types se présentent, je les chasserai. » Et il roula son fauteuil pour aller se poster juste sous l'entrée du garage.

Solomon entra dans la maison, en essayant de ralentir son cœur qui battait la chamade.

Oh, mon Dieu, si ces types m'attrapent, ils vont me tuer. Il secoua la tête, toujours incrédule. *Et pour une guerre stupide qui n'intéresse plus personne.*

Il s'arrêta dans la petite cuisine encombrée, évitant les étagères pour prendre un verre dans l'égouttoir près de l'évier. M. Myers cuisinait lui-même, aussi tout était-il à portée de main. Il se servit un jus d'orange et essaya de réfléchir lucidement.

Malgré tous ses plans pour réussir à démolir Andy Moore avec cette histoire concernant son père, Solomon était conscient de ne pas avoir le choix. Pour une raison quelconque, les Sud-Africains étaient prêts à le tuer à cause de ces fichiers qu'il avait piratés. Il espérait juste qu'ils seraient prêts à le laisser tranquille quand il leur proposerait de les restituer.

*

* *

Dans son ervé, Andy naviguait sur la molle houle de l'océan à bord de son galion pirate et contemplait le soleil couchant. Dans le monde réel, il était tard. Sa mère était allée se coucher. Jusqu'ici, l'histoire de Solomon n'avait pas encore été diffusée sur HoloNet. D'un autre côté, Solomon n'avait toujours pas été retrouvé.

Et Andy n'avait pas non plus trouvé le cran de dire à sa mère ce qui s'était réellement passé. Avant le coucher, il avait pourtant essayé à deux reprises. Mais il ne savait tout bonnement pas comment procéder.

En ervé, il avait gardé une fenêtre ouverte sur HoloNet et pour une raison quelconque, celle-ci attirait les pirates virtuels. Assis sur des tonneaux devant l'écran virtuel, ils regardaient. Cela le surprit. Seul son second avait été programmé pour l'avertir dès qu'apparaîtrait un reportage sur l'affaire Solomon ou l'Afrique du Sud.

L'œil fixé sur la courbe de l'horizon, il essayait d'élaborer un plan. Il avait eu un bref entretien avec Matt et Megan après que le capitaine Winters les eut récupérés, mais ce dernier ne s'était pas montré particulièrement loquace. Encore heureux pour lui, on ne l'avait pas harcelé.

Une autre chance était le fait que le capitaine Winters n'avait, semblait-il, pas eu vent de l'algarade entre Solomon et lui. Ou peut-être avait-il d'autres soucis en tête. L'officier de liaison des Explorateurs de la Net Force n'était de toute évidence pas aussi attentif qu'à l'accoutumée. Du moins, c'est ce que Matt et Megan lui avaient confié par la suite. Andy pour sa part n'avait rien remarqué.

« Cap'taine ! »

Andy se tourna vers son second.

« Il y a quelque chose à voir pour vous, cap'taine ! »

Andy retourna vers le château arrière pour effleurer l'icône d'Internet. Une fenêtre s'ouvrit, révélant Mark vêtu de sa cybercombinaison anticrash. Celle-ci paraissait encore plus intimidante que jamais, toute hérissée qu'elle était de plans acérés au lieu de surfaces arrondies. Mark flottait dans la mer d'encre qui emplissait la Toile.

« Que se passe-t-il ? » demanda Andy.

Mark sourit, en lévitation devant lui. « Je vais jouer les invités-surprise à une soirée. Ça te dit de venir ?

— Je suis pas vraiment d'humeur festive, répondit Andy. Une autre fois peut-être.

— Oh, je sens que ce bal te plaira, Cendrillon. »

La remarque cinglante de son ami eut le don de le mettre en rogne. « Écoute, j'ai pas vraiment envie de...

— ... d'aller faire un raid dans les archives sud-africaines ? coupa Mark. Je comprends. Une autre fois, peut-être. » Sur ces mots, il le salua et commença à s'éloigner en dérivant.

« Quoi ? explosa Andy. Attends une minute ! Reviens ! »

Matt se retourna vers lui, l'air candide.

« Depuis quand t'es-tu décidé à casser les archives d'Afrique du Sud ?

— Depuis que Matt et moi avons trouvé une piste susceptible de nous mener là-bas. » En deux mots, Mark lui expliqua l'histoire du gardien qu'ils avaient surpris sur les archives de vidéosurveillance « empruntées ».

L'excitation d'Andy grandit malgré qu'il n'eût pas dormi depuis près d'une semaine. « Depuis combien de temps vous bossez là-dessus, les mecs ?

— Depuis aujourd'hui.

— Pourquoi ne pas m'en avoir parlé ? » Andy tendit la main vers le bord de la fenêtre ouverte dans son ervé et se glissa au travers.

« Et quand voulais-tu ? rétorqua Mark. Quand tu tabassais Solomon dans le couloir ? Ou pendant que tu te faisais remonter les bretelles dans le bureau du principal ? Ou alors pendant que t'étais occupé à te faire tirer dessus avant d'être interrogé par les flics ?

— Là, je dois dire... admit Andy.

— Et puis, on ne sait même pas si les tentatives d'agression contre les pirates sont ou non liées aux activités de Solomon. Pas avant qu'on ait exploré l'éventualité de la piste sud-africaine. Il est encore possible qu'on fasse fausse route. Mais comme je passais dans le coin de toute façon, je me suis dit que t'aimerais peut-être faire la virée avec moi.

— Bien sûr. » Andy s'était hissé par l'ouverture donnant sur l'ervé de Mark et se précipita dans la Toile. Il toucha la main gantée que lui tendait son ami et vit les minuscules étincelles du contact. Aussitôt, une combinaison anticrash identique à celle de Mark se répandit sur lui comme la marée montante. Andy tâtonna sur ses gants et retrouva les contrôles à main gauche et sur la droite le panneau de réglage des sauvegardes et des programmes intégrés. Il avait déjà fait des virées pour Mark, aussi était-il accoutumé au port de la combinaison.

« Comment comptes-tu t'introduire ?

— En frappant à la porte, sourit Mark. Suis-moi. » Et il mit les gaz.

Andy colla les bras au corps et le suivit, propulseurs hurlant. Les cybertours des sites commerciaux, gouvernementaux et religieux filaient en dessous de lui. Quand Mark obliqua vers le bâtiment de BelTelComm au centre de Washington, Andy comprit qu'ils étaient sur le point de prendre des ailes électroniques.

« Pourquoi Matt ne t'a-t-il pas accompagné ? Ça m'a plutôt l'air du genre de truc auquel tu l'aurais invité.

— Mais je suis là », résonna dans le casque d'Andy la voix de l'intéressé.

« C'est Matt qui va taper pour nous », expliqua Mark.

Andy était sur les talons de Mark quand ils s'enfoncèrent dans la tour de BelTelComm. Leur trajectoire se modifia aussitôt, dès qu'ils filèrent dans le dédale du réseau téléphonique. Ils obliquèrent à la verticale, traversant l'infrastructure de liaison satellitaire qui commençait à neuf mille mètres de haut. Andy perdit le compte de leurs dérivations sur les lignes, suivant les traces ouvertes par Mark. Les circuits claquaient et crépitaient au long de leur passage. Les arêtes tranchantes de leur combinaison leur permettaient de s'y enfoncer.

Puis ils repartirent comme une flèche, toujours plus vite. La représentation de l'Atlantique était d'un noir rougeâtre presque uniforme, simplement ponctué par les cônes en parapluie des relais-satelllites en veille trahissant la présence de points d'accès au Net sur les bâtiments en mer. L'univers devint flou autour d'eux. En quelques secondes, ils étaient en Afrique du Sud.

19

Andy n'aurait pas su qu'ils avaient touché au but si Mark ne le lui avait pas dit. Sur le Net, Mandelatown ressemblait à une zone urbaine comme une autre. Ils transitèrent par les relais de communication sud-africains et filèrent à travers la représentation de la cité. Ils s'arrêtèrent juste devant la plus haute tour de la ville.

« Les archives ? demanda Andy.

— Le bâtiment gouvernemental, rectifia Mark. Les archives sont à l'intérieur. J'ai vérifié.

— Alors, on va entrer ?

— Dès que Matt les appellera, cxpliqua Mark, on va essayer.

— Essayer ?

— Eh, rien n'est garanti. Dans le pire des cas, on se fait éjecter et on est obligés de se déconnecter.

— Comment Matt va-t-il réussir à nous introduire ?

— Il va appeler le gouvernement sud-africain sur place pour leur dire qu'il sait où se trouve le matériel qu'ils ont envoyé leurs agents récupérer.

— C'est vrai ?

— Non. » Mark avait l'attention rivée sur le bâtiment. « Mais ils essaieront de retracer l'origine de son appel.

— Et d'où appelle-t-il ?

— D'une cabine publique, en centre-ville. Même s'ils parviennent à la localiser, ça ne leur donnera rien d'exploitable. »

Andy considéra son explication mais cela laissait une question pendante. « Tu n'as toujours pas dit comment on allait entrer.

— On va chevaucher le signal de retour de leur ping, répondit Mark. On ne peut sans doute pas entrer sans attirer aussitôt l'attention, mais si on parvient à se planquer à l'intérieur du signal de retour, on devrait pouvoir passer.

— Eh, les gars, lança Matt. Z'êtes prêts ?

— Vas-y ! » dit Mark. Il se tourna vers Andy. « Reste avec moi ou tu ne passeras jamais. »

Andy acquiesça. Il entendit le bruit de l'établissement d'une connexion téléphonique, puis quelqu'un dans les bureaux du gouvernement d'Afrique du Sud répondre. Matt se lança dans son numéro, exigeant de parler au responsable de l'opération en Amérique. Le standardiste fit mine d'ignorer totalement une telle opération, mais quand Matt menaça de lui raccrocher au nez, l'homme s'empressa de transmettre l'appel.

Un trait d'un bleu électrique jaillit du relais de télécoms sud-africain pour toucher le bâtiment gouvernemental.

« Voilà le signal téléphonique », commenta Mark. Il fila dans sa direction. Puis il désigna à Andy une masse informe bleu foncé, presque invisible, noyée qu'elle était dans le flot de bleu électrique qui repartait du bâtiment officiel. « Et ça, c'est leur signal de ping. »

Andy regarda ledit signal leur filer sous le nez, accélérant si vite qu'il faillit le perdre de vue.

« Je me verrouille dessus, annonça Mark. Calez-vous sur moi. »

Andy manipula les contrôles sur son gant gauche pour verrouiller sa combi sur celle de Mark.

« Dès qu'il rebondit, avertit ce dernier, on sera aspiré à l'intérieur et tout se passera à vitesse grand V.

— Je suis prêt. »

Le signal bleu du ping revint presque aussitôt. Et il semblait s'être chargé désormais d'un champ de gravité presque dix fois plus intense que tout ce qu'Andy avait connu jusqu'ici. Un bref sursaut de peur le traversa lorsqu'il se rendit compte qu'il ne maîtrisait plus ses mouvements. Son instinct lui dit de se déconnecter, mais il réussit à se dominer.

Mark et lui se laissèrent tomber dans le flux de la connexion téléphonique. Elle ressemblait dorénavant à un tunnel de près de sept mètres de large. Ils s'arrêtèrent juste avant la surface du signal de ping, tandis que le reste de la Toile disparaissait dans le flou.

« Gaffe ! avertit Mark. C'est le premier des programmes de sécurité ! » Il projeta les mains en avant et des salves de faisceaux laser pourpres cramèrent le nuage de petites formes projetées dans leur direction.

Aux yeux d'Andy, le programme de sécurité ressemblait à un banc de piranhas métalliques scintillants. Leurs mâchoires béantes révélaient des rangées de dents crénelées qui reflétaient des points de lumière bleue. Il ouvrit le feu, recourant au système de visée incorporé à sa combi. Les lasers touchèrent les piranhas qui se volatilisèrent dans des volutes de fumée âcre qui réussissait d'une façon ou de l'autre à traverser les défenses de leur combinaison anticrash.

Ça paraissait spectaculaire. Mais le programme utilisé par Mark recourait en fait plus à la manière furtive qu'à la force brute — ce qu'ils voyaient n'était que la façon choisie par Mark de traduire visuellement ce qui se passait à l'échelle électronique. L'image des piranhas représentait le programme de sécurité de l'ordinateur en train de tester la validité de leur présence à l'intérieur du système. Les lasers étaient des flots de données chargés de convaincre l'ordinateur qu'ils étaient du trafic normal, des paquets de transmissions internes régulières que le programme de sécurité devait laisser transiter sans problème. Apparemment, jusqu'ici, ça avait l'air de marcher.

« Waouh, fit Mark, admiratif. À présent, on va passer à la partie intéressante. Une forme de sécurité à retardement. Je suis en train de télécharger tout le processus pour l'examiner plus tard. C'est un truc que j'ai encore jamais vu. Si le programme que j'ai employé pour confectionner ces combis anticrash n'était pas aussi costaud, ça aurait pu faire de méchants dégâts. »

Andy ne voulait surtout pas savoir jusqu'à quel point. Et les piranhas n'avaient pas tous disparu. Trois avaient réussi à se faufiler entre les lasers pour enfoncer leurs crocs dans sa combi.

« Débarrasse-t'en ! » s'écria Mark. Lui-même se débattait pour se défaire des mêmes créatures métalliques qui s'étaient accrochées à lui. « Elles sont capables de la traverser en la bouffant ! Et si elles y parviennent, on peut dire adieu à notre visite dans ce système ! »

Andy donna des chiquenaudes aux piranhas mais ils restaient bien accrochés. Il essaya de tirer dessus, mais leurs nageoires de métal effilé creusaient ses gants de profondes éraflures. Réfléchissant à toute vitesse, il claqua violemment des deux mains sur un des poissons carnassiers. Des lignes de fracture apparurent aussitôt sur sa peau dure comme l'acier. Deux coups encore et il vit l'ensemble du piranha se désintégrer en menus morceaux. Des traces de morsure marquaient sa combinaison.

En fond sonore, il pouvait entendre la conversation de Matt avec un Sud-Africain. Leurs voix semblaient curieusement distordues.

« Une grille de protection ! s'écria Mark. Attention ! »

Andy posa la main sur les contrôles de son gant droit et leva les yeux juste à temps pour voir le carré jaune fluo se matérialiser devant lui. La grille de protection constituait manifestement la deuxième ligne de défense. Il espérait juste que le programme de Mark soit à la hauteur. Il activa l'icône une fraction de seconde avant que le signal de ping ne traverse la grille et qu'ils viennent s'écraser dessus à sa suite.

Une vibration crépitante le parcourut tout entier quand ils touchèrent la grille de protection. Si le programme de Mark n'avait pas fonctionné, si la machine n'avait pas cru qu'ils appartenaient de plein droit au système, leur combi anticrash se serait délitée et ils se seraient retrouvés éjectés de la Toile. Au lieu de cela, ils eurent l'impression d'exploser en une myriade d'atomes rouge sang qui traversèrent comme autant de grêlons les minuscules orifices de la grille. Qu'un seul d'entre eux n'ait pas été parfaitement aligné et ils n'auraient pas réussi à la franchir. Les piranhas accrochés à la combinaison de Mark implosèrent dans un crépitement de tonnerre. Grâce à l'astuce de sa programmation, la machine-hôte avait pris les piranhas pour les envahisseurs, pas eux. Et elle les avait détruits — comme elle aurait détruit Andy et Mark à la première occasion.

Andy se reconstitua de l'autre côté ; Mark le devançait de justesse. Ils étaient toujours verrouillés sur le signal de ping. Puis celui-ci se volatilisa. Un instant, Andy crut que quelque chose avait cloché, et l'instant d'après, l'univers disparut.

Il plissa les paupières, se rendant compte qu'il

était debout. Regardant autour de lui, il découvrit un petit bureau.

« Nous voici dans la place, expliqua Mark, à côté de lui. Allons-y. » Il fila aussitôt vers la porte. « Mais on n'est pas à l'endroit où je voulais. » Il toucha le bouton et un brouillard blanc se mit à bouillonner pour prendre l'aspect d'un visage démoniaque. « Sécurité personnelle du bureau », observa-t-il avec un flegme total, tout en effleurant le visage. Des étincelles rouge rubis jaillirent au point de contact et le visage disparut. Mark ouvrit la porte et franchit le seuil.

Une fois dans le couloir, Mark fit apparaître un plan des bâtiments.

Comment diable avait-il réussi un tour pareil ?

« On n'est plus loin », nota Mark en refermant le dépliant. Reprenant la tête, il piqua un sprint dans le couloir.

Andy courut derrière lui ; il venait d'entendre Matt couper la communication. Aussitôt, des klaxons se mirent à hurler, résonnant partout dans le couloir.

« Ils savent que nous sommes dans leur système, avertit Mark. Mais ils ignorent où. Pour l'instant. » Il courut jusqu'au bout du couloir et écarta les portes de l'ascenseur. « À présent, ils savent que nous sommes dans la place... alors, on se magne ! » Il n'hésita pas une seconde avant de se jeter dans la cage vide alors que la cabine montait vers eux des profondeurs.

Andy sauta derrière lui, recourant aux propulseurs de sa combi pour arrêter leur chute deux étages plus bas. À ce niveau, les portes de l'étage scintillaient. Mark effleura la lumière qui disparut, et les panneaux s'ouvrirent.

Ils dévalèrent le couloir suivant et prirent le premier à droite. Des portes voûtées leur barraient le passage. Mark plaqua les deux mains sur les deux bords du verrou électronique qui les maintenait closes. Une flamme bleue palpita entre ses gants et le compteur numérique se mit à faire défiler à toute vitesse une série d'au moins douze chiffres.

Les portes s'ouvrirent en grinçant. Encore une fois, le programme de Mark avait marché.

Mark plongea à l'intérieur. La salle des archives semblait creusée dans un bloc d'obsidienne et elle était emplie de tours aux reflets de néon.

Andy faillit défaillir en découvrant le nombre de coffres que recelaient les archives. *Comment veut-on qu'on trouve quoi que ce soit en si peu de temps ?*

Sans un mot, Mark tendit la main. Des triangles rayés rouge et blanc tombèrent de sa paume avant de s'envoler à toute vitesse. Ils s'attaquèrent aussitôt aux archives, parcourant les fichiers.

« Un programme de criblage, expliqua Mark. L'un des meilleurs que j'aie conçu. »

Les portes derrière eux s'ouvrirent soudain avec un bruit. Andy pivota sur place et découvrit la forme monstrueuse qui s'encadrait sur le seuil.

Elle avait l'air de faire trois mètres de haut et au moins autant de large. Sa peau évoquait un cuir de lézard mais sa structure interne était manifestement mécanique, tout comme sa façon glissante d'évoluer. Elle était hérissée d'éperons acérés.

« Allons bon, souffla Mark, vraiment moche, ce truc. »

Moche et bougrement rapide. Il brandit une énorme patte et envoya bouler Mark dans une soudaine tornade d'étincelles vertes. Puis des éclairs vivants parurent s'entortiller autour de sa combi anti-crash.

La créature reporta son attention sur Andy. Des yeux vitreux, reptiliens, se posèrent sur lui.

« Récupère les données ! » ordonna Mark. Il saisit l'éclair dans ses mains gantées et tira un grand coup, rompant le contact. Dès que le courant fut coupé, l'éclair s'éteignit.

Andy leva les yeux vers les tours d'archives et repéra les triangles du programme cribleur qui clignotaient à mi-hauteur de deux tours voisines. Il bondit dans les airs et enclencha ses propulseurs, s'élevant à l'instant même où les serres de la créature griffaient le bas de son armure.

Mark se précipita vers lui, les gants tendus en avant. Trois bandes vert dégradé jaillirent de ses doigts et vinrent prendre au piège la créature. Mais elles ne tinrent pas longtemps. La chose était trop grosse, trop forte. Avec colère, elle se jeta sur Mark.

« Récupère les fichiers ! répéta ce dernier. Faut qu'on dégage d'ici ! Ils sont en train de retracer notre signature ! »

Andy vola jusqu'aux deux coffres signalés. Il fourra la main dans le premier et lança aussitôt un programme de téléchargement. Son bras droit parut se transformer en un aspirateur industriel à large buse. Un flot de données s'engouffra dans la combinaison. Il répéta la procédure avec le second coffre.

La combi anticrash de Mark partit en lambeaux, écrasée sous l'étreinte du monstrueux programme de sécurité, et Mark disparut. Alors la créature se tourna vers Andy. Elle bondit à quatre mètres de haut, sinon plus, enfonçant ses griffes dans les côtés de la tour. Elle grimpait avec agilité.

Andy termina de copier les données à l'instant même où elle parvenait à sa hauteur. Avec un ouf de soulagement, il se déconnecta de la Toile.

*

* *

« Il y a un poste, derrière, que vous pouvez utiliser. »

Solomon remercia l'employé puis se détourna du comptoir pour parcourir les rangées de sièges d'interface alignées dans le cyberbar. L'endroit était étroit et long, presque entièrement occupé par les unités de sièges d'interface en location. Des tubes fluo dessinaient personnages de jeux, symboles et sigles commerciaux sur les hauts murs. Il était minuit passé mais presque tous les postes étaient occupés.

Il se laissa tomber dans le siège libre et fit passer sa carte de crédit universelle dans la fente du lecteur. Même si par son truchement on pouvait le repérer, il ne comptait pas rester en ligne assez longtemps pour qu'ils lui mettent la main dessus.

Une fois que le lecteur eut activé les systèmes du fauteuil à interface informatique, il introduisit dans la fente la plaque-mémoire qu'il avait sur lui. Il appuya la tête au dossier et laissa les implants démarrer. Le temps de respirer, il était connecté. Il avait sélectionné son avatar cyberhybride, ça lui donnait un petit surcroît de confiance.

Le modèle d'ervé qu'il s'était élaboré chez M. Myers était tout simple et consistait en une image extraite d'un antique dessin animé. Il se tenait au bord d'un canyon, aux couleurs éclatantes sous l'éternel soleil de midi. Une route menait jusqu'au bord de la falaise, même s'il avait du mal à imaginer pourquoi quelqu'un aurait voulu construire une route dans un endroit pareil.

Solomon pointa le doigt vers un cactus proche et celui-ci se transforma en cabine téléphonique. Il y pénétra et composa le numéro des bureaux du gouvernement sud-africain. Dès qu'une voix féminine répondit poliment à son appel, il demanda le bureau du général. La femme n'hésita qu'une fraction de seconde, façon de lui faire savoir que passer une telle communication sur le réseau public, ça n'arrivait pas tous les jours.

Tout en contemplant le paysage désolé alentour, les canyons et mésas aux stries bariolées de dessin animé, Solomon essayait d'oublier sa peur panique. Le simple fait de se rendre dans un lieu public comme le cyberbar avait presque été trop pour lui. Au loin, il avisa une tempête de poussière tourbillonnante qui filait sur la route.

« Allô ? fit une voix grave dans un anglais à l'accent britannique.

— Est-ce le général Nkosi ? » demanda Solomon, sachant que ce ne serait certainement pas le cas. Le chef militaire sud-africain ne répondait pas comme ça à n'importe qui. Mais Solomon savait aussi que les gens à qui il désirait s'adresser devaient écouter la communication. Il tapa une touche sur le téléphone, et une horloge à affichage numérique apparut sur le cadran, avec l'aiguille des secondes qui tournait.

« Non, j'ai peur que le général soit occupé en ce moment. Je suis le capitaine Mbeki. Puis-je vous aider ?

— Je désirais parler au général, répondit Solomon. J'ai certaines informations pour lui.

— Puis-je savoir à quel sujet ? s'enquit le capitaine.

— Sur ce qui se passe en ce moment à Washington, dit Solomon sans cesser de regarder le chrono. Et si vous me posez encore d'autres questions, je coupe.

— Je vais le prendre, Mbeki », intervint une voix masculine. Douce, sans accent ni inflexion, la voix d'un homme qui n'avait aucun problème à traverser les régions et les pays sans se faire remarquer. « Quelle information détenez-vous ?

— À qui ai-je l'honneur ? demanda Solomon.

— À un homme de confiance du général, déclara

l'homme. Et je pense que c'est ce que vous recherchiez depuis le début. »

Solomon eut un sourire ; il se faisait l'effet d'être l'espion qu'il aimait se jouer dans son ervé personnelle. Et un espion efficace, en plus. « Ouaip, fit-il, c'est ce que je recherchais.

— Quelle information avez-vous ?

— Je pense que nous savons l'un comme l'autre que je ne détiens aucune information, lui dit Solomon. Je suis le type à la recherche de qui vous avez envoyé vos gars.

— Continuez.

— Au lieu d'informations, je voudrais vous proposer un marché.

— J'écoute.

— J'ai piraté vos systèmes, expliqua Solomon. Je suis prêt à vous restituer ce que j'ai pris.

— Il se pourrait qu'il soit trop tard pour ça », remarqua l'homme.

Trop tard ? Il ne peut pas être trop tard !

Solomon se sentit hésiter. « Dans ce cas, je peux contacter la Net Force.

— Pourquoi ne pas l'avoir déjà fait ?

— Ils ignorent mon identité. Si j'allais les voir, ils voudraient savoir qui je suis. Je pense que vous traiterez avec moi tant que vous pourrez récupérer votre matériel.

— Peut-être. »

Solomon regarda le chrono. « Je perds mon temps, et vous en perdez à tenter de retrouver ma trace. Même si vous trouviez où je suis, je n'y serais plus le temps que vous envoyiez quelqu'un ici. »

Il y eut une brève pause. « Bien sûr. Que proposez-vous ?

— Vous me laissez vous restituer les fichiers, dit Solomon. Et le général Nkosi peut ordonner à tout le monde d'oublier mon existence.

— Comment saurons-nous que vous ne les avez pas copiés ?

— Parce que si je l'avais fait, je suis sûr que vous le découvririez et que vous me colleriez de nouveau aux basques. Et c'est ce que je ne veux plus.

— Parfait, dit l'homme. Renvoyez-nous les fichiers, et nous considérerons l'affaire réglée. »

Une bouffée de soulagement envahit Solomon. « Je ne peux pas y accéder tout de suite.

— Alors quand ? » La voix trahissait un mécontentement certain.

Solomon eut la nette impression que l'homme ne tenait à lui manifester son émotion que parce qu'il le voulait bien. Il répondit : « Mardi. Il me faudra jusqu'à mardi pour tout régler. » Il voulait avoir ce délai de grâce pour se planquer et voir un peu ce qui se passait. Du reste, il n'était toujours pas vraiment à l'aise à l'idée de se dessaisir de son unique moyen de pression.

« Quand, mardi ?

— Dans l'après-midi.

— Nous espérons avoir de vos nouvelles, dit l'homme. Je vais vous donner un numéro que vous pourrez appeler. » Il le lui énonça.

Solomon fit semblant de l'écrire. Il ne risquait pas de l'utiliser. Cette ligne allait sans aucun doute être truffée de toute une flopée de traceurs et de pièges. Qui sait même s'ils ne pourraient pas le repérer par triangulation avant qu'il ait eu le temps de se déconnecter de la Toile.

« C'est, reprit l'homme, comment dites-vous déjà ? la chance d'une vie. Ne la gâchez pas. » Et il coupa la communication.

Solomon fixa le combiné inerte, abasourdi. Il n'arrivait pas à croire que ce type lui ait raccroché au nez. Normalement, il aurait dû au contraire tâcher de le faire poireauter, le temps de leur permettre de l'identifier. Ce n'était pas à ceux qui le faisaient chanter de raccrocher les premiers. La colère le prit, mas elle se dissipa bien vite, remplacée par une terreur froide. Ils avaient suffisamment confiance en eux pour raccrocher, point final.

La tempête de poussière qu'il avait remarquée un peu plus tôt arriva en trombe. Solomon reconnut la silhouette familière du personnage central : *Bib-bip,* le Roadrunner. Le coucou terrestre filait droit vers le bord de la falaise. Derrière lui, le coyote était lancé à sa poursuite, juché à califourchon sur une fusée crachant des flammes. Incroyablement, le road-runner s'immobilisa juste à la lisière du précipice. La fusée crachota et s'éteignit, quelques mètres seulement au-delà de celle-ci. Le coyote parvint à exprimer un regard de profonde déception avant d'entamer sa longue chute vers le fond du canyon.

Solomon aurait voulu pouvoir traîner en ervé — pas spécialement le paysage de dessin animé mais un endroit à sa convenance. Il savait toutefois que ce serait une erreur. Il était certain que l'homme avait lâché un commando pour le récupérer. L'avoir sous la main était autrement plus intéressant qu'avoir à traiter avec lui.

Très, très loin en contrebas, le coyote se mangea avec un grand PLOP sonore la terre cuite par le soleil.

Le bruit résonna dans le silence du désert. Solomon savait qu'il devait faire en sorte de ne pas connaître un destin identique. Il y avait toujours un autre dessin animé pour le coyote. Lui n'aurait pas cette chance. Las et affamé, il se déconnecta.

*
* *

Dissimulés dans l'ombre d'un bosquet d'arbres aux alentours du Site 43, Andy, Matt et Mark attendaient, aux aguets. Ils avaient épluché les fichiers piratés après être retournés dans l'ervé d'Andy jusqu'à ce qu'ils dénichent celui qui concernait le secteur.

En notant que le fichier en question était marqué distinctement, Andy sentit s'envoler ses derniers espoirs. Matt, Mark et lui n'avaient pas échangé une parole depuis qu'ils l'avaient chargé en ervé.

Quelques minutes plus tard à peine, les soldats apparurent, en tenue camouflée de nuit. Quand ils s'approchèrent, ils purent vérifier sans conteste qu'ils portaient des armes d'origine américaine. Même alors, Andy ne renonça pas tout à fait. Il essaya de scruter les ombres nocturnes mais en vain. Et même s'il avait pu, il savait que ce serait un exercice futile.

Tout va recommencer comme la fois d'avant.

Les événements se déroulèrent. La figure solitaire en tenue isolante s'avança en rampant jusqu'à la bombe bactériologique et enclencha le détonateur. Puis elle essaya de rejoindre le fleuve au pas de course sans pouvoir empêcher le feu ennemi de la clouer au sol. La bombe explosa. La silhouette se coucha, puis vérifia l'intégrité de sa combinaison alors que l'enveloppaient les volutes de gaz mortel. Un instant plus tard, la lumière révélait les traits du visage sous la visière.

Andy reconnut son père, d'autant mieux après avoir passé tout ce temps en ervé avec Bob. « C'était lui, constata-t-il, amer. C'est mon père qui a déclenché l'arme bactériologique. Solomon avait raison.

— Il y a quelque chose qui ne colle pas, observa Matt. Si les Nationalistes sud-africains détenaient ce document, pourquoi ne l'ont-ils pas exploité alors même qu'il aurait pu faire une différence dans l'issue du conflit ? »

Andy s'en fichait royalement. « Quelle importance, en définitive ? Ils ne l'ont pas fait. Peut-être Solomon a-t-il vu juste en disant que les Nationalistes s'en sont servis comme moyen de pression pour rester au pouvoir après la guerre. L'essentiel, c'est que mon père a été responsable de la mort de tous ces gens. » Et il repensa à sa mère.

« Jamais les Nationalistes n'auraient gardé ça pour eux, protesta Matt. Andy, moi, je te dis que ce n'est pas vrai. Un détail nous échappe. »

Andy se retourna d'un bloc, déchargeant sur son ami sa colère et sa frustration. « Il n'y a rien qui nous échappe ! Tout est là ! Tu l'as vu toi-même ! De deux sources distinctes !

— Une seule, rectifia Matt.

— Tu ne sais pas si Solomon n'a pas obtenu sa copie du document d'une autre personne, rétorqua Andy.

— De qui, alors ? insista Matt.

— J'en sais rien. » Andy regarda l'unité des forces spéciales américaines quitter le terrain pour disparaître dans la jungle.

« Pour ce que ça importe...

— Si, ça importe. Ne perds pas confiance en ton père, Andy. »

Des larmes se mirent à ruisseler sur les joues du garçon avant qu'il ait pu les retenir, redoublant sa colère. « Bon Dieu, Matt, je peux plus me raccrocher à l'espoir de son innocence. Tu vois pas combien ce serait stupide ? Il a fait le coup. Il a tué ces gens. Tous ces gens. Et puis, il y est passé à son tour le lendemain. Je ne peux pas rester planté là à nier l'évidence.

— Tu ne sais pas si c'est la vérité.

— Et tu ne peux pas prouver le contraire. »

Matt resta sans rien dire. Il échangea un regard

avec Mark mais ce dernier n'avait aucune suggestion à leur offrir.

« Je ne l'ai jamais connu, dit Andy. Pas plus que toi. » Ils se tenaient à l'épicentre du nuage de mort tourbillonnant. « Peut-être est-ce mieux ainsi, après tout. » Il se déconnecta avant que Matt ait pu répondre quoi que ce soit.

De retour dans sa chambre, Andy se releva du fauteuil d'interface. Il battit en retraite vers son lit, et s'assit le dos au mur. C'était idiot de penser que son père était innocent. Mais sa mère y croyait, et par amour pour elle, il se devait de continuer.

Andy avait toujours eu confiance en sa mère.

Il était déchiré par ce conflit. C'était une chose pour lui de renoncer, mais comment pouvait-il imaginer la même chose de sa mère ? Et si elle le faisait, dans quel état en ressortirait-elle ?

20

Matt se traînait dans la jungle sud-africaine, essayant de ne pas songer à son épuisement. Il était presque six heures du matin ce mardi. Il s'était écroulé de sommeil la veille à huit heures du soir, déclenchant une salve de questions de sa mère, inquiète de savoir s'il ne couvait pas quelque chose.

Puis il s'était réveillé à trois heures du matin, incapable de dormir plus longtemps. Il s'était installé dans le siège d'interface, sachant qu'ainsi son organisme trouverait au moins un peu de repos même si son esprit allait demeurer actif.

Tout au long du week-end, les Explorateurs avaient passé le district fédéral au peigne fin, à la recherche de Solomon Weist qui était demeuré introuvable. D'après David Gray, il était également recherché par la police. Ils avaient interrogé de même toute la petite communauté des hackers de Bradford, mais là aussi, ils avaient fait chou blanc.

En tout cas, plus rien ne s'était passé à Bradford.

Matt s'imagina que la mort de McDouglas et Tomlinson devait sans doute y être pour quelque chose. Peut-être que leur commanditaire n'avait pas trouvé d'autres tueurs à gages, ou peut-être que l'objet mystérieux avait été retrouvé et restitué.

Ce genre de réflexion rendait encore plus intéressant le mystère de la disparition de Solomon.

L'esprit de Matt ne cessait de revenir au document filmé du 12 août 2014. Andy ne se montrait guère sociable et tenter d'évoquer la question avec lui faillit provoquer une rixe. Tout le monde avait cessé de vouloir lui en parler. Matt avait des remords à l'égard d'Andy, mais il savait qu'insister ne servirait pas à grand-chose.

Alors, faute de mieux, Matt se concentra sur le document filmé. C'était le seul indice qui leur restait à creuser. Megan et Maj l'étudiaient également.

Ils coururent dans la moiteur de la jungle avec les autres membres de l'équipe clandestine. Il était trempé de sueur et celle-ci collait la combinaison à sa peau. Armé d'un M-16, il courait juste derrière le colonel Moore après avoir bondi du deux tonnes cinq.

Matt avait parcouru cet itinéraire plus d'une douzaine de fois. Le reportage ne montrait pas comment le commando clandestin était parvenu sur zone, mais il supposa qu'il avait été débarqué par hélico.

Sauf que cela n'expliquait pas comment ils avaient pu disposer du lourd véhicule de transport. Il avait essayé d'exploiter cette piste, mais sans aboutir nulle part.

La bombe dans sa caisse était à nouveau déposée sur la berge du fleuve, puis ouverte rapidement. Matt était si las que lorsqu'il remarqua pour la première fois la divergence, il le mit sur le compte de sa fatigue.

« Ordinateur, gèle le programme en cours. Reste en 3-D. » Après que l'ordinateur eut interrompu le déroulement du programme, transformant le monde alentour en nature morte, Matt s'approcha de la caisse. Il avait été à tel point absorbé par l'observation du colonel Moore qu'il n'avait guère prêté attention aux autres hommes du commando.

Deux d'entre eux se tenaient de chaque côté de la caisse, leur pied-de-biche déjà introduit sous le couvercle.

Le premier travaillait de la main gauche, le second de la droite. Et ils agissaient en parfaite synchronisation.

Matt avait déjà vu des groupes militaires s'entraîner pour parvenir à ce synchronisme, mais aucun n'était parvenu à une telle perfection. Il regarda leurs visages et découvrit que leurs traits étaient relativement indistincts. Par ailleurs, ils se ressemblaient comme des frères.

« Ordinateur, ordonna Matt. Identifie les sujets en effectuant une corrélation avec les archives civiles et militaires. » Pendant qu'il attendait, il trompa son impatience en examinant les visages des autres soldats et découvrit qu'eux aussi étaient quasiment identiques. Il essaya de contenir son excitation. Peut-être le programme avait-il été simplement réglé pour reproduire les simples soldats sans approfondir leur ressemblance comme pour le colonel Moore.

Mais ce programme avait été élaboré à partir du document en 2-D, n'est-ce pas ? Les hommes auraient dû avoir leurs traits réels. Ou aucun, si la caméra n'avait pas été à même de les identifier. Le camouflage noir qui leur grimait le visage aurait de toute façon semé le doute chez la majorité des gens.

« Identification impossible », annonça l'ordinateur.

Matt fut modérément surpris. Il vérifia l'heure et découvrit qu'il était six heures vingt. Megan devait être déjà levée, même si elle n'était sans doute pas encore connectée. Il lui passa un coup de fil.

Elle décrocha à la cinquième sonnerie mais sans mettre la vidéo. « Matt ? Qu'est-ce qui te prend d'appeler à des heures pareilles ?

— Je suis debout depuis des heures, expliqua-t-il. J'aurais besoin d'un service.

— Si ça reste dans le domaine du possible. » Elle bâilla et le bruit se transmit sur la ligne.

« J'aurais besoin d'une copie du mémoire que Solomon Weist a fourni au Dr Dobbs.

— Pourquoi ? Je pensais qu'avec Andy et Mark, vous aviez tous les trois récupéré l'original ?

— Ouais, confirma Matt en contemplant les mannequins figés autour de lui, c'est ce que je croyais, moi aussi. Mais je voudrais vérifier quelque chose.

— Qu'est-ce que tu as trouvé ? » L'excitation résonna dans la voix de Megan.

« Si tu veux bien te donner la peine de jeter un œil.

— Laisse-moi une minute pour me brosser les dents et les cheveux, et passer quelque chose.

— Tu peux toujours prendre un avatar, suggéra Matt. Je ne risquerais pas de deviner que tu ne portes rien en dessous...

— Tu dois vraiment être crevé. Un, pour me lancer une remarque suggestive de ce genre. Et deux, pour oser imaginer que je puisse me présenter où que ce soit sans toujours être à mon avantage... Bon, je te télécharge le mémoire de Solomon. »

La minute promise par Megan dut finalement être multipliée par sept. Dans l'intervalle, Matt avait eu le temps de lancer le second fichier. Il installa deux espaces virtuels, un pour chaque version. Le temps que Megan arrive, son intuition s'était vue confirmer.

« Alors, qu'est-ce qui se passe ? Les bras croisés, Megan parcourut du regard la brousse. Ce coin me flanque vraiment les jetons.

— Attends un peu, t'as encore rien vu », l'avertit Matt. Il lui fit parcourir en premier le fichier que Mark avait subtilisé aux Sud-Africains. Il lui indiqua les soldats aux visages identiques et non identifiables.

« Je les ai remarqués quand j'ai commencé à prêter attention à leurs mouvements. »

Megan haussa les épaules. « Et alors ? Des tas de programmes engendrent ce genre d'artefact. Parfois des détails par trop éloignés du thème principal de la présentation risqueraient d'entraver la compréhension du sujet.

— Ouais, j'y ai songé, moi aussi. Mais vise plutôt ça. » Matt ouvrit une fenêtre dans la première ervé et grimpa dans l'autre. « Là, c'est la version de Solomon. » Il la guida au pied de la colline où il avait figé dans l'immobilité les hommes entourant la caisse.

« Ils ont des visages », observa Megan, notant immédiatement la différence. Un éclair de compréhension illumina son regard. « Solomon aurait altéré les fichiers ?

— De toute évidence, dit Matt. Parce que s'il a piqué sa copie aux Sud-Africains, les hommes devraient avoir la même tête. Attends, je vais encore te montrer autre chose. Compte combien il y a de soldats autour de cette caisse. »

Megan obéit. « Sept.

— À présent, recommence. » Matt la ramena dans la version d'origine sud-africaine.

« Six, constata Megan. Ça fait une sacrée divergence. »

Matt acquiesça. « Surtout pour un type aussi constipé que Solomon. Jamais il n'aurait lâché un truc pareil.

— Attends, qu'est-ce que t'es en train de sous-entendre ? »

Matt se mordilla les lèvres, hésitant à formuler tout haut ses soupçons. « J'imagine que ce que je suis en train de sous-entendre, c'est que ces deux versions sont fausses. »

Megan écarta une mèche de son visage. Elle fit

quelques pas pour descendre la colline, sans cesser d'examiner les soldats. « Tu t'avances drôlement...

— Attends, j'ai autre chose. » Matt ouvrit une fenêtre pour s'introduire à nouveau dans la version de Solomon du Site 43. Megan l'y suivit. Il remonta la colline en s'éloignant de la rive et s'arrêta près d'un des hommes immobilisés.

L'homme était mince et sec, avec des traits hispaniques.

« Ordinateur, dit Matt, identification. » Il toucha l'homme en 3-D.

« Il s'agit du sergent Diego Royo, affecté à une unité spéciale ultrasecrète placée sous les ordres du colonel Robert Moore en Afrique du Sud », répondit l'ordinateur.

Matt sourit en voyant le regard interrogatif de Megan.

« Ordinateur, peux-tu me dire ce qu'il est advenu du sergent Diego Royo ?

— Le sergent Diego Royo est mort au combat durant la guerre d'Afrique du Sud le 3 août 2014. »

Megan contempla l'hologramme de l'homme, les yeux écarquillés. « Neuf jours avant cette opération. Donc, jamais il n'aurait pu se trouver ici.

— Ouaip.

— Peut-être que Solomon a retouché le visage des autres hommes, suggéra Megan, en travaillant à partir de documents d'archives, et le communiqué concernant Royo lui aura échappé.

— J'y croirais volontiers, admit Matt, s'il n'y avait pas l'anomalie des deux types près de la caisse. Si Solomon avait fait une chose pareille, j'imagine que la correspondance aurait été parfaite. Il est trop perfectionniste dans tout ce qu'il fait.

— Donc, comment les Sud-Africains ont-ils obtenu leur version ? »

Matt inspira un grand coup. « Ce n'est que pure

spéculation, mais c'est le mieux que je puisse faire. Je pense que Solomon a piraté les ordinateurs sud-africains et volé les fichiers en rapport avec ce qui s'est réellement passé sur le Site 43. Puis il les a exploités pour élaborer son propre scénario.

— Mais pourquoi ? »

Matt haussa les épaules. « Andy et lui sont à couteaux tirés depuis une éternité. Je crois qu'il a pu faire ça pour se venger d'Andy. Après tout, l'origine de cette bombe bactériologique est restée le plus grand mystère de la guerre d'Afrique du Sud.

— Bref, il décide d'accrocher cette casserole au père d'Andy qui est mort au combat là-bas. » Megan secoua la tête. « C'est franchement méprisable.

— Ouais, enfin bon, tu connais Solomon. Il se nourrit de mépris. »

Megan fronça les sourcils. « Mais d'où vient la version des Sud-Africains ?

— Je pense qu'ils l'ont fabriquée eux-mêmes, répondit Matt. Ils savaient qu'elle avait été piratée. Peut-être savaient-ils aussi que Solomon en était l'auteur. Ou juste que ça venait d'un élève de Bradford.

— Et c'est pour cela que ces types s'en seraient pris aux hackers ? Et à toi ?

— Ça colle, lui dit Matt. Sauf qu'ils n'ont pas réussi à retrouver Solomon ou à confirmer qui était réellement l'auteur du vol de fichier. Mais à force de tourner autour du bahut, ils ont fini par avoir vent du mémoire de Solomon. Ou peut-être qu'ils l'auront déduit de sa conversation avec Donner.

— Le micro-espion sous la table. »

Matt acquiesça. « Donc, les Sud-Africains fabriquent leur propre version du déploiement de la bombe bactériologique par le père d'Andy.

— Et tu crois qu'ils veulent récupérer Solomon pour s'assurer que les deux versions coïncident ?

— Je crois que ça va même plus loin, répondit

Matt. je crois que le gouvernement sud-africain veut récupérer les fichiers parce que Solomon détient le film de ce qui s'est réellement passé cette nuit-là. »

Megan plissa les yeux. « Si tu as raison, Solomon court un terrible danger. Peut-être que tu devrais informer de ces éléments le capitaine Winters. »

Matt secoua la tête. « Chaque fois que j'ai tenté de lui parler de la situation au lycée, je me suis fait rabrouer. Soit Winters ne croit pas qu'il se passe quelque chose, soit il est au courant depuis le début et ne peut rien en dire. Dans tous les cas, j'ai comme l'impression qu'il n'a pas envie de nous avoir dans les pattes.

— Alors qu'on pourrait être ceux qui pourraient l'aider le plus, observa Megan.

— C'est bien mon avis. » Matt regarda sa montre. « Eh, faut qu'on se grouille si on veut être à l'heure au bahut.

— Alors, qu'est-ce qu'on va faire ?

— Je crois avant tout qu'il faut qu'on retrouve Solomon, répondit Matt. Avant les Sud-Africains. »

*

* *

Andy ne répondit à la porte que parce qu'on tambourinait sans interruption. Il avait une migraine lancinante et envisageait sérieusement de rester couché. Quand il était plus jeune, il détestait être malade parce que ça voulait dire rester à la maison, et rester à la maison aux heures d'ouverture de la clinique vétérinaire, cela voulait dire rester seul. Quand il était malade, sa mère en effet ne voulait pas qu'il l'accompagne à la clinique. Il n'avait déjà été que trop souvent livré à lui-même quand il était petit.

Il rendit translucide l'œilleton de la porte et vit Matt sous le porche. « Va-t'en, lui dit-il.

— Andy, il faut qu'on cause.

— Peux pas causer. » Andy toussa dans sa main. « Malade. Contagieux. Probablement létal.

— Ouvre, et je suis prêt à courir le risque.

— Le SAMU vient installer une tente de quarantaine d'ici quelques minutes. Mieux vaut que tu ne sois pas là quand ils reviendront. » Et Andy opacifia de nouveau l'œilleton.

« Allons, insista Matt. On n'a pas des masses de temps. »

Andy regarda sa montre. « Tu vas être en retard au bahut.

— Pas si on se dépêche. Tu ferais mieux de me laisser entrer. Je ne bougerai pas d'ici. »

Résigné à son sort, Andy entrouvrit la porte. Mais à peine. En bloquant le passage. « Quoi ?

— Il faut qu'on parle de la séquence d'archives que Solomon a montrée en cours d'analyse stratégique.

— Non. » Andy ne bougea pas.

« D'accord, dit Matt. Je vais parler et tu m'écouteras. As-tu bien examiné la version sud-africaine ?

— À présent, tu veux que je parle. J'ai juste accepté d'écouter. Et encore, même pas.

— L'as-tu visionnée ?

— La fois où tu es venu, répondit Andy. Et ça m'a suffi.

— Non, tu ne l'as pas assez bien regardée. » Et brièvement, Matt lui exposa les divergences qu'il avait relevées en lui expliquant sa théorie sur les deux versions du reportage.

Andy écouta en essayant de le croire. Mais impossible. « Tu pousses le bouchon trop loin. Et d'abord, pourquoi le gouvernement sud-africain aurait-il gardé le silence sur la bombe bactériologique, hein ?

— C'est pourtant bien ce qu'ils ont fait, fit remarquer Matt.

— Écoute, dit Andy, je te suis reconnaissant de t'être déplacé jusqu'ici...

— Uniquement parce que tu refusais de répondre au téléphone. » Pour une fois, Matt parut désemparé.

Andy s'en moquait bien. Il avait du mal à se soucier de quoi que ce soit, désormais. « ... Mais t'as juste perdu ton temps. »

Matt hocha la tête. « Bon Dieu, ce que tu peux être entêté.

— Tu dis ça comme si c'était un défaut. »

Matt regarda sa montre. « Bon, faut que j'y aille ou je serai jamais à l'heure. » Il avisa l'autobus qui descendait la rue et se tournait déjà pour rejoindre l'arrêt au bord du trottoir. « Examine la version sud-africaine, Andy. C'est tout ce que je te demande. Tu verras que c'est un faux. »

Debout devant sa porte, Andy regarda Matt grimper dans l'autobus. Quand celui-ci descendit vers le bas de la rue, il s'assit sur le seuil, torse nu, vêtu d'un simple pantalon de pyjama, en essayant de ne pas se sentir seul. La brise matinale était assez fraîche pour lui donner la chair de poule.

Matt, ce que j'aimerais pouvoir te croire. C'est vrai.

Mais il se sentait trop vidé, tout simplement. Il resta un long moment sur le pas de sa porte, laissant les bruits de la rue entrer dans la maison, parce qu'ainsi il se sentait un peu moins seul. Finalement, il se leva et referma la porte, rejetant dehors le monde extérieur.

*
* *

Matt arriva en retard au cours, chose qui lui arrivait rarement et qu'il détestait au plus haut point. Puis il passa l'heure à sonder ses camarades, guettant une occasion de parler à ceux qui fréquentaient Solomon Weist. Il put constater que le garçon n'avait en fait aucun ami, ce qui, malgré tout quelque part, lui fit de la peine pour lui.

Ce n'est pas avant le déjeuner, quand il put parler à Nathan Griff, un de ces tarés de la cryptographie, que Matt entendit parler de Lewis Winston.

« Tu veux en savoir plus sur Solomon ? » demanda Nathan. Il était d'une maigreur qui confinait à l'émaciation, avec une grosse touffe d'épais cheveux bruns. « Va donc interroger Lewis Winston.

— Pourquoi ? » demanda Matt alors qu'ils traversaient le parking du lycée. Il venait de déjeuner avec les autres Explorateurs afin de comparer leurs résultats. Aucun n'avait trouvé quoi que ce soit jusqu'ici, et Solomon ne s'était toujours pas montré de la matinée.

« Parce que Lewis avait une sœur que Solomon voulait draguer il y a deux ans, expliqua Nathan. Il n'était pas son genre, donc ça ne risquait pas d'arriver. Solomon lui en voulut à mort et pirata l'ordinateur du bahut. Il changea toutes ses notes de fin de semestre en lui attribuant des résultats catastrophiques dans toutes les matières. Ce qui lui créa des ennuis sans fin avec ses parents. Lewis s'en prit alors à Solomon et le força à tout rétablir. Et Solomon ne les a plus jamais emmerdés par la suite.

— Comment Lewis a-t-il fait ? » Matt connaissait vaguement le personnage.

Nathan haussa les épaules. « Personne ne l'a jamais su. »

*

* *

Andy se tenait en pleine brousse avec Bob, sur le Site 43. La douleur lui serrait la poitrine comme un étau. Il s'était juré de ne plus jamais s'infliger la torture de regarder Bob encore une fois. Mais il s'était fait la même promesse le samedi, le dimanche et le lundi.

Et on était à présent mardi et il se retrouvait encore une fois avec Bob. Et si rien ne changeait, ce serait la faute de Matt. Andy avait vraiment cru qu'il pourrait réussir à passer une journée sans Bob.

Au cours du week-end, il avait examiné d'autres facettes du passé de son père. Il avait assisté en partie à ses séances en camp d'entraînement, à ses cours d'élève officier, et à certaines des missions auxquelles son père avait participé et qui n'étaient pas classées confidentiel-défense. Elles n'étaient pas si nombreuses, et la plupart de celles qui étaient connues l'étaient déjà à l'époque.

Tout ce qu'Andy avait pu voir confortait l'image de l'homme dont sa mère était tombée amoureuse. Mais il ne pouvait malgré tout surmonter la douleur qu'il éprouvait lorsqu'il s'agissait de ses propres sentiments vis-à-vis de son père. Le colonel Robert Moore avait choisi de mourir pour sa patrie plutôt que de rentrer à la maison auprès de son épouse et de son fils. Et Andy ne pouvait tout bonnement mettre cela en équation.

« Ordinateur, commanda-t-il. Lance le programme Site 43, version 2.0. »

Le terrain autour d'eux se mit à miroiter, le temps que l'ervé intègre l'autre programme.

« Qu'est-ce qu'on fait ici, mon général ? demanda Bob.

— On essaie de comprendre ce qui s'est passé.

— Ça fait partie de vos questions pour votre compte rendu de mission, mon général ?

— Affirmatif », répondit Andy, d'un ton rageur, en parcourant du regard le village et les chars des Nationalistes.

« Je ne voulais pas me montrer indiscret, mon général. »

Levant les yeux vers l'hologramme de son père, Andy eut une soudaine crise de culpabilité. Tout le week-end, il avait tanné la quasi-IA, trouvant toutes les occasions pour la harceler, exigeant de savoir pourquoi elle avait agi comme elle avait agi. Tout du long, Bob l'avait calmement appelé mon général, en conservant une attitude de soldat de métier. Andy ne pouvait plus supporter ça.

Si Matt avait raison, alors j'étais totalement à côté de la plaque en faisant ça.

« Ordinateur, lança-t-il. Ajuste la personnalité et les paramètres relationnels du sous-programme Bob. Redéfinis-les comme une relation père-fils. Exécution. »

L'image de Bob miroita.

« Salut, Andy. » Bob semblait plus animé, plus détendu.

« Salut, Bob. »

D'un signe de tête, Bob indiqua la brousse derrière eux.

« Tu veux bien m'expliquer ce qu'on fiche ici ?

— On regarde le reportage sur le déploiement de la bombe bactériologique au Site 43. Est-ce que tu t'en souviens ?

— Non. Juste de ce que j'en ai vu aux infos. » Une partie de la programmation de Bob incluait les dépêches d'agences et reportages sur la guerre, y compris la bombe. Aucun souvenir personnel n'ayant été à la disposition des garçons, il lui était impossible de se souvenir de son rôle dans l'affaire.

« Regarde », pressa Andy.

Le groupe quitta ses positions pour descendre traverser le lit du fleuve comme toutes les fois précédentes. La caisse fut ouverte et la bombe armée. Suivaient la fusillade, l'explosion, le dévoilement du visage du colonel Robert Moore. Mais dans cette version, ce n'était pas la brusque percée dans la couverture nuageuse qui éclairait la scène. C'était le phare chercheur monté sur la tourelle d'un des chars.

Un truc que Matt n'aura pas remarqué, nota Andy.

« Andy, dit Bob. C'est faux. Je n'ai pas fait ça. »

Andy le regarda. « C'est bien la preuve que tu l'as fait.

— Non, protesta Bob d'une voix rauque. Ce virus a tué cinq mille personnes, hommes, femmes et enfants. Presque tous étaient des civils innocents. Je n'aurais pas pu faire une chose pareille. »

Le groupe des forces spéciales disparut dans la brousse, laissant Andy et Bob seuls au milieu du nuage qui s'étendait, mais sans effet sur eux. « La preuve est là, répéta Andy.

— Pourquoi aurais-je fait une chose pareille ? demanda Bob.

— Parce qu'on t'en avait donné l'ordre. Tu m'as dit toi-même que c'est à cette seule condition que tu le ferais.

— Oui, je te l'ai dit. Mais je t'ai dit aussi que jamais le gouvernement américain, le gouvernement qui sert le pays que j'ai toujours aimé, ne m'ordonnerait de faire une chose pareille.

— Mais si cela avait été le cas ? insista Andy. Si l'on t'avait bel et bien ordonné de faire sauter la bombe bactériologique ?

— Jamais ils ne feraient ça.

— Et si ces ordres avaient été malgré tout transmis, d'une façon ou de l'autre, voire falsifiés, et que tu les aies reçus ?

— Même dans le cas d'opérations secrètes, répondit Bob, il y a des sources qu'on peut vérifier. Si j'avais estimé qu'il y avait quelque chose d'anormal, c'est ce que j'aurais fait. Un seul non aurait suffi pour interrompre la mission. Andy, ce que tu es en train d'évoquer est tout bonnement impossible.

— Mais si ça s'était malgré tout produit ? Si tu avais reçu cet ordre ?

— Ils n'avaient aucune raison de me donner un tel ordre. Nous étions en train de gagner la guerre.

— L'arme bactériologique en a hâté la fin, nota Andy. Elle a permis d'épargner du temps.

— Mais pas des vies, remarqua Bob.

— Elle aurait pu épargner la vie d'Américains, admit Andy. De même que celle des soldats des autres puissances occidentales engagées dans le secteur. Des vies qui ont été sauvées grâce à la fin prématurée du conflit.

— Jamais ils n'auraient fait une chose pareille, répéta Bob.

— C'était la guerre. On peut tout faire durant une guerre.

— Non. C'est pour cela qu'on a des règles. C'est pourquoi l'honneur est si important pendant la guerre.

— L'honneur ? » Andy était largué. Il y avait eu trop d'images de son père, trop de preuves de tout ce qu'il avait gâché pour sa famille en prenant sa décision égoïste. « Est-ce cela qui t'a retenu sur ce pont près de Mandelatown où tu as trouvé la mort ? L'honneur ? »

Bob le regarda. Le regard était celui de son père. « Oui, Andy, c'est cela.

— Préserver son propre honneur est pour le moins égoïste, tu ne trouves pas ? Andy sentait des larmes brûlantes ruisseler sur ses joues. Tu as pris cette décision, mais maman et moi, on n'a jamais eu notre mot à dire.

— Tu aurais voulu que je rentre à la maison ? demanda Bob, d'une voix douce.

— Oui.

— Sachant qu'ainsi j'abandonnais à une mort certaine plusieurs de mes gars ?

— Mais c'est toi qui es mort ! » s'écria Andy. L'existence des deux versions de ce qui s'était passé au Site 43, dont aucune ne correspondait aux événements du jour où son père avait perdu la vie, n'avait fait qu'accroître encore sa confusion.

« Et selon toi, quels étaient les sentiments des hommes sous mes ordres, Andy ? Penses-tu qu'ils ont été heureux de me voir mourir ? »

Andy n'avait pas de réponse.

« Si j'étais rentré à la maison, si j'avais décidé de sauver d'abord ma propre peau, quel genre d'homme aurais-je été, à ton avis ? Tu ne peux pas vivre dans l'ombre de l'honneur, Andy. C'est une ombre trop mince et trop froide. Si tu dois vivre, ce doit être dans l'honneur. C'est ainsi que j'ai toujours vécu. Et c'est ainsi que je suis mort. Que veux-tu de moi ? »

Andy se força à parler. « Je veux juste savoir que tu as pensé à moi, que quelque part j'ai eu de l'importance pour toi.

— Bien sûr que j'ai pensé à toi, Andy. » Les yeux de Bob étaient brillants de larmes. Il s'avança, entoura de ses bras son fils, le tenant serré très fort. « J'ai pensé à toi à ce moment, et chaque fois que j'ai vécu et revécu cette nuit dans cette réalité virtuelle. »

Au début, Andy résista, cherchant à rester distant de la simulation, et puis il se jeta dans les bras de Bob et le tint serré. Il avait de la peine pour lui, pour tout ce qu'il avait obligé cette quasi-IA à faire en ervé. Bob n'était pas humain, mais en ervé, il avait éprouvé les mêmes sentiments qu'une personne.

Andy se rendit compte en même temps que l'étreinte était celle de Bob, pas de son père. Il la rompit doucement et s'écarta. « Je sais ce que tu as pensé de moi, Bob, mais je ne sais toujours pas si mon père a pensé la même chose.

— Bien sûr que oui. » Bob se tenait dans l'ombre, mais même l'obscurité ne pouvait dissimuler son chagrin.

« Je l'espère, murmura Andy. Ordinateur, efface le sous-programme Bob.

— En es-tu sûr ? » demanda l'ordinateur.

Andy regarda Bob. Ni l'un ni l'autre n'avait plus besoin de revivre les simulations. C'était trop dur pour eux deux. Et il avait obtenu toutes les réponses qu'il pouvait espérer. « Oui, j'en suis sûr. »

La réalité virtuelle miroita en commençant à se dissoudre. Bob se mit à vaciller. Andy se déconnecta avant que l'hologramme ne disparaisse tout à fait, incapable d'assister à ce spectacle.

21

« Eh, Lewis, attends voir », lança Matt. Le préau de Bradford était rempli de lycéens qui s'apprêtaient à assister à leur sixième heure de cours. Deux heures encore et la journée serait terminée.

Matt se sentait sous pression. Il était certain que le domicile de Solomon avait été visité par les Sud-Africains, donc, si les fichiers qu'il cherchait s'y trouvaient, ils devaient avoir disparu à l'heure qu'il était. Connaissant Solomon, la planque suivante la plus probable était selon lui au lycée. C'était logique : Solomon utilisait beaucoup les installations informatiques de l'établissement, et il était du genre à garder à portée de main ses petits trophées pour mieux s'en rengorger.

Lewis Winston se retourna. « Eh, Matt ! » C'était un garçon de petite taille, athlétique, aux yeux noisette et aux cheveux blonds bouclés.

« J'ai une question à te poser. » Matt les attira vers un coin tranquille du préau où ils pourraient parler.

« D'ac.

— J'ai appris aujourd'hui ce que Solomon Weist avait fait à ta frangine en piratant l'ordinateur du bahut », commença Matt.

Une lueur de colère traversa le regard de Lewis.

« Qui t'en a parlé ? Ce n'était pas censé s'ébruiter, et puis, c'est de l'histoire ancienne. Tina n'a plus besoin d'en entendre parler. C'est Solomon qui a ouvert sa grande gueule ?

— Non, répondit Matt. Mais c'est important. Le gars qui me l'a révélé l'a fait en toute confiance. Il sait que je garderai le secret.

— Ce Solomon, j'aurais dû lui botter le cul, à l'époque. Tina était anéantie. Elle bosse vraiment dur pour avoir de bonnes notes. Solomon le savait. Il savait qu'elle s'imaginerait avoir raté son semestre, et c'est ce que mes parents ont cru, eux aussi. Jusqu'à ce que je découvre le pot-aux-roses.

— C'est ce que j'ai besoin de savoir », reprit Matt. Les élèves continuaient de circuler autour d'eux, entièrement absorbés par leurs préoccupations personnelles. « Comment tu l'as découvert, et comment tu as fait pour l'arrêter.

— Je l'ai pas deviné tout de suite, admit Lewis. Au début, j'ai cru moi aussi que Tina avait peut-être effectivement raté son semestre. Tu comprends, Solomon lui avait demandé de sortir avec elle et elle l'avait rembarré. Puis elle s'était mise à sortir avec un autre, elle avait vraiment le béguin pour ce mec. Ça n'a fait qu'attiser la hargne de Solomon, et il est bien possible que ça ait pas mal distrait Tina de ses études. Plus qu'il n'aurait fallu. C'est pour ça que tout le monde a cru qu'elle avait bâclé son semestre.

— Mais tu as découvert que ce n'était pas le cas », reprit Matt, conscient que la cloche allait sonner d'un instant à l'autre. Alors qu'il touchait au but.

Lewis acquiesça. « Dès que j'ai pensé que Solomon pouvait être derrière ce coup-là, je me suis mis à le filer. C'est vraiment un fourbe.

— Oh, je sais, constata Matt.

— J'ai horreur de ce genre de mec, reprit Lewis.

Bref, je savais qu'aller le tabasser ne résoudrait sans doute pas le problème. Depuis le temps, il avait appris à prendre des raclées et à continuer à n'en faire qu'à sa tête. Je crois bien qu'il aimerait mieux mourir que céder à qui que ce soit.

— La cloche va sonner d'une minute à l'autre...

— Ouais. Bref, je savais que j'avais besoin d'un levier contre lui si je voulais l'amener à reculer. C'est pour ça que je le filais, et un jour, je l'ai suivi jusque dans la chaufferie du lycée. Il ne savait pas que j'étais là. Mais il avait avec lui une plaque-mémoire et il ne l'avait plus en remontant. »

Matt hocha la tête, sentant son pouls s'accélérer.

« Alors, je suis entré à mon tour, j'ai fouiné un peu aux alentours, et j'ai découvert sa planque.

— Où ça ?

— Il y a une buse d'aération en haut du mur nord. Il est manifeste qu'ils ont modifié le système de ventilation à un moment donné parce que celle-ci est obturée au bout de trente centimètres. Il y a toujours une grille à l'entrée, ce qui en fait une planque idéale. C'est là que j'ai trouvé la plaque-mémoire. J'en ai parcouru les fichiers. J'y ai retrouvé les vraies notes de Tina et je les ai recopiées. Puis j'ai remis la plaque-mémoire à sa place et raconté à Solomon que j'avais piraté l'ordinateur de sauvegarde hors site du lycée — ce qui, entre nous, doit être impossible, même si on pouvait le trouver — et que j'avais récupéré les vraies notes de ma frangine. Et je l'ai menacé de tout remettre en l'état, sinon je prévenais la "strasse" et il se ferait griller à mort.

— Pourquoi ce n'est pas ce que t'as fait, de toute manière ? »

Lewis haussa les épaules. « Tu sais le genre de sale con que ça peut être. T'as entendu ce qu'il a fait à Andy Moore, au sujet de son père ? »

Matt acquiesça, se remémorant encore la tête d'Andy ce matin-là.

« Il valait mieux le laisser mariner, en sachant qu'à tout moment je pouvais l'obliger à faire un faux pas. Ça faisait du bien de voir ce con ramper, expliqua Lewis. À présent, il nous fout une paix royale, Tina et moi. Si je l'avais balancé à l'administration, il aurait cherché à se venger. Il est comme ça, on le refera pas. De cette manière, je garde sur lui l'avantage et il a intérêt à me laisser tranquille.

— Merci, Lewis. » Matt se tourna pour repartir, l'esprit déjà en ébullition.

« Eh, protesta Lewis, tu m'as toujours pas dit pourquoi t'avais besoin de savoir ça.

— J't'expliquerai plus tard. Promis. Faut que j'y aille. » Il traversa rapidement le préau, à la limite d'un sprint qui eût risqué d'attirer l'ire des surveillants. Il intercepta David Gray juste avant qu'il n'entre en classe pour sa sixième heure de cours. « J'aurais besoin de ton portable... Je te le rends après la classe. »

Même si David effectuait l'essentiel de son travail sur le Net à partir d'un siège à interface informatique, il programmait également pas mal en pianotant lors des trajets en autobus pour se rendre au lycée ou lors des déplacements pour les compétitions de natation auxquelles il participait. Lors de la saison sportive, il veillait également à se maintenir à niveau côté programmation. Le portable était certes une interface peu commode pour qui était habitué à surfer sur la Toile, mais Matt savait qu'il lui suffirait pour l'usage qu'il comptait en faire.

« T'as trouvé quelque chose ? » s'enquit Matt en lui passant sa machine.

« Si c'était le cas, tu serais le premier à le savoir. » Sur quoi, il lui dit au revoir et fila descendre vers la chaufferie alors que retentissait la dernière sonnerie d'entrée en cours.

*
* *

La foule de l'après-midi dans le cyberbar était clairsemée, confinée aux joueurs invétérés qui grouillaient sur le Net. Solomon alla s'installer au fond et paya en liquide, avec l'argent qu'il avait récupéré en fourguant à des potes des programmes de piratage de son cru.

Ses programmes valaient largement leur prix, mais il en vendait rarement parce qu'il arrivait que la Net Force remonte jusqu'au concepteur au lieu de s'arrêter simplement à l'utilisateur du logiciel incriminé. La dernière chose qu'il voulait, c'était perdre ses privilèges d'accès au Net. La réalité virtuelle et la Toile lui offraient la seule vie qu'il ait jamais désirée.

Il posa la nuque sur l'appui-tête et sentit le grésillement de la connexion quand ses implants s'activèrent. Comme environnement virtuel, il utilisait les modèles génériques fournis par les cyberbars. Depuis la nuit de vendredi, les Sud-Africains devaient savoir qu'il traînait dans la capitale fédérale, en évitant d'utiliser son ervé personnelle.

Une fois en ervé, il pressa l'icône du téléphone et composa mentalement le numéro du gouvernement sud-africain utilisé les fois précédentes. La standardiste au bout du fil eut à peine le temps de lui dire bonjour que l'homme qu'il avait eu la fois d'avant prenait déjà la communication.

« Vous n'appelez pas sur la ligne que j'avais demandée, observa l'homme.

— J'ai perdu le numéro », mentit Solomon. *Comment peux-tu discutailler d'irresponsabilité avec quelqu'un qui a dérobé des secrets d'État ?* « Alors, j'ai appelé sur celui-ci.

— Où sont les fichiers ? »

Solomon inspira un grand coup. « Une fois que nous en aurons terminé avec ceci, c'est une affaire réglée. D'accord ? Vous me laisserez tranquille ?

— Certains ici ont estimé qu'il conviendrait d'exercer des représailles sur vous ou votre famille...

— Ce serait une grave erreur, répondit Solomon. Je n'ai aucune famille à laquelle je tienne, et en procédant ainsi, vous risqueriez surtout d'attirer l'attention sur vous et moi. Et n'oubliez pas que j'ai déjà pénétré vos systèmes. Vos gars ne sont pas du niveau de la Net Force. La dernière fois, j'y ai simplement pris un truc dont j'avais besoin. Imaginez que j'y retourne pour y foutre le bazar ? Même si vous arrivez à m'éjecter, je peux avoir laissé derrière moi tout un tas de vilaines surprises que vous ne retrouverez jamais, des surprises qui sèmeront le chaos dans vos systèmes informatiques pendant des semaines. Et si jamais vous m'embêtez, c'est exactement ce qui arrivera.

— Je n'aime pas les menaces. »

Rassemblant tout son courage, reconnaissant à la ervé de lui permettre de gagner en assurance, Solomon rétorqua : « Ne voyez pas là une menace. Plutôt une promesse.

— Alors, laissez-moi vous en faire une à mon tour, répondit l'homme d'une voix glaciale. Si jamais ces fichiers devaient réapparaître, on vous retrouvera. »

Solomon comprit que l'autre n'avait plus rien à dire. « Alors, c'est une affaire entendue.

— Oui.

— La plaque-mémoire contenant les fichiers se trouve au lycée. Dans la chaufferie. » Solomon lui indiqua où.

« Bien, répondit l'autre. J'y envoie quelqu'un illico. S'il ne la trouve pas, je vais vous faire une autre promesse : mon agent a planqué une bombe à Bradford. Il l'activera et elle fera sauter le lycée avec tous vos petits camarades... Ce sera notre façon de vous prévenir, mon ami, que vous êtes le suivant sur la liste. À présent, je vous repose la question une dernière fois : êtes-vous bien sûr de l'emplacement où se trouve la plaque-mémoire ? »

Déstabilisé, Solomon ne put que répondre par l'affirmative.

Tous les plans qu'il avait mis en œuvre au cours des derniers jours — l'argent récupéré de la vente des programmes, les accords négociés afin de s'éloigner pour un temps du district fédéral — tout cela était réduit à néant. Si le lycée de Bradford devait sauter, il aurait la police à ses trousses. Et les Sud-Africains aussi. Il se retrouverait seul à fuir pour sauver sa peau... terminé l'avenir radieux qu'il avait toujours imaginé lui sourire. C'était pas juste.

« Comment ? pressa l'homme. J'ai peur que la communication ne soit pas très bonne.

— J'ai dit oui. Elle est là-bas.

— N'essayez pas de prévenir le lycée. Si vous le faites, la bombe sera mise à feu. Si nous voyons le moindre signe d'une sortie prématurée des élèves, toute la boîte saute.

— Et si jamais un exercice d'incendie tombait aujourd'hui ? protesta Solomon. On en fait de temps en temps. Je ne peux pas maîtriser ça.

— Alors, plaignez-les, conseilla l'homme. Mais tout sera bientôt fini. Mon agent est déjà en route. » Il raccrocha.

Solomon coupa la connexion, absolument paniqué. Il voulait prévenir le lycée mais il n'osait pas. S'il le faisait, il signait de toute façon l'arrêt de mort de tout le monde. Et tant que la plaque-mémoire restait à l'endroit où l'agent sud-africain était censé la trouver, peu importait en fin de compte.

La plaque-mémoire était bien là-bas. Il se concentra là-dessus, puis quitta le cyberbar au cas où ils auraient remonté la trace de son appel.

*
* *

Debout sur un escabeau pliant, Matt examinait l'intérieur de la buse d'aération. Il avait dans la bouche une mini-lampe torche. Il avait bien trouvé la buse indiquée par Lewis mais elle était vide. Le faisceau de la torche ne révélait rien. Il y introduisit le bras à tâtons pour s'en assurer. Il chercha même la présence éventuelle d'un double fond.

Rien, en dehors d'une épaisse couche de poussière. Il s'épousseta le bras. Au moins la poussière indiquait-elle que personne n'était passé avant lui. Il redescendit de l'escabeau, éteignit la lampe. Son regard embrassa la chaufferie.

La chaudière était énorme, avec une contenance d'au moins quatre mille litres d'eau chaude. Même de l'autre bout de la salle, Matt percevait la chaleur qui en émanait. Il percevait le chuintement sonore du brûleur à gaz.

Matt essaya de rester calme, mais c'était frustrant. N'empêche, raisonna-t-il, si la chaufferie était une planque de prédilection pour Solomon, peut-être avait-il simplement choisi une autre cachette.

Matt s'approcha de la chaudière et s'allongea en appui sur les mains comme pour faire des pompes. Les plaques-mémoire pouvaient supporter les grands écarts de température et personne n'irait s'aventurer à glisser délibérément le bras entre les pieds de l'appareil avec une telle chaleur. Mais il n'y avait rien en dessous, hormis des moutons.

Procédant avec méthode, Matt inspecta d'abord le niveau du sol, regardant sous les vestiaires métalliques, les casiers et les piles de chaises pliantes rangées dans un coin. Il regarda dans le placard aux produits de nettoyage, fouilla même dans les cartons de lessive ouverts. Le plafond était une dalle de béton lisse, donc pas de cachette de ce côté. Il reprit l'escabeau pliant pour examiner les tubes d'éclairage. Tous ces efforts s'avérèrent vains.

De plus en plus frustré, il rangea l'escabeau en essayant désespérément d'imaginer une autre cachette. Et puis, presque perdu derrière la masse de la chaudière, il avisa le tuyau d'alimentation en gaz, un tube de dix centimètres de diamètre qui s'enfonçait dans le mur. Juste à côté se trouvait un interrupteur de va-et-vient pour l'éclairage de la salle.

C'est cet interrupteur qui attira son regard. Le panneau d'habillage était en inox, mais des dizaines d'éraflures en rayaient la surface. Il se retourna pour regarder celui installé près de la porte d'entrée de la chaufferie. Son cache était comme neuf, alors que c'était sans doute cet interrupteur le plus utilisé.

Une idée se forma dans son esprit. Il retourna dans le placard à nettoyage pour chercher un tournevis cruciforme dans la caisse à outils qu'il y avait repérée. Puis, se glissant derrière le corps de la chaudière, il dévissa prestement le cache en inox et glissa celui-ci, avec le tournevis, dans sa poche revolver.

« Ouais... ! » souffla-t-il lorsqu'il eut braqué le faisceau de sa lampe dans le cavité du boîtier et repéré le carré de la plaque-mémoire glissé derrière les fils électriques blanc et noir.

Il la délogea du bout d'un doigt et la sortit de son étui protecteur. Puis il retourna vers la porte et prit le portable de David. Il l'alluma, introduisit la plaque-mémoire dans le lecteur, cliqua sur son icône pour en afficher le contenu. Les fichiers étaient énormes.

Il entendit alors un discret bruit de pas sur les marches recouvertes de lino de l'escalier d'accès à la chaufferie.

Matt regarda sa montre et vit qu'allait bientôt sonner la septième heure de cours. Ses recherches infructueuses lui avaient pris près d'une heure. Les gardiens allaient entamer leur ronde de fin d'après-midi. Il leva les yeux, en se demandant ce qu'il allait bien pouvoir trouver pour justifier sa présence ici.

Mais au lieu d'un des gardiens, c'est le technicien d'entretien que Mark et lui avaient remarqué sur les images de vidéosurveillance qui le regardait. Un éclair de reconnaissance brilla dans ses yeux noirs. Il sortit la main de sa poche de bleu de travail avec un 9 mm qu'il pointa droit sur la poitrine de Matt.

*

* *

Andy se laissa tomber dans un siège juste derrière David après avoir donné au professeur son billet de rentrée. Il se sentait mieux au bahut. L'ambiance à la maison, ce n'était pas ça.

« Ravi de constater que tu t'es décidé à nous revoir, murmura sèchement David.

— Mieux vaut tard que jamais. Est-ce que Solomon est venu, aujourd'hui ? » Après avoir découvert la version sud-africaine du Site 43, Andy avait décidé que quelles qu'en soient les conséquences — même son exclusion du lycée — il forcerait Solomon à lui cracher la vérité.

David secoua la tête. « Toujours porté manquant. Ça ne lui ressemble guère. »

La cloche sonna et les lycéens bondirent de leur chaise.

« Et Matt ?

— Je l'ai vu juste avant le cours : il est venu m'emprunter mon portable.

— Quelle idée ? » Andy suivit David dans la cohue des élèves qui entraient et sortaient du préau. « Il n'a pas dit. Juste qu'il me le rendrait s'il avait trouvé quelque chose.

— Tu sais quelle matière il a, à cette heure-ci ? » Andy savait que David était toujours plus au fait que lui de ce genre de détail. Matt et lui étudiaient parfois ensemble.

« Psycho. La salle au bout du couloir. Lewis Winston y est inscrit aussi. J'ai vu Matt discuter avec lui dans le préau juste avant qu'il ne vienne m'emprunter mon ordinateur. Si tu trouves Lewis, Matt ne devrait pas être loin. »

Andy remercia David et fila, sinuant avec aisance dans la cohue. Quand il arriva devant la salle de cours de psycho, Matt n'était pas là, ce qui ne lui ressemblait pas. Andy se retourna et vit Lewis dans le couloir. « Eh, Lewis, j'aimerais te parler une minute...

— Quoi ? » Lewis accompagnait une jolie rouquine. « Tu vois pas que j'suis occupé ? »

Voilà une façon élégante de me dire d'aller me faire foutre.

Andy lui emboîta néanmoins le pas. « J'en ai que pour une minute. Je cherche Matt.

— Hunter ? intervint la rousse qui s'appelait Nan. Il n'était pas là au cours précédent. Peut-être qu'il est rentré chez lui. »

Un picotement d'inquiétude parcourut Andy. Il hocha la tête. *Pas après avoir emprunté à David son portable.*

Il vrilla son regard dans celui de Lewis. « Faut qu'on se parle.

— J'suis occupé.

— Lewis, plaida Andy. C'est sérieux. J'ai besoin de savoir de quoi tu as parlé avec Matt. C'est super-important. » Et il lui barra le passage.

Lewis n'était manifestement pas heureux.

« Parle-lui, dit la jolie rousse. Je te revois après le cours. »

Lewis la regarda s'éloigner. « Bon sang, Andy...

— Je vous paierai des tickets d'holo ce week-end pour te dédommager de ces deux ou trois minutes de perdues, promit Andy. À présent, raconte-moi. »

*
* *

« Tu as la plaque-mémoire ? » demanda le veilleur de nuit dès que la cloche eut fini de résonner.

Elle avait retenti de manière si inattendue que Matt avait failli sursauter. « Je ne sais pas de quoi vous voulez parler.

— Oh que si. Tu ne sais pas très bien mentir. » L'homme agita négligemment son pistolet. « Pose par terre ce portable. Et tourne-toi face au mur. Les mains collées dessus. Je n'hésiterai pas à tirer s'il le faut. »

Matt n'avait pas le choix et il obéit. « Vous êtes sud-africain, n'est-ce pas ?

— Oui. Et puisque tu le sais, tu dois savoir que j'ai cent raisons d'avoir envie de te tuer. » L'homme était un professionnel. Il se maintenait à distance prudente de Matt, et gardait son arme braquée sur sa cible.

D'un coup d'œil par-dessus son épaule, Matt vit l'homme examiner la liste des fichiers affichée à l'écran, puis retirer la plaque-mémoire de la machine.

Il la glissa dans un étui protecteur, et mit le tout dans sa poche. Du bout du pied, il écarta le portable. « Si tu fais mine de t'écarter du mur, je te descends, puis je détruis la plaque-mémoire. Je suis prêt à courir le risque avec les vigiles du lycée. Compris ? »

Matt acquiesça.

« Bien. » L'agent sud-africain se dirigea alors vers la chaudière. Il sortit un objet d'une poche intérieure de son bleu et tâtonna derrière l'appareil. « Viens par ici, gamin. Doucement... »

Matt se retourna, les mains toujours levées. Il cherchait une ouverture mais il n'y en avait aucune. Le Sud-Africain redoublait de prudence.

« Regarde derrière la chaudière. Je veux que tu saches au juste quels sont les enjeux du petit jeu que je m'en vais te proposer. »

Matt lorgna derrière la chaudière et avisa aussitôt la forme rectangulaire près du tuyau d'alimentation principal en gaz. Le sommet du boîtier semblait très complexe et il était doté d'une prise de communication informatique. L'écran à cristaux liquides jusqu'ici inerte s'activa soudain, affichant en noir sur gris les chiffres « 15 :00 » qui passèrent aussitôt à « 14 :59 ». Le compte à rebours se poursuivit.

« C'est un explosif, crut bon d'expliquer l'agent sud-africain. Deux charges distinctes. Une première, faible, qui rompt le tuyau. Puis, une fois que la pièce est remplie de gaz, une seconde, plus forte, qui le met à feu. Son visage était demeuré impassible. D'après ce que je me suis laissé dire, ça devrait raser tout le bâtiment.

— Vous ne pouvez pas faire ça », protesta Matt, empli d'horreur en saisissant l'ampleur des dégâts que pouvait occasionner la bombe.

« C'est déjà fait. Si je ne suis pas hors d'ici avant l'expiration du délai, la bombe sautera. S'il m'arrive quoi que ce soit avant que le compte à rebours ait expiré, l'équipe postée dehors déclenchera elle-même l'explosion. De mon côté, je porte sur moi un interrupteur de sécurité à télécommande, ce qui me permet à tout moment de la déclencher moi aussi, si jamais je ne suis pas satisfait de la tournure que prennent les événements. Si quelqu'un me blesse ou me tue, ou même si d'aventure je lâche l'interrupteur, la bombe sautera. Et elle sautera à la figure de quiconque tentera de décoller la charge du tuyau de gaz. Il marqua un temps. L'essentiel, c'est de faire sortir la plaque-mémoire de ce bâtiment et la ramener dans mon pays, ou bien la détruire. Cela ne vaut pas la mort de tes copains. Je peux désamorcer la bombe si tu joues le jeu.

— Que voulez-vous de moi ? demanda Matt.

— Toi, mon jeune ami, tu vas m'aider à sortir de ce bâtiment. Sans qu'on nous arrête. C'est compris ? »

Matt acquiesça, vaincu.

« Bien. On m'avait bien dit que t'étais intelligent. À présent, allons-y. On perd le peu de temps qu'il reste à tes camarades de classe. » Avec son pistolet, l'homme indiqua la porte.

N'ayant ni le choix, ni le temps de discuter, Matt obéit. Alors qu'il commençait à gravir les marches, il sentit la présence du couvercle d'interrupteur dans sa poche revolver. Il le récupéra à l'insu de son ravisseur en se retournant pour regarder celui-ci.

« Avance sans t'arrêter », ordonna l'autre.

Matt gravit les marches recouvertes d'un épais lino, le plus lentement possible. Près du sommet, l'attention de l'homme se porta vers les quelques étudiants restés dans le préau durant l'interclasse.

« Si tu fais mine de détaler, prévint l'homme, je te descends, toi comme tous ceux qui tenteront de me barrer la route. Ce sera de ta faute.

— Je ne détalerai pas », promit Matt. Il attendit que l'homme se soit porté à sa hauteur.

Le Sud-Africain lui enfonça dans le flanc le canon court de son arme, la tenant planquée derrière son bras. « Même si tu réussissais à me piquer mon flingue, il me reste la bombe. » Il montra son autre poing serré. « À présent, allons-y. »

Au moment où ils repartaient, Matt fit tomber le petit couvercle de l'interrupteur sur le lino qui amortit le bruit. L'indice était bien maigre, mais c'était tout ce qu'il pouvait faire.

*

* *

Andy parcourait les couloirs au petit trot, esquivant les élèves, avant d'obliquer pour rejoindre l'escalier d'accès à la chaufferie. Au moment où il entamait la descente vers le sous-sol, son pied se déroba sous lui. Il tomba en se cognant contre l'arête des marches.

Il entendit plus bas un cliquetis métallique.

En grognant, il se redressa tant bien que mal et reprit sa descente. Un éclat argenté capta son regard au pied de la porte métallique. Il se pencha, récupéra le rectangle de métal et découvrit que c'était un couvercle d'interrupteur électrique.

Merde, comment ce truc est arrivé ici ?

Il le prit en se disant qu'il pourrait toujours s'en débarrasser, une fois à l'intérieur de la chaufferie. Il ouvrit la porte, ravi de constater qu'elle n'était pas verrouillée. Pour que Matt ait disparu durant une heure, il fallait qu'il ait découvert quelque chose.

« Matt ? » Andy parcourut du regard la pièce vide. « Matt ? » Pensant que son ami était déjà reparti, il s'apprêtait à faire demi-tour et remonter les marches quand il remarqua l'ordinateur portable de David abandonné par terre dans un coin.

Jamais Matt ne l'aurait laissé dans un endroit pareil.

Andy s'approcha de la machine et la ramassa. Il sentit le boîtier vibrer dans ses mains quand le disque dur se réveilla pour passer en sauvegarde automatique. Il ouvrit le couvercle et découvrit des messages incompréhensibles affichés à l'écran.

Et jamais il ne l'aurait laissé allumé, de toute façon. Il sait à quel point David est pointilleux avec son matos.

Intrigué, mais certain qu'il y avait quelque chose d'anormal, Andy parcourut du regard la chaufferie. Si Matt n'était pas reparti de son plein gré, alors c'est que quelqu'un l'y avait forcé.

Andy leva les yeux vers la buse d'aération dont Lewis lui avait parlé. La grille de fermeture révélait des traînées aux endroits où on avait enlevé la poussière accumulée.

Matt aurait eu le temps de visiter la cachette et de remettre la grille en place, mais pas de ramener avec lui le portable de David ?

Ça ne tenait pas debout.

Andy contempla de nouveau le couvercle d'interrupteur toujours au creux de sa main. Puis il se tourna vers la porte de la chaufferie et vit l'interrupteur près de l'encadrement. Le couvercle était dessus. *Donc, celui-ci doit venir d'ailleurs.*

Son regard balaya lentement la salle, puis il longea les murs pour les examiner de plus près.

Peu après, il avisait l'interrupteur encastré dépourvu de son cache.

Si c'est bien de là qu'il vient, pourquoi Matt a-t-il détalé si vite ?

Andy s'approcha pour mieux regarder. Un clignotement à la lisière de son champ visuel détourna son regard vers le boîtier rectangulaire posé près du tuyau de gaz.

9 :12.

Oh, mon Dieu, Matt. Est-ce que tu es remonté chercher du secours ?

Andy élimina aussitôt cette idée. Matt avait un téléphone mobile. Il aurait appelé Winters. L'endroit grouillerait déjà d'agents de la Net Force. Andy porta la main à sa poche revolver pour en sortir le portaphone qu'il avait remplacé dès samedi après la destruction du précédent, la veille. Il composa le numéro de Winters et demanda le capitaine dès qu'il eut la secrétaire au bout du fil.

« Je regrette, lui répondit-elle d'un ton officiel, mais le capitaine Winters est en réunion. »

Andy fit courir ses doigts à la surface de la bombe, tremblant intérieurement. « Alors, filez l'en sortir en vitesse ! Je suis Andy Moore, un des Explorateurs de la Net Force. Dites-lui que j'ai en ce moment sous les yeux une bombe fixée au tuyau de gaz de la chaufferie du lycée de Bradford et qu'elle est réglée pour sauter dans moins de neuf minutes. J'ai besoin d'aide ! »

22

Le temps que la deuxième sonnerie retentisse, les couloirs s'étaient vidés. Plaqué contre l'agent sud-africain, Matt sentait le canon du pistolet enfoncé entre ses côtes.

« Si quelqu'un me voit traîner dans les couloirs à cette heure-ci », observa Matt alors qu'ils longeaient la vitrine aux trophées pour rallier la sortie ouest du bâtiment, « on va me poser des questions.

— Tu ne te sens pas bien, répondit le Sud-Africain. Je t'aide à regagner la sortie. » La pression du pistolet s'accentua contre son flanc. « Et t'as intérêt à jouer les malades. »

Matt parcourut du regard le préau désert en espérant que personne ne vienne les arrêter. « Qu'y a-t-il sur la plaque-mémoire ?

— C'est pas tes oignons.

— C'est en rapport avec le Site 43, hein ? demanda Matt. Quelqu'un a piraté les archives gouvernementales et découvert ce qui s'est réellement passé là-bas.

— La ferme ! » L'autre lui montra la télécommande au creux de sa main.

« Ou sinon ? demanda Matt. Vous nous feriez tous sauter juste parce que je pose des questions ?

— Silence ! »

Matt secoua la tête. « Non. Vous tenez à sortir d'ici vivant. Sinon, vous nous auriez déjà fait sauter au sous-sol. » Il continuait de harceler le bonhomme, sachant que l'autre devait avoir la trouille, lui aussi.

L'homme plissa rapidement les yeux, la transpiration recouvrait son visage.

« Mais pendant qu'on pillait vos archives en Afrique du Sud, vos équipes de sécurité Internet retrouvaient la piste des hackers au lycée de Bradford », poursuivit Matt, réfléchissant tout haut. Le piratage avait dû se produire depuis le lycée. Sinon, ils se seraient orientés vers le domicile de Solomon...

« Mais qui a bien pu faire le coup ici ? Bon sang, ça a dû être un cauchemar pour votre chef de la sécurité. Comment retrouver le coupable au milieu de cette masse de lycéens ? »

L'homme ne dit rien.

« Alors, ils ont commencé avec les hackers, la semaine dernière, poursuivit Matt. Mais ils ont pris garde d'utiliser leurs hommes, de peur de déclencher de nouveau l'alarme. Ils ont préféré engager McDouglas et Tomlinson pour faire la sale besogne.

— Tu sais même pas de quoi tu parles », insista l'homme en le forçant à presser le pas.

« Seulement, McDouglas et Tomlinson ne se sont pas montrés assez efficaces. Même après avoir tenté de m'enlever. Alors, l'équipe de récupération sud-africaine a fait la razzia sur l'ervé des hackers, histoire de mettre la pression sur celui qui détenait les fichiers. Vous avez introduit vos agents au lycée. C'est comme ça que vous avez appris l'imminence de la rencontre entre Solomon et Donner. Ou bien était-ce à cause de l'intérêt soudain du journaliste pour la guerre d'Afrique du Sud ? Aviez-vous placé une surveillance sur les médias nationaux et locaux ? Ou bien juste sur le Net où étaient stockées ces archives ? À moins que Donner ait lui-même entrepris ses propres recherches dans les archives officielles, là-bas en Afrique du Sud ? »

L'homme ne répondit pas.

« Vous devez bien savoir quelque chose, poursuivit Matt, sachant que son hypothèse se tenait. C'est pour ça que McDouglas et Tomlinson se sont retrouvés au restaurant, et qu'ils avaient placé un mouchard sous la table de Donner. »

À l'improviste, le Sud-Africain plaqua violemment Matt contre le mur. Personne n'était visible dans le préau.

« Tu vas la fermer », menaça l'homme. Il brandit la télécommande dans sa main. « Tu as déjà coûté trop de temps à tes petits copains. » Il pressa un des boutons sur le boîtier. Matt vit avec horreur l'afficheur numérique sauter brusquement de 8 :13 à 4 :06.

*
* *

« Winters...

— Mon capitaine, c'est Andy Moore. » Andy se rapprocha de la bombe posée sur le tuyau. Il décrivit en deux mots la situation et la bombe, puis y ajouta ses réflexions concernant Matt.

« Je suis d'accord, dit Winters dès qu'Andy eut fini. Jamais Matt ne serait reparti sans m'appeler. On va le retrouver. »

Andy se souvint de la remarque de Matt au sujet des veilleurs de nuit qui se comportaient comme des agents de la Net Force. « Vous avez des hommes ici, sur le campus ?

— Oui, et ils sont déjà prévenus. Combien de temps reste-t-il sur le détonateur ?

— Huit minutes, trente-deux secondes. » Andy

entendit Winters grommeler des ordres sur une autre ligne.

« Je viens d'envoyer une équipe de déminage, lui indiqua le capitaine. Cela fait plusieurs jours que j'avais déployé autour du campus un dispositif de sécurité. Ce que je veux que tu fasses, c'est que tu remontes tout de suite de la chaufferie.

— Sauf votre respect, mon capitaine, je ne serais guère plus en sécurité là-haut. Et en bas, au moins, je peux m'assurer que personne ne viendra trafiquer ce bidule. »

Winters ne se sentait manifestement pas d'humeur à discuter. « Mon équipe sera sur place dans quelques minutes.

— Et si on évacuait le lycée ? demanda Andy. On pourrait faire sortir tout le monde.

— Je suis en train à l'instant d'appeler l'administration de l'établissement sur une ligne protégée, indiqua Winters. Un de mes agents va passer un appareil crypté au principal. On va s'en occuper. »

L'écran à cristaux liquides se bloqua soudain, s'effaça, réapparut, affichant à présent « 4 :06 ». Andy en avertit Winters en essayant de garder son calme.

L'officier répondit d'une voix résignée : « File d'ici en vitesse, Andy. On n'a plus le temps de faire descendre une équipe de déminage.

— Mon capitaine, jamais vous ne pourrez faire évacuer le bâtiment en quatre minutes. Et en éloignant suffisamment tout le monde pour qu'il n'y ait pas de blessés.

— Andy, après ce qui vient d'arriver, on ne peut même pas faire évacuer le bâtiment tant qu'on n'a pas l'assurance que ceux qui ont enlevé Matt ont quitté les lieux. Si on déclenchait l'alarme d'incendie, ils pourraient très bien faire sauter le lycée de toute façon. Alors, tu files. »

Ce n'est pas l'envie qui lui manquait. La dernière

chose dont voulait Andy, c'était de se trouver dans la chaufferie quand la bombe sauterait. En tout cas, c'est ce qu'il se disait. Mais il savait en même temps qu'il ne pouvait pas partir. « Je ne peux pas, répondit-il.

— Fiche le camp en vitesse, fiston.

— Je ne peux pas », répéta Andy. 3 :57. « Si vous n'avez plus le temps de faire venir les démineurs, indiquez-moi la procédure. Je vais voir si je parviens à la désamorcer moi-même.

— Non, je ne peux pas courir ce genre de risque.

— Mon capitaine, observa sobrement Andy, ce risque est la dernière chance qui reste aux occupants de ce bâtiment. »

*
* *

L'agent sud-africain empoigna Matt par le col et l'arracha du mur.

Matt avait envie de vomir. Il ne pouvait plus voir le chrono. *Combien de temps reste-t-il ?* Il essaya de calculer en comptant mentalement, mais impossible en même temps de surveiller son ravisseur.

Il prêta l'oreille au silence régnant dans le préau, au chuintement de ses pieds sur le lino, aux battements de son cœur.

« Plus d'idées tordues, avisa le Sud-Africain. Tu as déjà coûté à tes petits copains quatre minutes de leur existence. »

Quatre minutes de leur existence ?

Matt réfléchit au choix de ces mots et se rendit compte alors que l'homme avait bien l'intention de faire sauter la bombe, quoi qu'il advienne. Essayant de dominer sa panique, il perdit le compte du temps restant.

Il avança, sentant la pression du pistolet contre

son flanc, essayant d'imaginer une solution. Ils n'étaient plus qu'à une vingtaine de mètres de la porte.

Des pas résonnèrent dans le préau sur le droite.

Matt tourna les yeux dans cette direction et vit un gardien s'approcher d'eux. Il l'identifia aussitôt comme un des deux hommes que Mark et lui avaient pensé être des agents de la Net Force.

« Eh, vieux, lança le gardien à son supposé collègue. Est-ce que tu connais quelque chose à ces aspirateurs ? » D'un signe de pouce, il indiqua la direction d'où il venait. « J'en ai un en labo de chimie qui refuse de se mettre en route. Tu veux me filer un coup de main ? »

Le Sud-Africain ne dit pas un mot. Il poussa Matt devant lui et leva son pistolet pour faire feu.

*
* *

« Puis-je simplement l'arracher du mur et l'éloigner du tuyau de gaz ? » demanda Andy. Il ne voyait aucun fil reliant l'explosif au tuyau.

« Non, répondit Winters. Cette bombe est sans doute équipée d'un contact à plaque. Une fois activée, on ne peut plus la déplacer. »

Andy regarda continuer de s'égrener les chiffres du compte à rebours. Le temps était impitoyable. « On dirait qu'il y a une connexion série sur le devant.

— C'est bien ça, mais un téléphone mobile n'est pas équipé du connecteur adéquat. »

Se souvenant alors du portable de David, Andy retourna prestement vers la machine restée par terre. « Attendez une seconde. J'ai un ordinateur portatif sous la main.

— Andy, il faut que tu sortes d'ici. Tu n'as plus le temps.

— Vous êtes en train de gâcher le peu qui nous reste. » Andy aurait voulu hurler. Il releva prestement le couvercle du portable, tâtonna dans le logement en dessous. Un adaptateur pour connecteur d'implant s'y trouvait. Il le sortit et brancha une extrémité dans la prise série, puis dévida le câble pour brancher l'autre fiche aux implants de sa nuque.

« Un ordinateur portable ne suffira pas », protesta Winters.

3 :17.

« J'ai mon inter. Je peux entrer en ervé avec l'ordi. Vous pourrez me guider via l'entrée audio du téléphone. David a prévu une ligne pour ça dans la configuration de son ervé personnelle, donc nous devrions pouvoir rester en communication audio.

— Andy.

— Capitaine Winters, nous n'avons plus des masses de temps.

— Fiston, si tu ne peux pas désamorcer cette bombe, il sera trop tard pour filer.

— Très bien », répondit Andy, jouant la nonchalance mais respirant par saccades. « Alors c'est tout ou rien.

— Veux-tu me dire ce que je suis censé raconter à ta mère ? »

Andy n'hésita qu'un bref instant. Son père n'était pas revenu de la guerre et sa mère ne s'en était quasiment pas remise. Qui pouvait dire comment elle réagirait s'il connaissait un sort analogue ? Parce qu'il aurait choisi de ne pas s'en aller ? Son père avait été un combattant qui servait son pays, et il lui avait fait prendre confiance des sacrifices auxquels il était prêt avant même qu'ils se marient. De quel droit Andy pouvait-il se permettre les mêmes choix avant même qu'elle sache qu'il était prêt à les assumer ?

Qui avait le droit de vie ou de mort ?

Il était en train de prendre une décision qui allait l'affecter avant même qu'elle sache qu'il ait eu à la prendre. C'était encore plus injuste à son égard que n'avait pu l'être la mort de son père. Il tremblait, éperdu, pris entre peur et confusion.

Tu ne peux pas vivre dans l'ombre de l'honneur, Andy.

Les paroles de Bob — les propres paroles de son père, selon toute probabilité — lui revinrent alors en mémoire. Il chassa sa peur du mieux qu'il put, et, via le câble de liaison à l'ordinateur, connecta le portaphone à la bombe.

2 :43.

« Dites-lui que je l'aime, répondit-il d'une voix rauque qui se brisa. Et dites-lui surtout que je suis fier de mon père. Que peut-être au bout de toutes ces années je comprends et que j'espère être devenu quelqu'un dont il aurait pu se montrer fier. »

Puis il pressa la touche d'accès au Net sur le clavier de l'ordinateur. Il sentit une brûlure à la nuque quand le connecteur de son implant le propulsa dans le cyberespace.

*
* *

Dès que le Sud-Africain brandit son pistolet, Matt s'empara de l'autre main qui tenait le dispositif de commande à distance, serrant les doigts autour du poing, l'agrippant de toutes ses forces. Il savait qu'ainsi il s'exposait à l'arme de son adversaire mais il n'avait pas le choix.

« Il a une arme ! » hurla-t-il comme on le lui avait

appris lors de sa formation d'Explorateur de la Net Force.

La détonation résonna dans le préau. Le projectile s'enfonça dans le mur. L'initiative de Matt avait fait dévier le tir de l'autre.

Matt s'accrochait à sa main de toutes ses forces.

L'agent de la Net Force dégaina un pistolet avec silencieux et prit aussitôt une posture de tireur, arme tenue à deux mains, jambes écartées. Le Sud-Africain poussa un cri et chercha à se dégager. Matt tomba à genoux, entraînant l'homme avec lui. Il le regarda, impuissant, braquer son arme droit sur son front. Le canon en semblait incroyablement monstrueux.

Puis deux points rouges apparurent sur la chemise de l'homme, séparés de deux centimètres, juste à l'endroit du cœur. Le pistolet échappa à ses doigts inertes, pivota et tomba.

« Tout va bien ? demanda l'agent de la Net Force qui s'était aussitôt précipité.

— Ouais. » Matt tenait le coup, sur les nerfs. « Je m'appelle Matt Hunter. Je suis un...

— Je sais qui tu es et ce que tu fais. » L'agent remit en place son micro-oreillette. « Aigle pour Oiseau bleu Un. J'ai neutralisé notre tireur fou. »

Matt leva les yeux vers l'homme, tenant toujours serrée la main inerte du Sud-Africain. « Un détonateur à distance », expliqua-t-il.

L'agent hocha la tête. « Est-ce que tu peux tenir le coup une ou deux petites minutes encore ? Quoi qu'il arrive, tout sera fini d'ici là. »

Matt acquiesça, en essayant de ne pas songer à son état de nervosité ni à la force requise pour tenir fermée la main inerte d'un cadavre.

*

* *

Andy fonçait sur la Toile. Dès qu'il avait pénétré dans l'ervé basique du portable de David, il avait composé le numéro correspondant à l'ordinateur de Mark. Le garçon laissait toujours une porte ouverte à tous ses amis pour leur permettre de tester ou d'emprunter une sélection des programmes qu'il avait développés.

Plongeant dans la réserve de Mark, il récupéra un logiciel qu'il connaissait bien. En un clin d'œil, la combi anticrash portée lors du raid en Afrique du Sud le recouvrait.

Il retourna d'une traite à Bradford, puis ouvrit un canal audio sur le propre numéro de son inter. « Capitaine Winters.

— Je suis là, fils.

— Je n'ai pas sous la main de chrono numérique. J'ignore combien de temps il reste. » Andy s'enfonça dans la représentation virtuelle de Bradford et plongea vers le sous-sol.

« Une minute, cinquante-deux secondes, répondit Winters. Andy, j'ai le lieutenant Scobie au téléphone avec nous. C'est le meilleur démineur que je connaisse. »

Andy examina la bombe. En ervé, sa complexité était intimidante. Il examina le verrou de sécurité et eut aussitôt l'impression de regarder un de ces palais des glaces qu'on trouve dans les foires.

« Eh, Andie, intervint le lieutenant. Va falloir qu'on travaille vite. Mon meilleur temps pour ce type d'engin est de trente-huit secondes, donc ça ne nous laisse pas beaucoup de marge d'erreur.

— Bien compris, mon lieutenant, dit Andy.

— Je veux aussi que je sache que je n'ai jamais perdu un seul de mes hommes, et tu ne vas pas être le premier.

— Non, mon lieutenant.

— Touche la bombe, ordonna Scobie. Dès que tu

auras établi le contact depuis le Net, tu vas avoir l'impression d'être aspiré à l'intérieur. »

Andy obéit et la sensation était précisément celle-ci.

« C'est parce que la bombe gère son propre système de réalité virtuelle sur la Toile. À présent, dès que tu auras retrouvé tes repères, tu vas découvrir un labyrinthe devant toi. Dis-moi à quoi il ressemble. »

Andy contempla le dédale cubique de miroirs tournants et tâcha de le décrire de son mieux.

« Entre à l'intérieur, dit le lieutenant. As-tu pris des utilitaires furtifs ?

— Ils sont chargés et activés. J'ai emprunté deux ou trois trucs sur la machine de Mark Gridley.

— Eh, fit Scobie, d'après ce qu'ai cru entendre, alors on est en de bonnes mains. Entre dans le labyrinthe. »

Protégé par le blindage de son anticrash, Andy s'enfonça dans le dédale. Il voyait sa propre image reflétée des centaines de fois dans les miroirs environnants.

« Pas trop vite, le rassura l'officier. Tâche surtout d'éviter de toucher les parois, le sol ou le plafond.

— Combien de temps il reste ?

— Andy, intervint Winters, tu le sauras bien assez tôt. Concentre-toi sur ta tâche.

— Affirmatif, mon capitaine.

— Annonce à haute voix les intersections que tu vois devant toi.

— Une transversale gauche-droite. » Scobie le dirigea à droite, puis le guida dans une succession de virages à gauche, à droite, en haut et en bas, qui l'enfoncèrent toujours plus loin au cœur du dédale.

« On se calme, dit le lieutenant, après le dernier virage. On est arrivé à un des points de décision pour définir dans quelle version tu te trouves. Décris-moi ce que tu vois. »

Andy regarda devant lui. « Il y a quatre passages.

— Ça ne nous avance pas. Tu dois chercher un des tunnels qui présente deux reflets de toi renversés. »

Andy se sentait de plus en plus frustré. « Il doit y en avoir des milliers dans chacun.

— L'un d'eux n'a que ces deux reflets. Je sais que c'est délicat à repérer. »

Andy écarquilla les yeux, cherchant à démêler toutes ces réflexions. Une horloge lui semblait battre derrière sa nuque. Il était hanté par des images de son père sautant sur le pont.

« Celui du milieu.

— Vas-y ! »

Andy fonça. À peine en avait-il franchi l'entrée qu'un klaxon retentit. « J'ai pas pris le bon ! J'ai pas pris le bon !

— Pas de problème, Andy. Ce sera maintenant celui sur ta gauche. Continue d'avancer parce que le verrou a envoyé un programme d'identification ami/ennemi. S'il te rattrape et que tu n'as pas le mot de passe, il le signalera au programme de détonation principal. »

Andy accéléra de plus belle. « J'ai encore d'autres tunnels devant moi. »

Avec calme, Scobie lui dicta les virages et déviations à prendre. Sans prévenir, un soleil pourpre se leva derrière Andy et commença à se rapprocher à toute vitesse.

« J'ai l'IFF* aux trousses.

— Garde-le à distance, conseilla Scobie. As-tu une routine de masquage ?

— Ouais. Je suis en train de la mettre en ligne. » Andy activa le masque et vit sa combi anticrash prendre une teinte pourpre presque identique à celle du programme IFF. Il continua de suivre les directives du lieutenant.

L'IFF rattrapa Andy après quelques virages encore. Un puissant courant électrique le traversa de part en part. Aussitôt, le programme d'identification ami/ennemi fit demi-tour et retourna d'où il était venu.

« Il a pas mordu à l'hameçon, dit Andy. Il sait que je suis un intrus. »

Scobie garda son calme, continuant de lui dicter l'itinéraire. Une fraction de seconde plus tard, toutes les lumières du dédale s'éteignirent, laissant Andy dans l'obscurité la plus complète. Il se fracassa contre le mur de l'impasse devant lui. Aussitôt, quelque chose, jailli des murs et du sol, s'accrocha à lui.

Enclenchant les programmes incorporés à l'architecture de la combi, Andy alluma une lumière extérieure et découvrit des lianes sinueuses, représentations de fragments de code antivirus, qui cherchaient à l'agripper.

« Un programme de purge a sans doute été activé, conseilla Scobie. T'as intérêt à dégager de là. »

Andy se dégagea des fragments de code antivirus à coups de flammes rouge vif qui représentaient le code de cheval de Troie* que Mark avait écrit pour détruire la majorité des programmes antivirus. Les lianes brûlèrent, noircirent et se ratatinèrent.

Libéré, Andy bondit dans les airs et s'envola vers la gauche, suivant à nouveau l'itinéraire de Scobie.

« Ça y est, je tiens la version, annonça Scobie. File toujours en gardant ton avance sur le programme de purge, et la voie est libre. »

Andy volait dans le dédale, suivant toujours scrupuleusement les directives indiquées par le lieutenant, sans cesser de décrire à haute voix son itinéraire. Mais bientôt, il avisa une lueur verte qui le rattrapait rapidement par l'arrière. Il prit deux autres virages, et le dédale déboucha sur une galaxie miniature où brillaient deux soleils, l'un orange et l'autre bleu.

« Qu'est-ce que tu vois ? » demanda Scobie.

Si le temps restant s'épuisait, Andy n'aurait su le déceler à la voix de son interlocuteur. Il lui décrivit la galaxie tout en plongeant vers le cœur des soleils.

« Fonce droit dedans, indiqua Scobie. Dès que tu seras à l'intérieur, largue tous les programmes vers* que tu as pu charger. Ensuite, on n'aura plus qu'à espérer. »

Avant qu'Andy soit parvenu à mi-chemin, le programme de purge le rattrapa. La lueur verte l'enveloppa entièrement. La chaleur était incroyable. Sous ses yeux, il vit le code du logiciel commencer à dévorer sa combi anticrash, la détaillant en minuscules paillettes qui se consumaient en grésillant.

Andy poussa un hurlement de douleur. Tout ce qu'il avait à faire pour mettre fin au supplice, c'était se déconnecter et il n'en garderait aucune trace permanente. Mais combien de secondes restait-il avant la détonation de la bombe ? Il était trop tard pour fuir.

Le temps de rejoindre le soleil double orange et bleu, il s'était lui-même transformé en comète embrasée. Le soleil orange grossit de plus en plus, envahissant son champ visuel. Il tint bon, espérant que sa combi en ferait autant. Sa visière commençait à fondre lorsqu'il plongea au cœur du soleil. Le plasma brûlant jaillit vers son visage, lui brûlant la peau.

Il lâcha tous les vers logiciels qu'il avait téléchargés dans sa combi. Puis il se déconnecta.

*

* *

Le souffle court, tremblant, ravagé de terreur, Andy arracha la broche d'implant et regarda le compte à rebours de la bombe.

:18

:17

:16
:15
...

Le décompte se figea.

« Eh ! lança le lieutenant Scobie dans l'écouteur de son inter. T'as réussi, champion ! »

Trempé de sueur, dans le même état que s'il avait couru un marathon, Andy se redressa à genoux. Il était en vie. Ils étaient tous en vie.

« Andy. »

Se retournant, il avisa Matt qui dévalait les marches de la chaufferie. Matt regarda la bombe, vit que les chiffres étaient bloqués, et laissa échapper un cri de joie qui résonna dans la salle. Il aida son copain à se relever, puis le serra dans une étreinte vigoureuse.

« Ça va, ça va, fit Andy, hors d'haleine. J'ai une image à entretenir.

— Allons, dit Matt. Remontons et regardons la Net Force faire son boulot. » Il le précéda dans l'escalier, croisant une équipe d'agents en tenue de démineurs et transportant un boîtier protecteur antidéflagration.

Peu après, debout devant les larges baies vitrées donnant sur l'avenue, Andy regardait la Net Force investir en masse le campus du lycée. Trois hélicoptères d'assaut patrouillaient dans la partie du ciel située dans leur champ visuel et le parking avait été soudain envahi de blindés légers.

« Mince, s'exclama Andy en assistant à tout ce déploiement de force, on peut pas dire que Winters ait fait les choses à moitié. »

Matt hocha la tête. « C'est toujours sa méthode une fois qu'il a identifié la cible. Il regarda Andy. Mais toi, t'as pris un sacré risque, là-bas. »

Andy secoua la tête. « J'ai juste fait ce que j'avais à faire. Moins, et j'aurais plus supporté de me regarder dans la glace. J't'ai déjà parlé de mon père, Matt ?

— Non. »

Tout en regardant les hommes prendre possession des lieux, Andy hocha la tête. « Eh bien, je vais te raconter. C'est un vrai héros, tu sais.

— Ouais, dit Matt, c'est ce que j'ai entendu dire. »

ÉPILOGUE

« Matt avait raison sur l'essentiel », observa le capitaine Winters.

Andy était assis dans l'ervé représentant le bureau du capitaine, le mercredi, pour le compte rendu de mission.

« Vous voulez parler du fait que c'est les Sud-Africains qui avaient réellement déployé la bombe bactériologique ? »

Winters acquiesça. « Tout sera rendu public dès dix-sept heures aujourd'hui. Le *Washington Post* publiera une déclaration officielle.

— Sur l'identité des poseurs de bombe ? » insista Andy. Il se sentait encore vidé après les jours qu'il avait vécus et il avait encore du mal à se concentrer.

« Oui.

— Et qui est-ce ?

— Les Nationalistes sud-africains, répondit Winters.

— Ils l'auraient utilisée contre leurs propres compatriotes ? » Andy n'arrivait pas à le croire. Mais d'un autre côté, c'était parfaitement logique. Pourquoi sinon auraient-ils été à ce point enclins à garder le secret ?

« Oui. Et contre les Patriotes, ne l'oublie pas. » Winters se recula dans son siège. « C'était la guerre et ils étaient bien décidés à la remporter. À n'importe quel prix. Ils étaient convaincus que cela retournerait les

Patriotes contre les puissances occidentales et leur attirerait un surcroît de sympathie de la communauté internationale.

— Mais nos forces armées étaient au courant, objecta Andy.

— Oui, confirma Winters. Elles savaient.

— Alors, pourquoi ne pas leur dire ?

— C'était pour eux la façon la plus simple de mettre fin à la guerre et d'obtenir ce qu'ils voulaient sans alourdir le bilan en vies humaines, expliqua Winters. Les Nationalistes acceptaient de nouer des relations commerciales selon le vœu de la majorité de leur population et nous, en contrepartie, on acceptait de rester bouche cousue.

— Et maintenant, que va-t-il se passer ? »

Winters eut un sourire glacé. « Personnellement, je pense qu'il va y avoir un certain nombre de bouleversements dans le paysage politique sud-africain. Tous ces hommes ne vont pas rester aux affaires.

— Ouais, d'accord, mais la réputation des États-Unis ne risque-t-elle pas d'être ternie par leur rôle dans ce mensonge quand l'histoire sera étalée sur la place publique ?

— Andy, c'étaient les termes du cessez-le-feu. Nous saurons montrer combien de vies on a épargné en l'acceptant. On arrivera toujours à s'en sortir. Aucune guerre n'est bonne, mais dans celle-ci, on a pris la bonne décision. »

Andy imagina que le capitaine avait sans doute raison. « Et mon père, dans tout ça ? Pourquoi les Sud-Africains ont-ils tenté de lui faire porter le chapeau ? Ou Solomon est-il seul responsable ? »

Winters hésita. « Ton père était impliqué dans cette mission, Andy. À part ça, je ne peux pas en dire plus. L'armée a toujours des secrets à garder. »

*
* *

Ce soir-là, quand Andy alla ouvrir lorsqu'on frappa à sa porte, il découvrit Solomon Weist sur le seuil. Un pansement adhésif blanc recouvrait toujours son nez tuméfié. Il avait l'air mal à l'aise. Un taxi attendait au bord du trottoir.

« J'parie que je suis sans doute le dernier que tu escomptais voir dans le secteur », commença Solomon.

Andy acquiesça, n'osant pas en dire plus. Sa brouille puérile avec lui et son irresponsabilité en ligne avaient failli coûter la vie de tous les lycéens de Bradford.

« Je suis juste passé pour te donner ceci. » Solomon lui tendit une plaque-mémoire.

Andy ne fit pas un geste pour s'en saisir.

« Ce n'est pas une offre de paix, expliqua Solomon. Je sais que tu vas sans doute me détester jusqu'à la fin de tes jours. C'est pour toi. Un truc que tu mérites. »

Andy ne prit toujours pas la plaque.

« C'est une copie de tout ce que j'ai piraté aux Sud-Africains. Il y a là-dedans un dossier sur ton père. Quand j'ai regardé le journal d'HoloNet ce soir, j'ai remarqué qu'ils n'avaient pas parlé de lui, alors j'ai pensé qu'ils devaient continuer à garder le secret là-dessus.

— Si c'est encore un coup fourré... commença Andy.

— Non. Juré. » Solomon le regarda. « Andy, tu as sauvé tout le lycée, hier. Tu es un héros. Et les héros méritent le respect. »

Andy se sentait mal à l'aise. Solomon n'avait jamais eu le compliment facile... jamais.

« Je ne sais pas s'ils t'ont parlé de ton père, reprit Solomon. Il était chargé d'une mission clandestine. C'était lui et ses hommes qui ont interrompu la filière de livraison de bombes bactériologiques en Afrique du

Sud. Les Nationalistes s'apprêtaient à les utiliser contre les puissances occidentales et contre les Patriotes. Si ton père n'avait pas éliminé les fournisseurs et récupéré les diamants avec lesquels les Nationalistes les avaient payés, il y aurait eu bien d'autres épidémies mortelles. Peut-être dans toute l'Afrique. Ton père est un héros, Andy, plus grand même que ce qu'on a pu t'en raconter. Cette bombe bactériologique avait peut-être déjà sauté, mais ton père et ses hommes ont empêché le déploiement de toutes les autres. »

Andy ne savait plus quoi dire. Il tendit la main vers la plaque-mémoire.

« Tout est là. Tu pourras vérifier toi-même. »

La plaque-mémoire dans la main, Andy sentit sa gorge se serrer. « Merci, Solomon. Personne ne m'avait dit. »

L'autre garçon hocha la tête. « Eh bien, dans ce cas, je suis content que ça ait été moi. » Il se retourna pour partir.

« Eh, Solomon... »

Solomon se retourna.

« Je suis désolé, pour ton nez... »

Sourire du garçon. « Ouais, ben moi aussi. Mais je m'en suis tiré à bon compte. Au moins, plus personne n'a envie de me tuer. Au niveau international, je veux dire. La Net Force a toujours une dent contre moi.

— Demain est un autre jour », plaisanta Andy.

Solomon éclata de rire et rejoignit son taxi.

Andy le regarda partir, puis il regagna sa chambre et son fauteuil d'interface.

*

* *

Jeudi matin, Andy se tenait au sommet d'une butte au cimetière d'Arlington. Il connaissait bien la croix de pierre blanche devant lui ; il connaissait le nom, le grade, les dates de naissance et de décès gravés dessus.

Mais c'était la première fois qu'il venait ici tout seul.

Il s'agenouilla au pied de la tombe, sentit l'émotion former une boule dans sa gorge qui menaçait de le suffoquer. Il avait mis ses plus beaux habits, et portait même une cravate.

Il caressa l'herbe qui recouvrait la tombe, fit doucement courir ses doigts dessus. On n'avait pas pu récupérer la dépouille de son père en Afrique du Sud, aussi Andy savait que c'était moins une tombe qu'un cénotaphe. Mais c'était le meilleur endroit où il pût lui rendre visite.

« Salut, p'pa, fit-il d'une voix enrouée. Je voulais venir aujourd'hui parce que c'est là que maman dit qu'elle se sent le plus proche de toi. Je suppose que c'est ce que je voulais ressentir, moi aussi. »

Le vent caressait doucement la colline, séchant les larmes sur ses joues.

« J'aurais voulu que les choses se passent autrement. J'imagine que tu sais ce que j'ai fait hier. Quand m'man l'a découvert, elle a failli péter les plombs. Mais ça m'a enseigné un truc, p'pa. Si je veux vraiment te connaître, tout ce que j'ai à faire, c'est mieux me connaître moi-même. » Il se racla la gorge, attendit d'être capable de reparler. « Et puis aussi, je voulais te dire que tu me manques vachement, et à quel point je t'aime. » Il regarda sa montre. « Bon, j'ai cours aujourd'hui, alors j'ai pas trop de temps, mais je reviendrai te parler. Bientôt. »

Andy se releva et redescendit la colline. Et quelque part en chemin, le soleil lui parut plus chaud sur sa peau qu'il ne l'avait été de toute la matinée.

de prêtre [illegible] devant lui [illegible] dans [illegible] et [illegible] la pratique [illegible] ent.

Il s'agenouilla au pied de la tombe [illegible] dans [illegible] qui [illegible] Il [illegible] les plus beaux [illegible]

[illegible] l'herbe [illegible] la tombe [illegible] On [illegible] [illegible]

[illegible] parce que c'est [illegible] de tout [illegible]

[illegible]

[illegible]

[illegible] qu'il [illegible]

GLOSSAIRE

Note du traducteur

Le lecteur trouvera ici, panachés, des termes en usage à l'époque de la rédaction de cet ouvrage, ainsi que d'autres apparemment usités à l'époque, un peu plus lointaine, où se déroule le récit...

J.B.

Agent intelligent : fragment de programme envoyé sur le réseau pour effectuer une requête hors ligne en utilisant des critères de recherche formulés en langage naturel, du style :

« Trouve-moi la liste des ouvrages documentaires écrits par Tom Clancy depuis 1995 et publiés en France. »

Les données recueillies sont rapatriées sur un serveur particulier. Il suffit de s'y reconnecter pour les recueillir ensuite.

Alias : pseudonyme utilisé en courrier électronique et renvoyant directement à une adresse officielle. Employé entre autres à l'origine par les utilisateurs de Compuserve dont l'adresse électronique du type 1234,5678@compuserve.com, n'était guère explicite.

Par extension, pseudo utilisé pour transmettre des courriers de manière anonyme, ou se manifester sur des forums. Dans le domaine virtuel, on assimile parfois *alias* et *avatar* (voir ce mot).

Avatar : personnalité virtuelle adoptée pour masquer son identité. Très en vogue dans les jeux vidéo en réseau des années 1990, directement hérités des jeux de rôle, les avatars se sont également étendus à toutes les formes de communication interactive sur le réseau (forums de discussion, cités, espaces et environnements virtuels).

Backdoor : cette *porte de service* est une fonction cachée d'un programme qui permet à un intervenant extérieur (administrateur-système, opérateur de télémaintenance) de lui transmettre certains paramètres grâce à une séquence de commandes ou de mots-clés. Utile pour reprendre la main afin d'assurer, par exemple, la mise à jour ou l'entretien à distance, cette possibilité ouvre également la voie à d'éventuelles actions de piraterie informatique : effacement et modification de fichiers, infection virale. On évite cette faille de sécurité en recourant de préférence à un langage de script, qui ne modifie pas le code-source d'une application.

Bogue (*bug* en anglais) **:** erreur dans un programme informatique, voire dans le câblage d'un circuit électronique. Voir *déboguer, déboguage*.

Bombe à retardement : programme ou virus informatique qui s'introduit dans un système pour y rester dormant, donc indétectable, jusqu'à son déclenchement par commande externe ou bien à une date et une heure définies à l'avance. Voir également *cheval de Troie, ver, virus*.

CAO : conception assistée par ordinateur.

Cheval de Troie : comme son illustre modèle homérique, il s'agit d'un programme ou fragment de programme anodin qui s'introduit en fraude sur un système pour y déclencher des actions imprévues... Voir aussi *bombe à retardement, ver, virus*.

Code : protocole de représentation de données, d'informations, d'instructions selon une notation prédéfinie et variant selon les types d'ordinateur et les langages de programmation utilisés. Ces langages comprenant des instructions organisées selon des règles de syntaxe forment également un code. On distingue les codes-sources, directement rédigés dans le langage de programmation, et les codes-objets, directement exécutables.

COM ou **Com :** dispositif de communication miniaturisé, analogue au *virgil*.

CPI : ça passe impec. Argot des cybersurfers attesté dès 2005. Équivalent du « ça baigne » usité au XXe siècle.

CRV : construction en réalité virtuelle.

Dataplaque : voir *plaque-mémoire*.

Datascribe : agenda/organiseur de poche doté d'un écran tactile. Version amincie d'un appareil comme le « Rex-Pro », il peut se glisser directement dans le connecteur d'un ordinateur ou d'un système multimédia pour s'y interfacer et télécharger des données.

Déboguer : traquer et supprimer les erreurs ou « bogues » (***bugs*** en anglais) dans un programme informatique. L'opération s'appelle le **déboguage** (***debugging*** en anglais).

Discom (pour *DISconnect COMmunication*) : formule de politesse pour mettre un terme à une transmission vocale sur un réseau télématique. *Par dériv.* : **Discommuter** *:* couper la communication.

Discommuter (verbe) **:** couper une communication (téléphonique, vidéophonique).

Écran-plat : comme son nom l'indique, ordinateur portatif se présentant sous la forme d'une simple dalle d'écran tactile faisant en même temps office de clavier et sur laquelle on peut directement écrire ou dessiner.

Ervé : acronyme pour RV, réalité virtuelle (voir ce mot).

Hacker : variante de pirate informatique qui, contrairement au ***cracker***, cherche plus l'exploit pour l'exploit (enfreindre l'intégrité d'un système, décrypter un code), que se livrer à des crimes informatiques (détournement de fonds, piratage de sites, essaimage de virus divers).

Holoformat : film, série, spectacle, tournés et projetés en 3D holographique.

Holosuite : installation multimédia regroupant hi-fi et cinéma chez soi équipée d'un projecteur holographique et d'un système sonore multiphonique.

Holoproj (pour *holoprojection*) **:** projection holographique.

IA : intelligence artificielle.

IFF (Identifier Friend or Foe) : identification ami/ennemi. Balise émettrice utilisée dans l'aviation militaire pour distinguer les appareils d'un camp des machines adverses. Par analogie, marqueur logiciel utilisé pour accorder des droits d'accès à un site ou un serveur.

Intégré : ensemble de programmes regroupant plusieurs fonctions complémentaires (traitement de texte, tableur, base de données, dessin, communications, par exemple).

Inter (pour *Interface Link*) : version simplifiée du *Virgil* (voir ce mot).

Intranet : réseau informatique interne à un service ou une entreprise et configuré selon les mêmes procédures de transfert de données qu'Internet.

MR : Monde réel (par opposition à la RV, la réalité virtuelle).

Navigateur : programme spécifique pour lire les pages et documents interactifs diffusés sur Internet. Depuis l'ancêtre de ces « browsers », Mosaic, les principaux logiciels utilisés sont Netscape, Internet Explorer et Opera. On utilise également le terme de **butineur**.

Nerd : fou fondu d'ordinateurs, Internet et autres bidouilles informatiques, archétype du lycéen binoclard, boutonneux et coincé qui, devenu grand, pourra se transformer éventuellement en Bill Gates. Une autre variante, plus cyberpunk (dégaine rock, cheveux verts), pourra virer hacker redouté des multinationales...

Netiquette : ensemble de règles de politesse consensuelles en usage sur les forums et le courrier électronique d'Internet.

Noprob (pour *no problem*) : pas de problème.

Pare-feu ou **Coupe-feu** (***firewall*** en anglais) **:** système de protection logicielle, et par extension nom du serveur d'accès d'un réseau informatique chargé de filtrer toute intrusion extérieure pour éviter le piratage informatique ou les actes de malveillance (vols de fichiers, destruction de données, prise en main du système, introduction de virus). Faisant écran entre le réseau local et le reste de l'Internet, ce routeur spécifique contrôle en permanence les accès pour ne laisser passer que les paquets de données autorisés.

PIN (Personal Identification Number) : numéro d'Identification personnel. Code confidentiel utilisé pour les cartes bancaires ou les accès sécurisés.

Ping : petit utilitaire chargé de tester la qualité et la rapidité d'une connexion Internet en mesurant le temps d'aller-retour d'un bref paquet de données.

Plaque-mémoire ou **Puce-mémoire :** composant de mémoire de masse statique, miniaturisé sous la forme d'une *carte* ou d'un *jeton*. Il en existe des versions dotées d'un écran tactile intégré leur permettant de faire office d'organiseur. On parle alors de **datascribe**. Voir ce mot.

Portabilité : qualifie la capacité d'un logiciel à « tourner » sur des plates-formes différentes, c'est-à-dire des matériels informatiques a priori incompatibles du fait de leur conception matérielle ou de leur système d'exploitation : Mac, PC, Unix, stations de travail...

Portail : accès à Internet regroupant sur la même page d'accueil divers services : annuaires, moteurs de recherche, boîte aux lettres personnelles, liens directs à une sélection de sites éventuellement personnalisables — programmes télé, presse quotidienne, météo, flashes d'information...

Portaphone : téléphone-fax mobile pliant et extra-plat, qu'on peut aisément glisser dans son portefeuille ou sa poche revolver. Synonyme d'***Inter***.

Poster (verbe) **:** mettre à disposition sur le réseau, en général sur un forum public. Ce peut être un message, une contribution, un article, un fichier, un programme... contrairement au courrier électronique, le document n'est pas personnellement adressé à un destinataire précis et peut donc être lu par tous.

Rerouteur (*remailer* en anglais) **:** serveur chargé de faire suivre des courriers électroniques — et ainsi conserver la même adresse, même lorsqu'on change de fournisseur d'accès. Également utilisé pour préserver (avec des raisons parfois inavouables) l'anonymat de l'expéditeur.

RV : Réalité virtuelle (par opposition au MR, le Monde réel). On utilise également l'acronyme ***ervé***.

Scanner (verbe) **:** néologisme. Par assimilation avec l'appareil du même nom, syn. d'étudier, d'examiner attentivement.

Sim : abréviation de *simulation*. Programme interactif reproduisant dans un environnement virtuel un univers, imaginaire, contemporain ou historique. On dit également *simul*.

Simul : voir *sim*.

Simul-RV (Réalité virtuelle simultanée) **:** connexion en réalité virtuelle de plusieurs participants sur le même programme afin de jouer, travailler ou dialoguer. Les machines connectées peuvent appartenir à un réseau local (Ethernet) ou bien être physiquement distantes et reliées par ligne télématique (Internet ou autre).

Sysop (opérateur-système) **:** responsable de la gestion/maintenance et de la mise à niveau d'un réseau informatique ou télématique.

TR : temps réel.

Utilitaire : comme son nom l'indique, qualifie un programme spécifiquement destiné à la maintenance, l'optimisation ou la réparation d'un ordinateur et/ou d'un réseau informatique.

Ver : fragment de virus informatique qui se propage à l'intérieur d'un système. Voir aussi *bombe à retardement, cheval de Troie*, *virus*.

Virgil (pour *VIRtual Global Interface Link*) : *liaison par interface globale virtuelle*. Version améliorée et complétée de l'organiseur électronique : il s'agit d'un micro-ordinateur intégrant scanner, balise GPS, téléphone mobile avec fax-modem et radio-TV. Il en existe une version simplifiée, appelée ***Inter***.

Virt-mail (virtual mail) **:** courrier électronique virtuel. Amélioration du courrier électronique classique en usage depuis les années 1970, ajoutant au texte et aux documents attachés un environnement tridimensionnel permettant la communication au sein d'un univers virtuel.

Virus : fragment de code informatique qui s'introduit dans un système et qui, à l'instar de son homologue organique, va se répliquer automatiquement pour se propager ou déclencher des actions plus ou moins incongrues... du simple affichage de message anodin à l'écrasement de fichiers ou à l'effacement complet d'un disque dur. Voir aussi *bombe à retardement, cheval de Troie, ver.*

REMERCIEMENTS

Nous aimerions remercier ici les personnes suivantes, sans qui ce livre n'aurait jamais pu voir le jour : Mel Odom, pour sa contribution à l'élaboration du manuscrit ; Martin H. Greenberg, Larry Segriff, Denise Little et John Helfers de Tekno Books ; Mitchell Rubenstein et Laurie Silvers chez BIG Entertainment ; Tom Colgan de Penguin Putnam, Inc. ; Robert Youdelman, Esq., et Tom Mallon, Esq., ainsi que Robert Gottllieb, de l'Agence William Morris, notre agent et notre ami. Nous avons grandement apprécié leur aide.

Dans la même série :

CYBER SPY
DANS L'OMBRE DE L'HONNEUR
ÉCHAPPÉE DANS L'EXTRÊME
END GAME
LE JEU DU SOLITAIRE
UN JEU TRÈS MEURTRIER
VANDALES VIRTUELS

Tom
Clancy
Net Force
Une série créée par Tom Clancy et Steve Pieczenik
CYBER SPY
inédit
Albin Michel

Tom
Clancy
Net Force
Une série créée par Tom Clancy et Steve Pieczenik
END GAME
inédit
Albin Michel

Tom Clancy
Net Force
Une série créée par Tom Clancy et Steve Pieczenik
ÉCHAPPÉE DANS L'EXTRÊME
LIVRE POCHE
Albin Michel

Tom Clancy
NF
Net Force
Une série créée par Tom Clancy et Steve Pieczenik
LE JEU DU SOLITAIRE
LIVRE POCHE
Albin Michel

Tom Clancy
Net Force
Une série créée par Tom Clancy et Steve Pieczenik
UN JEU TRÈS MEURTRIER
LIVRE POCHE
Albin Michel

Tom
Clancy
Net Force
Une série créée par Tom Clancy et Steve Pieczenik
VANDALES VIRTUELS
LIVRE POCHE
Albin Michel

Composition réalisée par NORD COMPO

Imprimé en France sur Presse Offset par

BRODARD & TAUPIN

GROUPE CPI

La Flèche (Sarthe).
N° d'imprimeur : 9167 – Dépôt légal Édit. 13150-10/2001
LIBRAIRIE GÉNÉRALE FRANÇAISE - 43, quai de Grenelle - 75015 Paris.

ISBN : 2 - 253 - 17195 - 6 31/7195/6